줄
리
의 심
장

줄리의 심장

김하서 소설

자음과모음

차

례

앨리스의 도시

그는 한마디로 거무죽죽한 낯빛에 후줄근한 남자였다. 중년 아저씨 같은 양복바지, 촌스럽고 낡은 검정 구두, 누리끼리한 줄무늬 와이셔츠까지 조화를 이룬 듯 세트로 후줄근했다. 십 년 아니이십 년쯤 전이라면 그는 시대와 꽤 잘 어울렸을 것이다. 그러나지금의 그는 과거에서 살다 온 남자처럼 보였다. 시대는 변했지만그는 고집을 부리듯 변하지 않은 것 같았다. 그 고집스런 촌스러움은 앤티크 가구처럼 묘한 분위기를 풍겼다. 앤티크는 시대와 어울리지 않을수록, 더할 나위 없이 촌스러울수록 가치가 있다. 빌딩사이를 걷고 있는 그는 확실히 눈에 띄는 독특한 존재감을 가지고있었다.

작은 무역회사에 근무하는 그는 거래처 사람을 만나고 사무실로 휘적휘적 돌아가는 길이었다. 말을 많이 한 탓에 입안이 말랐고 전신이 무거웠고 어깨는 추를 매단 듯 처져 있었다. 사람들 틈을 그렇게 방심하고 휘청거리며 걸었다. 그때 기습적으로 무언가 길을 막고 그 앞에 나타났다. 검은색 해초처럼 출렁거리는 머리가 그의 시야를 가리며 말을 걸었다.

"지난밤 악몽을 꾸셨군요."

그는 두어 걸음 뒷걸음질 치며 화들짝 놀랐다. 그에게 말을 한 것은 검은색 해초가 아니라 처음 보는 여자였다. 유령이라도 본 얼빠진 표정으로 여자의 얼굴을 보고 다시 놀랐다. 한눈에도 차가워 보이는 미인이었는데 표정이 어둡고 음울했다. 그에게 결코 먼저 말을 건넬 여자로는 보이지 않았다. 분명 그가 모르는 여자였다.

모르는 여자와 환담을 나눌 만큼 그는 한가롭지 않았다. 게다가 악몽이라니. 그는 편두통이 몰려오는 듯 얼굴을 찌푸렸다. 한낮의 도시는 그와 여자를 제외하고 정신없이 바쁘게 돌아갔다. 자동차 소음과 경적, 와이셔츠를 입은 남자들, 휴대폰 벨소리, 빼곡한 빌딩의 수많은 책상과 컴퓨터는 도시를 살아 움직이게 하는 원동력이었다. 고요한 도시는 죽은 도시나 다름없었다. 그도 어서 자리로 돌아가 부속품처럼 묵묵히 도시를 움직여야 했다. 궤도를 한 번쯤 이탈하고 싶은 욕망도 있었지만 행동으로 옮기는 건 어리석은 일이라는 것을 알고 있었다. 낯선 여자가 길을 막고 있는 상황은 사소한 일이었음에도 그의 신경을 자극하기에 충분했다.

못 들은 척 지나가기 위해 그는 여자의 얼굴을 외면했다. 막 한 걸음을 뗴었을 때 보라색 매니큐어를 바른 여자의 손톱이 다짜고짜 그의 팔 속으로 파고들었다. 여자의 손아귀에서 부드럽지만 뿌리칠 수 없는 완력이 느껴졌다. 여자가 가까이 다가오자 옷장 속에서나 나는 쾨쾨한 나프탈렌 냄새가 희미하게 맡아졌다. 그제야 여자의 옷차림을 슬쩍 훔쳐보았다. 목까지 단추를 꼭 채운 하얀색 블라우스에 주름이 접힌 검은색 스커트를 입고 있었다. 개화기에 막 만들어진 양장처럼 구식의 디자인이었는데 여자에게는 꽤 잘 어울렸다. 그러고 보니 여자는 활동사진이 유행하던 시절의 여배우를 닮은 것 같기도 했다.

여자는 확신에 찬 어조로 얼굴에 홍조를 띤 채 말했다.

"어젯밤, 잠을 잘 못 주무셨군요."

"아니, 정말 왜 이러세요?"

그는 여자가 자신을 잘 알고 있다는 듯 친근하게 구는 것이 부담스럽고 석연치 않았다. 아무렇지 않게 미소를 지으며 팔을 잡고 있는 여자의 손을 자연스럽게 빼내려고 했다. 그 단순한 행위는 생각처럼 잘 되지 않았다. 여자는 갑각류의 집게발처럼 엄지와 네 개의 손가락으로 그의 팔을 꽉 붙잡고 놓아주질 않았다. 여자의 행동을 이해할 수 없음에서 오는 의아함과 분노로 그의 입가는 희미하게 경련했다. 여자는 지치지 않았다.

"얼굴이 많이 안 좋아요."

그는 자신의 팔에 대한 권리를 주장하려는 듯 힘을 실어 분명한 어조로 말했다.

"제 팔 좀 놔주시죠."

그러거나 말거나 여자의 손은 그의 팔에서 꼼짝하지 않았다.

"얼굴에 말 못 할 근심이 많으시네요."

순간 여자와 처음으로 눈이 마주쳤다. 그는 본능적으로 무언가 깨달았고 심장은 얼어붙은 듯 잠시 박동을 멈추었다. 여자의 눈동자가 이상했다. 보통 살아 있는 사람들의 눈동자에서 무언가 중요한 하나가 사라진 섬뜩한 눈동자였다. 분명히 여자의 눈은 그를 향해 있었지만 여자는 동시에 그를 보고 있지 않았다. 열려 있지만 아무것도 보고 있지 않는 혹은, 다른 것을 보고 있는 듯한 여자의 동공은 탁하고 소름끼쳤다.

무언가 잘못되고 있다는 느낌이 등 뒤로 엄습했지만 그것이 구체적으로 무엇인지 알지 못했다. 그는 당황스러웠지만 아무 일도 아니라고 주문을 걸듯 태연하게 손으로 이마를 쓸었다. 손바닥에 축축한 땀이 배어 나왔다. 그의 입에서 난데없이 바람이 빠지는 헛웃음이 새어 나왔다. 여자를 거칠게 뿌리치고 그가 가던 길을 가면 그만이었다. 그는 강한 의지를 담은 눈빛으로 여자를 쏘아보았다. 여자는 전혀 동요하지 않았다. 당황과 혼란에 빠진 것은 그였다. 여자는 그에게 접근한 순간부터 줄곧 흔들림 없이 집요했다.

앨리스가 다가가면 사람들은 그녀가 보이지 않는 듯 지나쳐버린다. 눈도 마주치지 않고 철저히 그녀를 무시하고 외면한다. 3, 4 미터 전에서 다가오는 앨리스를 알아채고 피해 옆으로 돌아가는 사람들도 있다. 그녀가 없는 듯 지나치는 사람들에게 앨리스는 자신의 존재를 알리려는 듯 말을 건넨다. 세상에서 누구보다 그들을 잘 알고 있다는 적극적인 태도로. 친근하고 단도직입적인 목소리로. 그래도 그들은 앨리스의 말이 들리지 않는다는 얼굴로 완강하고 일관하게 그녀를 무시한다. 앨리스는 포기하지 않는다. 지치지도 않는다. 앨리스에게 두려움은 존재하지 않는다.

따라오는 앨리스에게 노골적으로 불쾌한 표정을 지으며 신경질을 내고 쏘아붙이는 사람들이 있다. 그녀는 그 순간을 놓치지 않는다. 사람들은 화를 내는 동안 감정적으로 흔들리고 있다는 것을 모른다. 앨리스는 그 틈을 놓치지 않고 그들의 상처를 살짝만 건드린다. 사람들은 화를 내느라 자신이 지나치게 솔직해졌으며 하지 말아야 할 말을 쏟아내고 있는 것을 알지 못한다. 모든 것은 앨리스에게 유리하게 흘러간다. 그들은 당황해 어쩔 줄 몰라 하면서도 앨리스 곁을 쉽게 떠나지 못한다. 시간이 지날수록 모든 일은 자연스럽게 흘러간다.

돌이켜 생각하면, 그가 여자를 보고 화들짝 놀란 것은 검은색 해초 같은 머리가 말을 했다고 생각해서가 아니었다. 여자가 그를 잘 알고 있다는 듯한 태도로 신경에 거슬리는 말을 했기 때문이었다. 악몽이라는 단어를 듣자마자 그는 눈썹을 찌푸리며 인상을 썼다. 혐오스러운 곤충에게 뇌혈관을 물린 듯 머리가 찌르르 아파졌다. 그리고 꼬여 있던 혈관이 풀리며 피가 통하듯 무언가 떠올랐다. 그를 오전 내내 무기력하고 불안하게 만들었던 그것, 지난밤 꿈이 흐릿하게 기억났다. 출근해서 정신없이 업무를 보고 거래처 사람을 만나는 동안 그는 지난밤 꿈을 꿨다는 것조차 까맣게 잊고 있었다.

꿈에서 본 것은 삼십 대 중반쯤 된 한 남자였다. 그는 햇살이 좋은 노천카페에서 신문을 넘기며 여유롭게 거품이 풍성한 카푸치노를 마시고 있었다. 알싸한 계피 향을 맡자 기분이 나른해졌다. 눈에 보이는 풍경은 파리의 루브르박물관 근처 같기도 했고 베네치아의 리알토 다리 부근인 것 같기도 했다. 그가 있는 장소가 어디든 꿈에서는 상관없었고 그 두 곳이 아니라도 문제 되지 않았다. 누구를 기다리고 있지도 않았으며 급히 어딘가로 달려가야 하는 것도 아니었다. 그 순간 그에게 중요했던 것은 햇살과 신문 한 부와 카푸치노 한 잔이었다. 그는 꿈속에서 조금도 초조하지 않았다.

카푸치노 잔을 내려놓는데 어디선가 희미한 민트 향 치약 냄새가 났다. 그는 치약 냄새를 좋아하지 않았으므로 미간을 살짝 찌푸리며 냄새의 정체를 확인했다. 그와 비슷한 또래의 한 남자가 테이블로 다가오는 게 보였다. 질 좋은 양복과 값비싸 보이는 가죽 구두에 먼저 시선이 갔다. 시선이 더 올라가 남자의 얼굴에 멈추었을 때 그는 참지 못하고 풉, 하고 입술 사이로 웃음을 터트렸다. 남자는 핑크 토끼 가면을 쓰고 있었다. 쫑긋하게 하늘로 솟아 있는 두 귀, 앙증맞은 수염, 볼록하게 튀어나온 빨간색 하트 모양의 코까지 반들반들한 플라스틱으로 만들어진 것이었다. 귀여운 토끼의 눈동자가 있어야 할 자리엔 두 개의 구멍이 뚫려 있고 그곳엔 남자의 것이 분명한 눈동자가 그를 보고 있었다. 그러나 남자의 눈은 토끼처럼 빨갛게 충혈되어 있지는 않았다. 무슨 어린이용 장난감 판촉 사원인가. 그는 꿈속에서 그런 생각을 하며 한결 느긋해진 마음으로 남자를 신기하게 바라보았다. 토끼 가면을 쓴 남자는 예의 바르고 정중하지만 완강한 목소리로 말했다.

"여긴, 제 자린데요."

그는 그 순간 조금 황당해서 뜨악한 표정으로 주위를 둘러보았다. 카페에는 빈자리가 많았다. 아니 카페에 손님이라고는 그 혼자뿐이었다. 많은 자리 중에 왜 하필 이 자리라고 우기는지, 아무나 먼저 온 사람이 앉으면 그만이지 무슨 말도 안 되는 소리를 지껄이는 건지 그는 기가 막히고 어이가 없고 화도 조금 났다.

그 순간이었다. 마치 그가 화가 나기를 기다렸다는 듯 토끼 가면을 쓴 남자는 씩 웃었다. 물론 가면 때문에 표정이 보이진 않았지만 그런 것은 눈동자만으로도 알 수 있었다. 그를 비웃었다는 것을. 그는 더 이상 참지 못하고 자리에서 벌떡 일어나 남자를 쏘아보았다. 남자는 선물이라도 주려는 듯 양복 주머니에서 사시미

칼을 꺼내더니 망설임도 없이 그의 배 속 창자까지 깊숙이 찔러 넣었다. 그는 무언가 잘못되어가고 있다는 것을 뒤늦게 깨달았지만, 손을 쓰기엔 너무 늦어버린 것을 알았다. 자신의 배 속에서 물컹물컹하고 뜨거운 것이 흘러나오는 걸 느꼈지만 차마 고개를 숙여 내려다볼 용기가 없었다. 피비린내가 사방에서 진동했다. 그는 기침과 함께 구역질했을 뿐인데 입 밖으로 열매처럼 생긴 핏덩이가 왈칵왈칵 쏟아졌다. 고통과 두려움 속에 어렴풋이 이건 꿈이라는 생각이 스쳤다. 또 다른 무의식이 꿈을 인식했으므로 그쯤에서 깨어나야 정상이었다.

그러나 그는 깨어날 생각은 않고 안간힘을 다해 남자의 눈동자를 똑똑히 노려보았다. 그가 잘 알고 있는 익숙한 눈동자 같기도 했고 처음 보는 낯선 눈동자 같기도 했다. 그는 다리에 힘이 빠지며 눈앞이 뿌옇게 흐려져 꼬꾸라질 듯 휘청거렸다. 남자가 아무렇지 않게 오래 기다렸다는 듯 토끼 가면을 벗으려고 손을 올렸다. 그제야 그는 비명을 지르며 꿈에서 깨어났다. 그는 숨을 몰아쉬며 토끼 가면이 너무 생생하게 떠올라 몸을 부들부들 떨었다. 조금만 있으면 남자의 얼굴을 볼 수 있었는데 중요한 순간 꿈을 깬 것이 아쉽고 아까웠다. 다시 쓰러져 잠이 든다면 토끼 가면을 벗은 남자의 얼굴을 볼 수 있을 것 같았다. 그러나 어쩐지 이유를 알 수 없는 안도감이 그의 가슴속에서 퍼져나갔다. 남자가 토끼 가면을 벗는 순간, 그가 안 돼, 라고 외쳤던 것이 비로소 기억났다.

토끼 가면 남자와 배 속을 파고들던 차갑고 기분 나쁜 금속의 감촉이 생생하게 되살아났다. 그는 께름칙한 기분을 느끼며 등 뒤에서 인기척이 나서 돌아보았다. 조금 전과 같은 풍경이었다. 어지러운 보도블록, 차도를 달리는 버스, 승용차, 유리를 번쩍이며 솟아 있는 빌딩들, 비슷비슷하게 생긴 무수히 많은 양복쟁이들. 그는 갑자기 자신을 둘러싼 것들이 수상쩍고 의심스러웠다. 모두가 닮은 남자들 사이에서 공중으로 삐죽 솟은 무언가가 눈에 띄었다. 핑크 토끼 귀처럼 보이던 그것은 어느새 사라지고 없었다. 그는 자신이 잘못 본 거라고 생각했다.

"무슨 괴로운 일이 있었나요?"

잠깐 잊고 있었는데 여자는 아직도 가지 않고 그의 왼팔을 붙들고 있었다. 여자의 눈빛은 그와 허공 어딘가에 멍하니 고정되어 있었다. 여자는 그가 대답하지 않아도 상관없다는 듯 누에고치의 실처럼 느릿느릿 말을 뽑아냈다. 이름도 수상한 비밀스러운 종교 단체에서 나온 것인지도 몰랐다. 흐릿한 눈빛과 거머리처럼 달라붙어 놓지 않는 손, 그 순수한 집요함에 진저리가 쳐졌다. 그가 아닌 다른 보이지 않는 존재와 대화를 하고 있는 건 아닐까 하는 엉뚱한 생각이 머리를 스쳐 갔다.

"죽이고 싶도록 증오하는 사람이 있나요?"

참았던 그의 인내심이 기어이 그 한마디에 풍선처럼 펑, 하고 터져버렸다.

"보자 보자 하니까 무슨 소릴 하는 겁니까? 당신 뭐예요? 사이비 종교에서 나왔지?"

여자는 그가 격한 반응을 보이며 따지자 당황한 듯 아무 말도 하지 않았다. 그러나 그의 곁을 떠날 생각은 없는 것 같았다. 그의 팔을 잡은 손을 여전히 놓지 않은 채 잠자코 그가 화내는 것을 바라보고 있었다. 그의 내부는 용암이 끓어오르듯 부글부글 끓어올랐다.

"이 팔 안 놔요? 아, 진짜 돌겠네."

사람들은 그와 여자를 흘낏거리며 지나갈 뿐 그들 곁으로 다가와 말을 하거나 참견을 하지 않았다. 다 알겠다는 듯한 사람들의 표정에는 그들을 길거리에서 싸우는 연인들로 여기는 것 같았다. 그는 문득 억울한 생각이 들었다. 거리엔 그 말고도 그와 비슷한 또래의 남자들이 넘치도록 많았다.

"이봐요. 다른 사람들도 많은데 왜 하필 납니까?"

여자는 처음으로 인간적인 미소를 지어 보이며 난감한 표정을 지었다. 자신도 어쩔 수 없다는 얼굴이었다.

"그건 자신이 알 거예요."

"참 나, 당신이 나한테 의도적으로 접근했잖아. 내가 알긴 뭘 안다는 거야?"

여자는 더 이상 아무 말도 하지 않았다. 여자의 침묵이 그를 불편하게 만들었다. 여자의 표정이 좋지 않았다. 그의 반말에 화가 난 얼굴로 무언가를 기다리듯 초조하게 주위를 둘러보았다. 여자는 손목에 찬 시계를 확인하고 그의 등 뒤를 바라보았다. 낡은 가죽과 디자인이 한눈에도 50년은 더 된 것 같았다. 여자는 목소리를 낮춰 이상한 말을 하기 시작했다.

"10초 후에 무슨 일이 일어날지 정말 모르겠어요?"

그는 여자의 말뜻을 이해할 수 없었지만, 표정에 서린 불길한 기미를 읽었다.

"지금, 무슨 소릴 하는 겁니까?"

여자의 입술이 무슨 말을 하려는 듯 살짝 벌어졌으나 그 순간 그의 뒤에서 무시무시한 굉음이 울려 퍼졌다. 타이어가 찢어지는 듯한 마찰음과 무언가 충돌하며 부서지는 소리였다. 여자는 쥐고 있던 그의 팔을 힘없이 떨어뜨렸고 동공은 한곳에 멈춰 움직이지 않았다. 여기저기서 사람들의 비명과 웅성거림이 들려왔다. 그는 천천히 고개를 돌려 뒤를 돌아보았다. 사거리에서 트럭과 검정 승용차가 충돌해 서로를 할퀸 듯 절반쯤 우그러져 있었다. 그의 의지와 상관없이 그의 눈은 모든 것을 똑똑히 보고야 말았다. 검정 승용차의 운전자는 양복을 입고 있었는데 그의 얼굴은 심하게 훼손돼 알아볼 수 없을 정도였다.

그는 구역질이 치밀어 고개를 돌렸다. 그 순간, 아스팔트에 그의 눈이 얼어붙은 듯 고정되었다. 승용차 주변에 피로 물든 아스팔트, 그 위에 어디서 본 듯한 핑크의 동그란 것이 떨어져 있었다.

"말도 안 돼……."

그것은 토끼 가면이었다. 처참할 정도로 심하게 뭉개진 남자의 얼굴, 상처 하나 없이 멀쩡한 토끼 가면, 그는 땅 밑이 꺼지는 듯한 어지럼증이 일었다. 여자는 아무렇지 않은 듯 바닥에 떨어진 핑크 토끼 가면을 물끄러미 보고 있었다. 꿈속에서 본 토끼 가면, 사고를 당한 남자, 그리고 그 앞에 서 있는 여자, 그에게 무슨 일이 일어나고 있는 게 분명했다. 그는 사고 현장을 응시하고 있는 여자에게 모든 일을 추궁하고 싶은 강렬한 충동을 억눌렀다.

"저 남자 아직 죽지 않았네요."

여자는 싸늘한 얼굴로 구겨진 승용차에서 빠져나오려고 버둥거리는 남자를 보고 있었다. 사고 주변으로 차들이 어지럽게 엉켜들었다. 사람들은 여기저기서 휴대폰으로 신고할 뿐 누구도 다가가 얼굴이 피범벅이 된 남자를 꺼내주는 사람이 없었다. 고작 10미터밖에 떨어져 있지 않았지만, 그도 다가가지 못했다. 끔찍하지만 자신과는 상관없는 일이라는 이기심, 다가가서는 안 될 것 같은 두려움이 엄습했다. 그리고 약간의 죄책감이 들며 기분이 씁쓸했다.

잠시 후 119구급차와 경찰차가 사이렌을 울리며 사고 현장에 도착했다. 하얀 시트로 전신이 덮인 들것 하나가 실려 나갔고, 가슴까지 덮인 두 번째 들것이 구급대원들에 의해 구급차로 옮겨졌다. 누가 얼굴을 다친 남자였는지는 알 수 없었다. 남자가 병원에

도착할 때까지 살아 있을지도 알 수 없었다. 여자는 그들이 구급차에 실려 가는 것을 끝까지 바라보며 아무 말도 하지 않았다. 그는 뜻밖에 이상한 슬픔이 목구멍을 타고 넘어오는 것이 느껴져 당황스러웠다. 그는 여자와 함께 있는 것이 두려워지기 시작했다.

그때 갑자기 그의 휴대폰 벨 소리가 울려 퍼졌다. 휴대폰 액정에는 '마희정'이라는 글자가 깜빡거리며 그를 재촉하고 있었다. 마희정은 그의 전처의 이름이었다.

전처와 헤어진 지 반년이 흘렀고 그녀와 통화를 하는 건 3개월 만이었다. 3개월 전 마희정은 전화를 걸어 장모의 부고와 새로 생긴 세 살 연하의 남자 친구에 대해 알렸다. 두 가지 소식은 어울리지 않는 것이었지만 전처의 삶이라면 그런 일도 가능할 것 같았다. 그에게는 이제 장모는 아니었지만 그는 장례식에 참여했다. 장례식장에서 그는 한때의 장인과 할머니와 외삼촌과 처남과 처제와 조카들을 만났다. 가족이었던 시절에는 미처 깨닫지 못했는데 그들은 놀랍게도 비슷한 체격과 비슷하게 차가운 얼굴을 하고 그를 맞이했다. 마희정과 부부였던 시절에도 그들은 그에게 거리감을 두었는데 헤어진 후 장례식장에서 만나자 어린 조카들까지 그가 못 올 곳에 왔다는 듯한 얼굴로 냉랭한 시선을 보냈다. 하지만 다른 식구들과 달리 살아생전에 장모는 그를 아들처럼 따뜻하게 대해주었다. 그가 절을 하고 돌아서는데 장모의 영정이 앞으로 쓰러졌다. 사람들은 그것이 그의 탓인 것처럼 노골적으로 수군거렸다. 죽어서까지 자신의 딸과 헤어진 그를 원망하는 것일까. 그는 그제야 자신이 이곳에 어울리지 않는 사람이라는 것을 깨달았다. 그는 이들에게 두 번 다시 보고 싶지 않은 존재였다.

그는 3개월 전의 장례식이 떠오르며 직감적으로 전처에게 무슨 일이 생겼을지도 모른다고 생각했다. 가느다란 틈에서 전처의 목소리가 아닌 낯선 여자의 목소리가 흘러나왔다. 목소리는 마희정 씨가 교통사고를 당해 K 병원 응급실에 실려 왔다고 말했다. 휴대폰 단축번호 1번을 눌러 제일 먼저 사고 소식을 알려드리는 거라며 마희정 씨와는 어떤 관계냐고 물었다. 그는 다른 한쪽 귀에서 바람 소리가 들리는 것 같아 멍하니 있다 간신히 대답했다.

"전남편입니다."

정신을 차려보니 그는 여자와 나란히 앉아 택시를 타고 어디론가 달리고 있었다. 그가 충격을 받고 정신이 나간 듯 서 있는 사이 여자가 택시를 잡아 함께 탔던 것이 떠올랐다. 그제야 상황이 인식된 듯 그는 다짜고짜 따지듯 물었다.

"지금 어디로 가는 겁니까?"

"K 병원 응급실, 당신 전처가 누워 있는 곳이요."

택시 기사는 룸미러로 그와 여자를 흘낏거리며 흥미롭다는 얼굴이었다. 여자는 창백하고도 차가운 얼굴로 허공의 한 점을 응시하고 있었다. 그 고요하고 흔들림 없는 눈빛에 그는 내리라는 말을 하지 못했다. 그가 두려운 것이 여자인지, 사고를 당한 전처인지, 아니면 실체를 알 수 없는 불안감인지 알 수 없었다.

전처의 사고 소식에 그는 머릿속이 하얀 반죽처럼 뒤죽박죽되는 기분이었다. 조금 전 그의 눈앞에서 일어난 사고와 전처의 사고, 둘 중 하나는 실제로 일어난 일이 아니라 환상인 것 같았다. 이상한 일은 직접 목격한 사고는 비현실적으로 느껴지고 진짜 교통사고를 당한 것은 전처일 거라는 확신이 든다는 것이었다. 그는 왜 전처가 자신의 번호를 단축번호 1번에 그대로 놔둔 것인지 이해가 되지 않았다. 전처에게는 연하의 남자 친구가 있었고 그가 아는 한 마희정은 그에게 미련이 남았을 리가 없었다. 혹시 자신의 신변에 위험이 닥치거나 불의의 사고를 당했을 때 끔찍한 소식을 세상 누구보다 그에게 먼저 알려주고 싶었던 것일까. 전처라면 그런 생각을 해도 놀라운 일이 아니었다. 그와 한 침대에서 잘 때도, 헤어져 타인이 되어서도 그는 전처의 많은 것이 이해되지 않았다. 3개월 만에, 전처는 피투성이가 되어 그를 기다리고 있었다. 전처가 누워 있는 모습을 상상하는 것도 두려웠다.

그는 응급실에 한 발 들어서자마자 숨을 참듯 들이마셨다. 이곳은 세상과 격리된 다른 세계 같았다. 극도의 긴장, 신음, 바이털사인의 불규칙한 신호음, 숨 가쁜 공기로 어지럽고 숨이 막혔다. 그를 단축번호 1번으로 저장해 달려올 수밖에 없게 만든 전처만 아니었다면 한 발짝도 들여놓고 싶지 않은 곳이었다. 그는 간이침대에 누워 있는 환자들 모두가 전처처럼 보여 정신이 나갈 지경이었다. 여자가 그를 안심시키듯 그의 팔을 살짝 붙잡았다. 이 순간 잘 모르는 누구라도 옆에 있는 것이 의지가 되었다. 간호사와 인턴들 서너 명이 모여 있는 가장 끝 침대 앞에서 그는 발걸음을 멈췄다. 어지럽게 붙어 있는 열 개가 넘는 링거 주사, 심전도 기계의 전선, 출렁이는 피 주머니, 붉게 물든 시트 위에 마희정이 누워 있었다. 전처의 얼굴은 출혈 탓인지 노랗게 변해 있었다. 의사들과 간호사들의 긴박한 움직임 속에 전처의 심전도 기계에서 길게 경고음이 울렸다. 혈압이 50/45mmHg로 떨어지며 붉은색 숫자가 깜빡거리고 있었다.

초록색 수술복을 입은 남자 의사가 MRI 촬영 영상이 찍힌 모니터를 그에게 보여주며 심각한 표정을 지었다. 전처는 세 개의 다발성 늑골 골절, 기흉을 동반한 폐 손상, 그리고 뇌출혈이 보이는 초응급 상황으로 바로 수술에 들어가야 한다고 말했다. 의사의 입에서 수술 후 운동 장애, 의식 불명, 혼수상태 같은 단어가 아무렇지 않게 나왔다. 그는 수술 동의서에 사인하지 못하고 망설였다. 너무나 낯선 전처의 이름과 그녀의 생이 자신의 사인에 달린 것을 믿을 수가 없었다. 그는 도움을 청하듯 간절하게 여자를 돌아보았다.

"내가 어떻게 해야 하죠?"

여자는 그의 말을 듣지 못한 듯 전처의 심전도 모니터에서 가파르게 물결치는 초록색 곡선을 바라보았다. 그것은 금방이라도 일

직선을 그리며 멈출 것처럼 불안하고 두려워 보였다. 곡선 속에는 어지럽고 무서운 생의 비밀이 숨겨져 있을 것만 같았다. 곡선은 모호하고 위태롭게 출렁거렸다. 그는 무언가 결심한 듯 전처의 수술 동의서에 사인했다.

수술실 문은 그 너머의 핏빛 공간과는 상관없는 초록색이었다. 그는 전처가 수술실로 들어가자마자 장인과 전처의 남동생에게 전화했지만 모두 받지 않았다. 전처는 수술실로 들어가는 순간까지 그를 알아보지 못했다. 의식이 없는 상태에서도 그녀는 고통을 느끼며 신음을 냈다. 잠시 후 수술실 앞 전광판에 전처의 이름이 나타났다. 마희정이라는 이름 아래 '수술 중'이라는 글자를 보자 그는 뜻밖에 목이 메었다. 그는 전처가 자신과의 결혼 생활을 더 이상 행복해하지 않는다는 것을 알았다. 가장 가까운 사람이 점점 불행해지는 것을 지켜보고 싶지 않았다. 이혼 서류에 도장을 찍으며 그는 진심으로 그녀가 잘 살기를 바란다고 말했다. 하지만 그건 진심이 아니었다. 자신의 삶 절반은 이미 회복 불능의 환자처럼 망가졌으며, 그녀도 그 사실을 알아야 한다고 생각했다. 그러나 한 번도 전처를 이런 식으로 다시 만나고 싶었던 적은 없었다.

"인제 그만 깨어나요."

어디선가 여자의 목소리가 들려왔다. 깜빡 잠이 들었는지도 몰랐다. 그는 눈을 뜨자마자 수술실 앞 의자에 앉아 있는 것을 알고 한기를 느끼며 주위를 둘러보았다. 창밖은 이미 어두컴컴해져 있었다. 시계를 확인하자 열 시가 넘어 있었다. 문득 고개를 돌려 복도를 바라보았다. 창백하고 푸르스름한 불빛만 비추고 있을 뿐 환자들이나 간호사들이 눈에 띄지 않았다. 늦은 시간이니 모두 병실 침대나 당직실에서 잠들었을 것이다. 그는 그제야 옆에 앉아 있던 여자가 보이지 않는다는 것을 알았다. 화장실에 간 걸까. 아니면 잠든 그를 두고 이제 집으로 돌아간 것일까. 끈질기게 따라다니더니 말 한마디 없이 가버리다니. 여자가 사라지자 그는 홀가분하기보다는 어쩐지 찝찝했다.

담배를 피우기 위해 계단을 내려가는데 급히 달려가는 구두 발짝 소리가 들렸다. 희미한 불빛 아래 하얀색 블라우스와 검은색 해초 같은 머리카락이 언뜻 보인 것도 같았다. 그도 모르게 발걸음이 빨라지더니 구두 발짝 소리를 따라 계단을 뛰어 내려가기 시작했다. 여자인지 아닌지는 확인하고 싶었다. 계단을 다 내려와 그는 소리를 따라 병원 밖으로 뛰어나갔다. 횡단보도를 급히 뛰어가는 사람은 여자가 맞았다. 그는 이봐요, 라고 여자를 불렀지만 여자는 듣지 못한 듯 그대로 사거리를 건너 뛰어가고 있었다. 잠시 그 자리에 서서 망설이다 여자의 뒤를 따라 달려갔다. 무슨 급한 일이 생긴 듯 달려가는 여자의 뒷모습을 보고 따라가지 않으면 안 될 것 같은 이상한 끌림을 느꼈다. 여자는 숨도 차지 않는지 길 끝에서 오른쪽 모퉁이로 사라져버렸다. 그는 여자를 놓치지 않기 위해 이를 악물었다.

여자는 이리저리 창자처럼 좁고 기분 나쁘고 악취가 나는 골목을 멈추지 않고 달렸다. 그는 바닥에서 무언가 물컹거리는 것을 밟았지만 멈춰서 확인해볼 여유가 없었다. 누가 먹다 버린 치킨 조각이나 고양이의 배설물 정도일 것이다. 그는 이마가 축축하게 젖고 숨이 목구멍까지 차올랐지만, 여자를 놓쳐버릴 것 같은 다급함에 멈출 수가 없었다. 더 참을 수 없는 순간, 다행히 여자는 식당 안으로 사라지듯 쏙 들어가 버렸다. 둥근 홍등이 가게 앞에 주렁주렁 매달려 있는 차이니즈 레스토랑이었다.

가게 안에 들어서자 흐느끼는 듯한 중국 여가수의 노래가 떠돌았고 전통 의상 치파오를 입은 여종업원들은 중국어로 인사를 했다. 한국인인지 중국인인지 알 수 없어 그는 방금 들어온 여자가 어디로 갔는지 물어볼 수 없었다. 그는 손님들로 가득 찬 방을 기웃거리며 여자를 찾다가 어느 방 앞에서 익숙한 목소리가 들려 걸음을 멈추었다. 이상한 기분에 사로잡혀 방문을 벌컥 열었다. 그곳엔 그의 가족들이 모여 있었다. 즐거운 일이 있는지 흥겹게 웃고 떠들다가 그를 보고는 일제히 고개를 돌렸다. 순간 방 안에 정적이 감돌았고 가족들의 얼굴은 당혹감과 놀라움으로 굳어버렸다. 그가 별로 반갑지 않은 듯한, 그에게 무슨 일인가로 화가 난 듯한 무서운 얼굴들도 보였다. 그도 그들이 전혀 반갑지 않았다.

"어머, 왜 이렇게 늦었니? 어서 와라. 우리가 얼마나 기다렸다고."

보라색 꽃무늬 원피스를 입은 엄마는 활짝 웃으며 양손으로 그의 뺨을 두드리고 팔을 잡아끌었다. 엄마는 평소에 잘 입지 않는 화려한 옷차림이었고 입술에 붉은 립스틱까지 발랐다. 무엇보다 엄마는 평소 그에게 애정 표현을 하는 사람이 아니었다. 그러고 보니 다른 가족의 옷차림도 지나치게 꾸민 것 같아 어색하고 낯설었다. 그는 무슨 말이라도 해야겠기에 억지 미소를 지어 보였다. 가족들 사이의 묘한 눈빛, 들뜬 분위기와 어울리지 않는 냉랭한 공기가 신경이 쓰였다.

"다들 모였네요. 저만 빼고. 근데 오늘 무슨 날이에요?"

그의 말 한마디에 식구들 얼굴은 빳빳한 은박지처럼 구겨졌다. 누나가 어이가 없다는 듯 웃음을 터뜨리더니 식구들의 눈치를 보며 재빨리 말했다.

"얘는, 무슨 날이긴, 서프라이즈 파티잖아."

그는 상 위에 있는 깐쇼새우를 손으로 집어 먹으며 대수롭지 않게 반응했다.

"그래? 무슨 서프라이즈? 누굴 놀래주는데?"

"바로 도련님이죠!"

형수가 외치자마자 갑자기 여기저기서 그를 향해 폭죽을 팡팡 터트리고 눈 같은 스프레이를 뿌려대며 손뼉을 쳤다. 분명히 그의 생일날은 아니었다. 그는 가족들 사이의 흥분된 기운이, 지나치게 큰 웃음소리가 어딘가 불편하고 기괴한 느낌마저 들었다.

"근데 왜 혼자 왔니?"

엄마의 질문에 그는 동작을 멈추었고 주위는 찬물을 끼얹은 듯 싸늘해졌다.

"그걸 몰라서 물어요?"

식구들은 아직 그의 말을 이해하지 못한 듯 의아한 얼굴이었다.

"아니, 왜들 그래요. 저 이혼한 거 정말 모르세요?"

가족들은 놀라움과 탄식의 신음을 내며 경멸하는 눈으로 그를 보았다. 가슴속에서 그도 알지 못했던 억울하고 뜨거운 감정의 덩어리가 머리까지 치솟았다.

"내가 몇 번을 얘기했어요? 그 여자 때문에 내가 얼마나 힘들고 지긋지긋하고 인생이 망가졌다고, 얼마나 얘길 했느냐구요!"

그의 편이라고 믿었던 가족들은 그가 화를 낼수록 실패자 보듯 차갑게 바라보았다.

"그 사람이 얼마나 형편없고 끔찍한 여자인지 아세요? 자기 엄마 장례식에서 남자 친구 얘길 하면서 웃던 여자라고요!"

정적을 깨고 여동생이 떨리는 목소리로 말했다.

"그래서…… 언니를 어떻게 한 거야?"

머릿속이 하얘지며 아무 생각도 나지 않았지만 그의 몸이 가늘게 떨리기 시작했다. 내가 전처를 어떻게 한 것일까.

잠시 후 아버지가 말없이 그 앞에 커다란 검은색 선물 상자를 내밀었다.

"이건 뭐예요?"

그의 질문에 아무도 대꾸하지 않았으므로 그는 입을 다물고 조심스럽게 상자 뚜껑을 열었다. 그 안엔 값비싸 보이는 질 좋은 검정 양복이 들어 있었다. 왠지 눈에 익은 듯한 양복이었지만 그는 아무것도 묻지 않았다. 형이 또 다른 선물 상자를 내밀었다. 이번에도 그는 말없이 상자를 열었다. 안에는 검정 가죽 구두가 놓여 있었다. 구두 또한 어디선가 본 적이 있는 느낌이 들었다. 어서 입어보라는 가족들에게 떠밀려 그는 빈 옆방에서 양복을 입고 구두를 신어볼 수밖에 없었다. 그가 멋진 신사가 되어 돌아오자 가족들이 모여 있던 방은 텅 비어 있었다. 그는 적막감이 떠도는 식탁 한가운데 분홍색 상자가 놓여 있는 것을 보았다.

그는 그제야 여자를 뒤쫓아 식당에 들어왔다는 것이 생각났다. 가족들의 차가운 얼굴, 이상한 서프라이즈 파티, 선물까지 모든 게 석연치 않았다. 가족들은 그에게 무언가 숨기고 있는 게 분명했다. 그 비밀이 혹시 이 상자 속에 들어 있는 걸까. 불안하고 가슴이 답답했다. 그는 떨리는 손으로 분홍색 상자를 열었다. 그는 울음을 터뜨리듯 얼굴을 일그러뜨렸다. 그것은 핑크 토끼 가면이었다.

그래서…… 언니를 어떻게 한 거야?

안개가 자욱한 밤, 검정 승용차가 밤길을 무서운 속도로 달려갔다. 차 안에는 검정 양복에 검정 구두를 신은 남자가 운전을 하고 있었다. 남자는 자신의 인생 절반이 구렁텅이에 빠졌으며 나머지 절반도 좋아질 가망이 없다는 것을 알았다. 마희정은 자신에게 벗어나자마자 홀가분하고 행복한 얼굴로 다른 남자를 만났다. 남자의 기억 속에 그녀는 엄마의 죽음 앞에서도 들뜬 눈빛을 숨기지 못했다. 역겹고 분노가 치밀었다. 그 눈빛을 그녀의 삶에서 영원히 사라지게 하고 싶었다. 남자의 삶이 쓰레기가 된 것에 그녀의 책임도 절반쯤은 분명히 있었다.

마희정은 단순하고 자기감정에 솔직하고 어리석을 만큼 의심이 없었다. 그녀의 집 근처에 차이나타운을 만들기 위해 공사 중인 도로가 있었다. 차들의 통행이 없는 외진 그곳으로 자정이 가까운 시간 나오라고 했을 때도 그녀는 조금도 의심하지 않았다. 남자는 마희정이 죽기를 바라지 않았다. 단지 그녀의 삶 절반이 자신의 삶처럼 훼손되기를 바랄 뿐이었다. 환하게 웃는 그녀의 얼굴이 절반만 상처로 일그러지면 그만이었다. 이런 남자가 가혹한가.

사거리 신호를 지나면 가로등 앞에 마희정이 서 있을 것이다. 남자는 붉은색에서 초록색으로 바뀌는 신호를 보고 자신의 삶도 초록색으로 바뀌길 바랐지만 그럴 수 없으리라는 것을 알았다. 남자는 삶이 파괴되어가는 데 가속도를 느끼며 액셀러레이터를 세게 밟았다. 희뿌연 불빛 아래 방심한 채 위태롭게 차도로 내려오는 마희정이 보였다. 헤드라이트에 비친 그녀는 자신에게 덮쳐오는 불행이 이해되지 않는 듯 멍한 얼굴이었다.

남자의 차는 시속 50km로 멈추지 않고 달려 마희정의 몸을 가볍게 들이받았다. 그녀의 몸은 새처럼 공중으로 날아 아스팔트에 머리부터 털썩 떨어졌다. 마희정은 죽는 걸까. 마희정의 머리에서 흘러나온 피가 아스팔트를 검게 물들였다. 그녀는 남자를 보고 놀란 얼굴로 팔다리를 발작하듯 떨었다. 남자는 도망치듯 자리를 떠나 룸미러에 비친 자신의 얼굴을 마주 보았다. 남자의 얼굴에는 우스꽝스러운 핑크 토끼 가면이 씌워져 있었다. 남자는 천천히 토끼 가면을 움켜쥐며 터져 나오는 웃음을 참을 수가 없었다. 전처의 삶을 망가뜨리는 토끼 가면을 쓴 저자는 누구일까. 이 우습고도 지독한 악몽은 누구의 삶이란 말인가. 거울 속에는 보고 싶지 않은 그의 얼굴이 그를 노려보고 있었다.

이제야 악몽의 도시에 찾아오셨군요.

어디선가 기계음 같은 앨리스의 목소리가 들린 것 같았다. 불이 꺼진 병원 건물 앞에 그는 낯선 사람처럼 검정 양복을 입고 서 있었다. 전처의 심전도 기계에서 위태롭게 출렁이던 초록색 생명선이 떠올랐다. 알 수 없는 선의 비밀 속으로 숨어들듯 그는 들고 있던 핑크 토끼 가면을 얼굴에 썼다.

검정 양복에 토끼 가면을 쓴 그는 병원을 뒤로하고 천천히 돌아섰다. 이대로 토끼 가면을 쓴 채 영원히 악몽의 도시를 헤매는것도 좋을 것이다. 어쩌면 그는 지금 누군가의 악몽 속을 헤매고 있는 것은 아닐까. 악몽에서 깨어나면 그를 기다리는 것은 삶일까 또 다른 악몽일까. 그때 저쪽으로 뛰어가는 구두 발짝 소리가 들렸다. 골목 모퉁이로 사라지는 하얀색 블라우스와 촌스러운 스커트와 검은색 해초 같은 머리카락이 보였다. 앨리스를 조금 더 따라가 보는 것도 두렵지 않았다. 그는 토끼 가면을 쓴 채 또 다른 악몽의 문을 열듯 여자의 뒤를 쫓아 달리기 시작했다.

버드

1

중환자실 CPR CPR! 중환자실 CPR CPR!

소아암병동 CPR CPR! 소아암병동 CPR CPR!

그는 딸아이가 입원해 있는 나흘 동안 우연히 똑같은 안내 방송을 연달아 들었다. 간호사의 목소리는 전류가 흐르는 듯 불안하고 위험하게 떨려왔다. 그 순간, 병실 창문에 두 마리의 새가 연달아 머리를 툭툭, 부딪치고는 저 멀리 날아갔다. 자신이 누구인지 잊어버린 것 같은 멍한 얼굴을 한 그는 그 광경을 보다 무언가 생각난 것처럼 급히 아이패드에 단어를 입력했다. CPR, Cardiopulmonary Resuscitation, 심폐소생술. 그가 있는 병실과 멀지 않은 중환자실과 소아암 병동에서 두 개의 죽음이 벌어지고 있었다.

그는 문득 천장의 스피커 속으로 빨려 들어가는 것 같은 어지러운 착각을 느꼈다. 숨 막히는 공기, 의사들과 간호사들의 다급한 목소리와 손놀림, 그들을 비웃기라도 하듯 지속적인 기계음을 내며 움직이지 않는 심장박동측정기의 하얀 곡선, 그것들의 한가운데 가슴을 훤히 드러낸 채 무거운 몸을 무기력하게 들썩이고 있는 환자의 창백한 얼굴이 보이는 것 같았다. 지나치게 커다란 침대에 누워 있는 딸아이는 잠들었는지 움직이지 않았다. 그 옆에 무릎과 어깨를 웅크리고 있는 며칠 사이에 갑자기 늙어버린 여자는 그의 아내였다.

아이가 입원해 있는 나흘 동안은 시간이 썩은 강물처럼 지루하고 고요하게 흘러갔다. 창밖에는 느티나무인지 보리수나무인지 수많은 잎사귀가 바람에 흔들거렸다. 병실에서 그가 하는 유일한 일은 아이 발에 꽂혀 있는 주삿바늘을 통해 독한 항생제가 몸속으로 잘 들어가는지 가끔 바라보는 것이었다. 아내는 아이가 입원한 뒤로 감정 변화가 급격해져 갑자기 화를 내거나 불안해하거나 침울한 표정을 짓고 아무 말도 하지 않았다. 그는 왜 그들이 쩌렁쩌렁하게 울린 안내 방송을 듣고도 꼼짝하지도 울지도 않는지 이상하게 여겨졌다. 둘 다 아무 소리도 들리지 않을 만큼 깊이 잠이 든 걸까. 이제 생후 한 달 반이 된 아이는 병원에 입원한 뒤로 잘 울지 않았다.

두 번의 CPR을 외쳐대는 안내 방송이 울리던 나흘 동안 그는 가끔 그의 빈 집을 떠올리며 창문이나 현관문을 열어놓은 건 아닌가 하는 망상에 시달렸다. 그러나 닫혀 있는 텅 빈 곳에 무언가 침입해 들어왔을 거라고는 조금도 예상하지 못했다.

2

딸아이는 RS바이러스에 감염되었다.

그는 그것이 무엇의 약자인지 어떤 종류의 바이러스 균인지 아무 정보도 가지고 있지 않았다. 아이의 치료를 담당하고 있는 중년의 여의사는 의사들 특유의 차갑고 거만한 얼굴로 아무 설명도 해주지 않았다. 좀 두고 보자. 이제 균이 아래로 퍼지면서 폐가 나빠질 것이다. 앞으로 더 나빠질지도 모른다. 신생아 패혈증과 감염 파트의 전문의인 그녀는 마스크를 쓴 채 대충 그런 말들을 늘어놓고 지체할 시간이 없다는 듯 황급히 자리를 떠났다. 두고 보자. 제길, 의사라는 작자들은 언제나 똑같이 할 말이 그것뿐이지. 언제까지 두고 보자는 건가. 숨이 끊어지는 순간까지? 그는 알 수 없는 적대감에 휩싸여 자기도 모르게 주먹 쥔 손을 부르르 떨었다. 억울하고 부당하다는 생각에 그의 가슴 깊은 곳에서 뜨거운 것이 치밀었다. 그는 무기력하게 몸을 떠는 것 말고 할 수 있는 일이 아무

것도 없었다.

3년 전 그의 아버지가 심장 수술을 받을 때도 분노와 두려움에 몸을 떠는 것 말고 할 수 있는 일이 없었다. 아버지가 400ml짜리 신선한 피를 19팩이나 수혈받고도 깨어나지 못하고 있는 동안에도 의사들은 그에게 똑같이 두고 보자는 말만 했다. 결국, 한 번 멈췄던 심장은 스스로 다시 뛰지 못하고 차갑게 멈춰버렸다. 그는 중환자실에서 죽은 아버지의 얼굴이 너무 멀쩡해 까무러칠 정도로 충격을 받았다. 죽은 사람의 얼굴이 저토록 산사람과 똑같아도 되는가. 그는 장난을 치고 있는 것 같은 아버지의 얼굴에 하얀 시트가 덮이는 것을 보고도 할 수 있는 일이 아무것도 없다는 사실에 뜨겁고 물컹한 무언가가 목구멍으로 넘어와 토할 듯 헐떡거렸다. 아버지를 죽인 건 더 살고자 해서 받았던 심장 수술이었다. 수술을 받지 않았다면 아버지가 지금까지 살아 있을까. 누가 알겠는가. 이젠 모두 지나간 일일 뿐이다. 이런 쓸데없는 가정을 수십 번 한다 해도 죽은 아버지가 살아 돌아오지 않는다.

그는 지겹다는 표정으로 머리를 흔들었다. 아이는 철제 침대에 버려진 듯 누워 툭툭 끊어지는 짧고 거친 숨을 쉬었다. 입원한 뒤로 아이 몸에서는 젖비린내가 나지 않았다. 대신 기저귀에선 역한 항생제 냄새가 풍겼다. 머리카락과 귓속에서까지 마이신 냄새가 나는 건 끔찍했다. 아내는 멍한 얼굴로 침대에 걸어놓은 젖은 수건에서 물이 바닥으로 뚝뚝 떨어지는 것을 보고만 있었다. 그녀는

RS바이러스가 생후 1년이 되지 않은 영유아들에게 치명적이며 사
망에 이를 수도 있다는 것을 모르고 있었다. 아내는 늘 세상 모든
일에 관심 없는 무료하고 피곤한 얼굴로 살아가는 사람이었다. 그
는 아내가 아이를 낳았다는 사실조차 까먹은 건 아닐까 의심스러
웠다.

　아이는 알 수 없는 경로에 의해 RS바이러스에 감염되었다. 알
수 없는 바이러스 균은 아이의 상태를 악화시킬 수도 있었다. 운
이 정말 나쁘면 사망에 이를 수도 있었다. 알 수 없는 것 중에 그가
확실히 알고 있는 것은 그것이 전부였다. 도대체 어떤 경로로 아
이 몸에 그런 바이러스가 침입한 것일까. 미리 알았다면 그가 막
을 수 있었을까. 그것을 추적해 최초의 병원체를 알아낸다 한들
분노를 표출하는 것 말고 그가 할 수 있는 일이 남아 있을까. 그는
예고도 없이 아이를 덮친 불행을 너무 쉽게 받아들이고 있는 자신
에게 놀랐다.

　"체온계가 고장 났나 봐. 삐삐 소리가 안 멈춰."

　아내는 곧 미쳐 버릴 것 같은 얼굴로 소리쳤지만, 고장 난 건 체
온계가 아니라 아이였다. 그의 집 앞 중앙병원 응급실까지 차를
몰고 가는 동안에도 아이의 체온은 계속 올랐다. 그는 신호를 어
기고 불법 유턴을 해서 10분 만에 병원에 도착했다. 그 짧은 시간

동안 아이의 체온은 41도까지 올랐고 아이는 그때까지 정신을 잃지 않고 자지러지게 울어댔다. 지독한 열이 아이의 연약한 뇌를 녹여버릴 것 같아 그는 아이를 안고 응급실로 뛰었다. 마스크로 얼굴을 가린 젊은 여의사는 주먹을 쥐고 안간힘을 쓰며 우는 아이를 사물을 보듯 무심히 바라보고 말했다.

"3개월도 안 된 아이가 열이 나는 건 이상한 거예요. 척수 사이에 바늘을 꽂아 척수액을 뽑는 뇌척수 검사와 무균 혈액배양 검사를 할 거니까 피를 좀 많이 뽑을 거예요."

그는 간호사가 아이의 손과 발의 혈관을 뚫어질 듯 노려보다 주삿바늘을 다섯 차례나 무참히 찔러대는 것을 보고만 있었다. 아이 온몸에 스펀지처럼 구멍을 내고야 그만둘 건가. 아이의 혈관에서는 생각처럼 피가 줄줄 흘러나오지 않았다. 간호사는 기다릴 수 없다는 듯 아이의 발을 쥐어짜듯 주물러 피를 짜냈다. 도대체 무엇을 위해 아이에게 고통을 계속 주어야 하는가, 그는 문득 의문이 들었다. 정상이라는 결과를 받기 위한 온갖 검사를 위해? 아니면 살기 위해서? 하얀 시트에 누워 온몸이 땀에 젖은 아이는 눈물을 흘리며 멍한 눈빛으로 그를 바라보았다. 그는 고열과 고통에 취해 흔들리는 아이의 눈망울을 마주하는 게 숨이 막혔다.

아직 아이에게 고통을 주는 검사는 끝나지 않았다. 뇌척수 검사를 하기 위해 전문의가 처치실로 들어갔고 그와 아내는 아이만 그곳에 두고 쫓겨났다. 아내는 주변의 환자들이 돌아볼 정도로 날카로운 소리로 비명을 지르듯 말했다.

"애한테 무슨 짓을 하려고 우리를 쫓아내?"

"조용히 해. 나가 있으라잖아!"

조용히 하라는 그의 음성은 아내의 것보다 높았다. 그와 아내는 아이를 끔찍한 곳으로 들여보낸 공모자처럼 서로 눈을 마주치지 못했다. 아내는 아이가 당할 무자비한 시술을 상상하는지 경련을 일으키듯 몸을 부들부들 떨었다. 그리고 손톱을 잘근잘근 씹으며 자신을 덮친 불운에 완전히 지지 않으려고 안간힘을 쓰고 있었다. 도대체 자신이 삶에서 무슨 잘못을 저질렀는지 혼란스러운 얼굴이었다. 아내는 무서운 표정으로 그의 팔을 붙잡았다.

"저 사람들 애를 죽이면 어쩌지?"

"그냥 검사하는 것뿐이야."

그렇게 대꾸한 그도 앞으로 벌어질 일에 대해 아무것도 장담할 수 없었다. 한 시간 내내 아이 울음소리가 환청처럼 들렸고 그는 곧 폭발하기 직전이었다.

바로 그때, 링거액과 복잡한 기계 장치를 달고 누워 있는 환자들 사이로, 어수선한 응급실 복도 벽에 등을 기댄 채 담배를 피우는 남자를 보았다. 남자는 담배를 깊이 빨아들이고 한꺼번에 하얀 연기를 토하듯 내뿜었다. 금방이라도 사그라질 재처럼 회색빛 얼굴에 눈 밑이 거무스름했다. 낡고 구겨진 회색 재킷 속의 몸은 삐쩍 말라 어깨와 품이 헐렁헐렁했다. 응급실 앞에서 담배라니. 여기저기서 바쁘게 움직이고 있는 의사들과 간호사들 누구도 남자의 무례한 행동에 대해 아무 말도 하지 않았다.

남자에게 무슨 말이라도 해야겠다고 생각한 순간, 처치실 문이 열리고 하얀 가운의 의사가 조금 지친 기색으로 걸어 나왔다. 아이가 시술을 받다 쇼크라도 일으킨 걸까. 그는 생의 어떤 잔인함과 폭력에도 놀라지 않겠다는 듯 자리에서 우뚝 일어섰다. 그때 그의 눈에 커다란 침대에 짐승 새끼처럼 웅크리고 있는 아이의 발가락이 꼼지락거리는 게 보였다. 그는 그 고통에도 살아 있는 아이의 모습이 기이하게 느껴졌다. 그와 아내, 여덟 군데 바늘을 찔러 척수액을 뽑아낸 의사, 몸부림치면서도 버텨낸 아이, 누구도 미치지 않았고 더 끔찍한 상황은 벌어지지 않았다. 결국 모든 순간은 지나갔다. 그는 다리에 힘이 풀리며 알 수 없는 허탈감에 맥이 빠지는 기분이었다.

3

아이가 나흘 동안 하루 여섯 번 항생제 주사를 맞는 동안 달리 할 일이 없던 그는 삼각형으로 연결된 병원 복도를 천천히 걸었다. 복도에서 환자복을 입은 어린 환자들과 마주치면 그들의 신체 어디가 고장이 난 걸까 잠시 측은한 눈길로 바라보았다. 하루는 아이 발에서 주삿바늘이 빠져 붉게 물든 시트를 보고 간호사실로 급히 달려갔다. 그때 복도 어디선가 고소한 기름 냄새가 풍겨왔다. 그는 이상한 느낌에 발목을 붙잡힌 듯 멈춰 섰다. 냄새가 나는 쪽으로 고개를 돌리자 주황색 플라스틱 의자에 무언가를 게걸스럽게 먹고 있는 여자아이가 앉아 있었다.

열두 살쯤 된 여자아이는 단발머리와 찢어진 눈에 코와 입은 볼살에 파묻혀 있었다. 파란색 쿠키몬스터 캐릭터가 프린트된 분홍색 티셔츠를 입고 있었는데 머리와 어깨 사이의 목은 보이지 않았고 팔뚝은 소시지처럼 터질 것 같았으며 배는 울퉁불퉁 튀어나온 살덩이가 세 겹으로 겹쳐진 엄청난 뚱보였다. 그야말로 살찐 분홍색 코끼리 같군. 살면서 저토록 살찐 여자아이는 생전 처음 보는 듯 그는 경이로운 눈빛을 감추지 못했다. 간호사실로 가야 하는 것도 까맣게 잊은 채 여자아이에게 완전히 정신이 팔렸었다.

여자아이는 하얀 털보 할아버지가 그려진 프라이드치킨 상자를 빼앗기기라도 할까 봐 꼭 끌어안고 튀긴 닭 다리를 쥐고 쩝쩝 소리 내며 뜯어 먹었다. 홈쇼핑 시식 모델로 나왔다면 엄청난 양의 핫도그나 햄버그스테이크를 먹어치울 것 같았다. 복도는 프라이드치킨 냄새와 기름 냄새로 진동했다. 병원 복도에서 저런 걸 먹고 있어도 간호사와 보호자 누구도 나와 보지 않는 게 조금 이상했다. 그가 한 발짝 다가가자 여자아이는 닭 다리를 쪽쪽 빨며 의자에서 일어나더니 코너를 돌아 두터운 문 사이로 사라지듯 쏙 들어가 버렸다. 그는 그곳이 소아암 병동이라는 것을 알고 고개를 갸웃거렸다.

그날 오후 아이는 병원에 입원하고 처음으로 분유 40ml를 먹어 아내를 기쁘게 했다. 열도 37도로 떨어졌다. 붉은 기운이 사라진 아이의 뺨을 톡톡 두드리며 간호사는 너 꼭 귀여운 모찌 같구나, 하고 웃음을 지었다. 그날 밤, 그는 커피를 사러 지하 카페로 내려가려고 엘리베이터를 탔다. 외래가 끝난 진료실 앞 텅 빈 의자에는 수많은 사람 대신 어둠이 내려앉았다. 엘리베이터가 벨 소리와 함께 3층에서 멈추고 문이 활짝 열렸다. 그곳엔 아무도 없었다. 누가 장난을 쳤나. 다시 문이 닫히고 엘리베이터는 지하 1층으로 내려갔다.

카페에서 아메리카노 한 잔을 산 뒤 화장실에 들렀다가 엘리베이터에 올랐다. 그는 엘리베이터에 들어선 뒤에야 꼬깃꼬깃한 회색 재킷을 걸친 마른 장작 같은 남자가 서 있는 것을 알았다. 왜 문이 열렸을 때는 보지 못한 걸까. 남자의 얼굴은 타들어 가는 듯한 먹빛에 양쪽 볼이 광대뼈가 튀어나올 정도로 움푹 들어가 괴괴한 느낌을 주었다. 그는 미간을 살짝 찌푸리며 남자를 어디서 봤는지 기억해냈다. 응급실 복도에서 태연하게 담배를 피우던 그 남자가 틀림없었다.

남자를 다시 만나자 시간이 거꾸로 돌아가는 것 같은 알 수 없는 불쾌함이 덮쳐왔다. 남자가 혹시 엘리베이터에서 자신을 기다린 건 아닐까 하는 수상한 느낌에 사로잡힌 순간, 문이 쿵, 소리 나며 닫혔다. 그는 6층을 눌렀고 남자는 초조하게 뼈만 남은 손을 떨더니 담배를 꺼내 한 개비를 물고 다급하게 라이터를 켜 한 모금 빨아들였다. 옆에 누가 있든 말든 오로지 담배 연기 속에서 평화로워 보였다.

두 개의 퀭한 검은 구멍이 눈동자라는 것만 짐작할 뿐 어디를 보고 있는지도 알 수 없었다. 남자는 거친 숨을 토해내는 것과 동시에 담배 연기와 밭은기침을 여러 번 내뱉었다. 목구멍 깊숙한 곳을 쇠갈고리로 긁는 듯한 신경을 거슬리게 하는 소리였다.

그 와중에도 담배를 피우지 않으면 견딜 수 없다는 듯 연거푸 담배를 빨았다. 담배를 빨고 있는 순간에만 숨쉬기가 편안한 얼굴이었다. 그는 불쾌하기보다 남자가 엘리베이터 바닥에 의식을 잃고 쓰러질까 봐 덜컥 겁이 났다. 좁은 엘리베이터 안은 남자가 토해낸 담배 연기로 자욱해졌다.

남자는 피우던 담배가 꺼지기 전에 또 한 개비를 꺼내려다 담배가 두 동강이 나며 부러졌다. 담뱃갑은 텅 비어 있었다. 남자는 느닷없이 거친 숨을 몰아쉬며 웃기 시작했다. 웃음소리는 죽은 나무가 비틀리는 소리처럼 기괴하게 갈라졌다.

"거지 같네."

그는 뭐라고 대꾸해야 할지 몰라 어색하게 웃어 보였다. 갑자기 엘리베이터 안은 짓누르는 것 같은 무거운 침묵으로 가득 찼고 그는 어금니를 힘주어 깨물었다. 지하에서 6층까지 올라오는 몇 초가 숨 막히도록 길었다. 마침내 6층을 알리는 벨 소리와 함께 문이 활짝 열렸다. 좁은 엘리베이터에 갇혀 있던 담배 연기가 한꺼번에 쏟아져 나왔다. 그는 남자를 힐끗 돌아보며 쏘아붙였다.

"담배 좀 작작 피워대쇼. 얼굴이 그게 뭐요?"

그가 서둘러 내리는 동안 남자는 꼼짝하지 않고 침울한 표정으로 구겨진 담뱃갑을 쥐고 서 있었다. 닫히는 엘리베이터 문 사이로 남자의 얼굴이 일그러지는 것이 보였다. 그는 쓸데없는 말을 한 것 같아 얼굴이 화끈 달아올랐다.

그날 새벽 두 시, 아이의 폐에서는 풍선에서 바람이 빠지는 것 같은 거칠고 불규칙한 소리가 끊어질 듯 힘겹게 들려왔다. 아이는 급히 집중치료실로 옮겨졌다. 아이의 작은 입과 코에는 산소마스크가 씌워졌고 가슴에는 알 수 없는 기계의 전선들이 어지럽게 부착되었다. 마스크와 앞치마와 비닐장갑으로 무장한 주치의는 청진기를 아이 가슴에 갖다 대고 어두운 표정을 지었다. 아이는 차가운 청진기가 가슴에 닿아도 울지 않았다.

"오늘 밤이 고비가 되겠네요."

아이가 입원하고 나흘 만에 그는 비로소 병원에서 벗어나게 되었다. 아내는 두꺼운 하얀색 포대기를 가슴에 조심스럽게 끌어안고 뒷좌석에 올라탔다. 그는 옆자리에 타지 않는 아내를 잠시 바라보았을 뿐 아무 말도 하지 않았다. 그는 이상하게 홀가분해진 마음으로 지하 주차장에서 시동을 힘차게 걸었다. 뒷좌석의 아내는 입이 붙어버린 것처럼 아무 말도 하지 않았다. 차 안은 혼자 타고 있는 듯 고요했다.

그는 차를 몰다가 병원 앞 벤치에서 빨간 통을 끌어안고 프라이드치킨을 먹고 있는 뚱보 여자아이를 또 보았다. 여자아이는 발을 까닥거리며 닭 날개를 쪽쪽 빨아대다 무슨 말을 하고 싶은 듯 그를 물끄러미 바라보았다. 그리고 닭 날개를 빨던 기름진 손으로 아내가 안고 있는 하얀색 포대기를 가리키며 어어, 하고 짧은 말을 내뱉는 것이었다. 빨리 가. 아내가 재촉하는 소리에 그는 정신을 차려 서둘러 지나쳤다. 아내는 포대기를 안고 집에 들어서자마자 갇혀 있던 더러운 공기를 내몰듯 모든 창문을 열어젖혔다. 그는 그때까지도 그의 가족이 집을 비운 사이 들어온 침입자에 대해 알지 못했다.

4

병원에서 돌아온 날 오후, 그는 베란다 타일과 거실의 팔손이 잎사귀와 아이의 침대 모빌 여기저기에서 새똥을 발견했다. 아내는 새들의 정체에는 관심이 없었고 아이 모빌에 새똥이 묻은 것에만 화를 내며 그것을 빨았다. 새똥은 푸르스름한 것에서 검은빛까지 다양했다. 한 마리가 아니라 여러 마리가 싸놓은 것이 분명했다. 그는 꼼꼼한 관찰 끝에 세 마리라는 것으로 결론 내렸다. 그는 새똥을 보여주며 추리 과정을 아내에게 설명하는 대신 그것을 물티슈로 깨끗이 지워버렸다. 아내는 감쪽같아진 타일을 보며 새들까지 집 안에서 사라졌다고 믿는 눈치였다.

구멍이 없는데 새가 어디로 들어왔지?

나흘 동안 앞뒤 베란다와 모든 방의 창문은 굳게 닫혀 있었다. 그는 갇혀 있는 것 같은 답답한 심정으로 노인처럼 같은 말을 중얼거리며 집 안을 둘러봤다. 아내는 새들이 부리로 포대기를 쪼아대지만 않는다면 상관없다는 태도였다. 그러나 누가 포대기를 잡아채 가기라도 할까 봐 아이 얼굴이 보이지 않도록 폭 싼 그것을 품에 안고 돌아다녔다. 아내는 포대기 안에서 무엇을 찾는지 물끄러미 한두 시간씩 바라보았다. 병원에서 돌아온 뒤 아내의 눈빛은 구멍이 뚫린 듯 텅 비어 있었다. 그는 그런 아내의 눈과 마주치는 게 두려워 아내를 피했다. 이봐, 들어올 구멍이 없는데 새가 들어와 여기저기 똥을 싸질러놨다고. 이게 있을 수 있는 일이야? 그는 집 안 어디에도 새가 들어올 만한 구멍이 없다는 걸 알고 아내의 어깨를 흔들며 소리치고 싶었다. 아무도 안 빼앗아 가니까 포대기는 그만 좀 내려놓고 구멍이나 찾아보라고 다그치고 싶었다. 그는 자신이 두려움에 사로잡혔다는 것을 아내에게 들키고 싶지 않았다.

그는 아파트 생활주민센터 사무실을 찾아가 CCTV를 확인해달라고 따졌다.

"아무도 없는 집에 새들이 들어와 똥을 사방에 싸질러놓고 사라졌어요. 방범을 대체 어떻게 하길래 이런 일이 일어납니까?"

검정 유니폼을 입은 남자 직원은 고개를 절레절레 젓더니 웃으며 장담하듯 말했다.

"새요? 이 아파트는 나뭇가지가 창문 근처에 흔들려도 방범 센서가 작동해요. 일부러 문을 열어놓지 않는 이상 절대 새 같은 건 못 들어와요."

그는 한 가지 남았을 가능성에 머리가 하얘지는 것 같았다. 그 것은 베란다의 투명한 유리문이었다. 설마, 새들이 이 유리를 통과해 집 안으로 날아 들어온 걸까. 유리를 두드리다 순간 엉뚱한 환영이 보이는 것 같아 고개를 흔들었다. 말도 안 돼. 그는 유에프오나 심령사진을 보고 흥분하는 사람을 보면 혐오감을 느끼는 지독한 현실주의자였다.

그날 저녁은 아이가 입원한 뒤 빼앗겼던 평화로운 시간이 모처럼 그에게 주어졌다. 그는 스트레칭을 하기 위해 거실 소파 구석에 말아둔 매트를 꺼내다가 그토록 찾던 새를 마침내 발견했다. 그것은 계란만 한 크기의 쥐색 몸통에 날개 끄트머리와 머리는 분홍색을 띠는 특이한 종이었다. 듬성듬성 난 다 자라지 않은 깃털로 봐서 잘 날지도 못하는 어린 새처럼 보였다. 새의 몸은 싸늘했지만 아직 굳지 않고 말랑말랑했다. 죽은 지 겨우 몇 시간이 지난 것 같았다. 어린 새는 왜 하필 소파 구석까지 비집고 들어가 죽은 걸까. 추위와 배고픔과 공포에 떨다가 집이 두려워 구석에 숨어든 채 죽어갔는지도 모른다. 아내는 얼굴을 일그러뜨린 채 새된 비명을 지르며 죽은 새가 재앙 덩어리라도 되는 양 포대기를 안고 침실로 들어갔다. 그는 티슈로 감싼 새를 들고 무슨 말을 하려다 입을 다물었다.

그는 작은 부삽을 들고 아파트 화단 자작나무 아래 그 새를 묻었다. 그리고 가엾은 새의 영혼을 위해 짧게 기도하는 척하며 눈을 감았다. 다시 눈을 떴을 때 눈앞에 분홍색 캔버스화가 보였다. 고개를 들자 병원에서 봤던 분홍 코끼리, 아니 뚱보 여자아이가 서 있었다. 여자아이는 프라이드치킨이 가득 든 붉은 통을 품에 안고 찢어진 눈으로 그를 빤히 바라보았다. 손에 든 닭 날개를 한 입 뜯어 먹으며.

"그게 뭔데요? 방금 땅에 뭘 묻었어요?"

"뭐? 아무것도 안 묻었어. 넌 볼 때마다 먹니? 이 뚱보야."

손에 묻은 흙을 털며 그는 당황한 것을 숨기려고 여자아이를 놀렸다. 여자아이는 화가 난 듯 입을 다물더니 다 먹은 닭 날개 뼈를 그를 향해 집어 던졌다. 그러더니 상자에서 또다시 닭 날개를 집어 들었다. 붉은 상자에는 온통 닭 날개뿐이었다. 그는 분홍 날개의 어린 새를 묻은 무덤과 닭 날개를 먹고 있는 여자아이를 바라보며 여자아이가 방금 묻은 새를 뜯어 먹는 광경이 떠올라 머리를 흔들며 진저리를 쳤다.

그날 밤 그는 거실 이불 속에 웅크린 채 새의 가녀린 울음소리를 들었다. 죽은 새가 슬피 우는 걸까. 아니면 집 안 어딘가에 다른 새가 남아있기라도 한 걸까. 순간 어둠 속에서 검은 그림자가 푸드덕거리며 날아오르는 것이 보여 그는 이불 속으로 머리를 파고들었다.

다음 날 아침 베란다 화분에 물을 주던 아내가 흥분한 듯 소프라노 톤의 소리를 질렀다. 아내가 가리킨 곳은 빈 화분이었고 그 안에 또 한 마리의 새가 눈을 감은 채 싸늘하게 죽어 있었다. 어제 발견한 것보다 몸체가 크고 검은 몸통에 날개가 회색빛으로 직박구리와 비슷해 보였지만 확실치 않았다. 아내는 그가 어제 죽은 새를 발견했을 때와 달리 놀라거나 두려워하지 않고 보물이라도 찾은 듯 기뻐했다.

"너무 가벼워. 무게가 안 느껴져."

"그걸 맨손으로 만져?"

그는 죽은 뒤 며칠이나 지난 새를 아무렇지 않게 맨손으로 쥐고 있는 아내가 낯설었다. 아내는 집에 두 번이나 새가 들어와 죽었다는 게 즐거운 일인 양 뺨이 붉게 상기되어 있었다. 회색빛 날개의 죽은 새와 죽은 새를 손에 쥐고 웃고 있는 아내까지 그는 꿈을 꾸는 듯 비현실적인 기분에 사로잡혀 멍해졌다. 들어온 통로를 찾지 못한 채 새들이 연달아 죽어가는 것은 집이 살아 움직이는 괴물처럼 뒤틀리며 입을 벌려 새들을 유인해 잡아먹는 환각을 불러일으켰다.

그는 첫 번째 새를 묻은 자작나무 아래 또 죽은 새를 묻었다. 땅을 팔 때 어제 묻은 새의 사체를 다시 파헤치게 될까 봐 겁이 났다. 죽은 새를 위해 나뭇가지를 꺾어 작은 십자가라도 만들려다 쓸데없는 짓 같아 그만두었다. 그는 이제 새를 묻어 주는 일도 지겹고 묘지 지기가 되는 것도 싫었다.

모든 상황 중에 가장 나쁜 것은 집 안에 새 한 마리가 더 남아 있을지 모른다는 불길한 의혹이었다. 그는 아내에게 그것에 대해 털어놓지 않았다. 재정 위기에 처한 그의 회사, 마이너스 통장, 신용카드값 연체 독촉 전화. 이에 비하면 집 안에 숨어 죽어가고 있는 새 한 마리는 하찮고 사소한 것이었다. 그러나 그 새 한 마리가 모든 불길한 비밀을 품은 채 어디선가 썩어가고 있는 것 같아 불안감을 참을 수 없었다. 고작 새 한 마리 때문에 그가 편두통에 시달리며 잠들지 못한다는 것을, 누구보다 아내가 영원히 모르길 바랐다. 그는 작고 가벼운 죽음을 더는 견디기 힘들었다. 그날 밤에도 그는 오지 않는 잠 속에서 가녀린 새 울음소리를 들었다. 새 울음소리가 잠든 이들을 깨울까 봐 조마조마했다.

그는 소파에 우두커니 앉아 창밖에서 자작나무 가지가 흔들리는 것을 보며 어깨를 흠칫 떨었다. 저 자작나무 아래 묻은 새는 지금쯤 얼마나 부패했을까. 벌써 약삭빠른 고양이가 파헤쳐갔을 수도 있다. 왜 새들은 아이가 아픈 사이 그의 집에 들어와 죽어버린 걸까. 쥐도 아니고 새들이 집에서 죽어 나가는데 이 불가사의한 죽음을 구경만 해도 될까. 아직 찾지 못한 한 마리는 집 안 어디에서 썩어가고 있는 걸까……. 새의 몸통에 구더기가 들끓고 있는 광경을 떠올리며 날이 하얗게 밝을 무렵에야 그는 죽은 새처럼 고개를 떨어뜨리고 까무룩 잠이 들었다.

5

병원에서 집으로 돌아온 지 나흘이 지났다. 이상한 일이었지만 그의 집에는 계속 새가 날아 들어왔다. 집 안 어디선가는 귀에 거슬리는 바람 소리가 들려왔다. 통장 잔고는 바닥이 났고 회사 대표는 일주일째 연락이 두절된 채 모습을 감추었다. 그는 사무실에 출근해 종일 아무 일도 하지 않고 빈둥거리다 어두운 밤이 되어 집으로 돌아왔다. 웬일인지 많은 업무에 시달릴 때보다 그의 몸은 더 무겁고 피곤했다. 그는 이 모든 일이 계속 집에 날아 들어오는 새 때문이라고 생각했다. 아내는 퇴근해서 돌아온 그의 얼굴에 대고 매일 비슷한 불평을 해댔다.

"새 때문에 미치겠어. 오늘은 세상에 다섯 마리나 들어왔었어."

"봤어? 어디로 들어왔는지?"

"몰라. 잠깐 사이에 거실에 다섯 마리가 날아다니는데 정신이 하나도 없었어. 제발 어떻게 좀 해봐."

그날 밤 그는 퇴근길 버스에서 수십 마리의 새들에게 둘러싸여 손가락과 눈꺼풀과 발가락을 부리로 쪼이는 악몽을 꾸었다. 눈을 떴을 때 창밖은 어두워서 아무것도 보이지 않았고 어디선가 역겨운 악취가 났다. 생선 비린내와 비슷한 썩는 듯한 악취는 등 뒤에서 풍겨왔다. 그는 더 참지 못하고 뒤를 돌아보았다. 맨 뒷좌석에 구겨진 회색 재킷을 입고 뼈만 남은 앙상한 몸을 웅크린 남자가 보였다. 그는 남자를 단번에 알아보았다.

남자의 얼굴은 이젠 석탄처럼 새카맸고 놀랍게도 버스 안에서도 태연히 담배를 피워댔다. 남자가 뻐끔거리며 숨을 토해낼 때마다 담배 연기가 천장에 떠돌았지만 승객들 누구도 뭐라고 하는 사람이 없었다. 악취와 담배 연기 때문에 머리가 지끈거리고 구역질이 치밀어 그는 고개를 돌려버렸다. 도대체 어디서 무얼 하다 오면 저런 냄새가 진동하는 걸까. 그는 다행히 내릴 때가 되어 벨을 누르고 도망치듯 버스에서 내렸다. 찬 공기를 맡으며 몇 걸음 떼었을 때 누군가 그의 팔을 낚아채듯 붙들었다. 불이 붙은 담배를 든 그 남자였다.

"중앙병원이 어디야?"

다짜고짜 반말이었지만 그는 붉은 불빛이 비치는 응급실을 바라보며 등 뒤에 보이는 건물을 가리켰다.

"바로 횡단보도 건너편이오."

저 병원에서 그의 아버지가 심장 수술을 받다 세상을 떠났고 그의 딸이 나흘 전까지 입원해 있었다. 남자는 병원을 돌아보지도 않고 얼굴을 일그러뜨리며 웃더니 또 담배를 빨았다.

남자는 횡단보도를 건너 병원으로 가지 않고 담배를 피우며 그를 따라왔다. 낯선 사람과 걷기에는 지독하게 고요하고 어두운 밤이었다. 그는 남자의 행동을 이해할 수 없었지만 묵묵히 걸었다. 버스 안에서보다 덜했으나 여전히 남자에게서는 설명하기 힘든 악취가 풍겨왔다. 둘은 환한 불빛이 비치는 거대한 초록빛 네트의 골프장 옆을 지나쳤다. 남자는 그 풍경을 신기한 듯 올려다보더니 담배를 피우며 숨이 찬 듯 중얼거렸다.

"이 밤에, 작은 공 쳐대는 게, 뭐가 신난다고, 저 난리야?"

"공이 직장 상사나 바람난 남편의 머리통이라고 생각하며 치나 보죠."

남자는 그의 시큰둥한 대답에 갑자기 가래가 끓는 듯한 기침을 해댔다. 영원히 멈출 것 같지 않은 기침이었다. 남자는 손등으로 입술을 훔치더니 무언가 안에서 끓어오르는 듯 격양된 목소리로 외쳤다.

"젠장, 나도 공이나 갈겨봤으면 가슴이 뻥 뚫릴 텐데!"

남자는 가쁜 숨을 몰아쉬며 다시 담배를 피워 물었다. 그는 남자가 울분에 싸여 있으며 무언가 억울한 일을 당했을지 모른다고 생각했다. 그는 그런 남자가 두려워지는 동시에 호기심을 느끼기 시작했다. 남자는 한 발짝쯤 떨어져서 그가 사는 아파트 단지까지 따라왔다. 그는 더 참지 못하고 소리쳤다.

"왜 자꾸 따라와요?"

"안 따라가."

남자는 전혀 당황하지 않은 얼굴로 그렇게 말하면서도 계속 그를 따라왔다. 그때 어디선가 바람을 가르며 끼익 끼익 기분 나쁜 쇳소리가 들려왔다. 아무도 없는 놀이터에서 누군가 빈 그네를 밀고 있었다. 어둠 속에서도 터질 듯한 부푼 배가 눈에 띄는 뚱보 여자아이였다. 저 몸으로는 그네를 탈 수 없어 혼자 밀고 있었던 건가. 그런 생각이 들자 여자아이가 처음으로 가엽게 느껴졌다. 여자아이 옆에는 빈 치킨 상자가 나뒹굴고 있었다. 한 상자를 다 먹어 치우고도 배고픈 얼굴로 손가락을 빨며 남자를 바라보았다. 그 둘이 서로 아는 사이라는 사실에 그는 충격을 받았다. 둘은 서로를 바라보더니 아무 말 없이 그의 집 쪽을 향해 걸어가는 것이었다.

둘이 걸음을 멈춘 곳은 아파트 화단의 자작나무 스무 그루 중에 바로 죽은 새들을 묻은 무덤 앞이었다. 그들은 새들의 무덤 앞에서 움직이지 않고 서 있었다. 무엇 때문인지 화가 난 것처럼 굳은 얼굴이었다. 그는 무언가 잘못되어가고 있다는 불길한 예감과 두통이 일었다. 그들이 그곳에 죽은 새를 두 마리나 파묻은 사실을 알게 될까 봐 초조하고 다급해졌다.

"거기서 뭣들 하는 거예요?"

"아무것도 안 해."

그는 자작나무 어둠 속에 서서 담배를 피우고 있는 말라깽이 남자와 뚱보 여자아이에게서 도망치듯 집으로 들어왔다. 그들은 그 자리에서 얼어붙은 듯 자작나무를 바라보며 오래도록 서 있었다.

6

그가 현관문을 열고 들어섰을 때, 불이 꺼진 채 냉랭한 공기와 싸늘한 정적이 감돌았다. 늘 어지럽혀 있던 거실은 휑하니 텅 비어 있었다. 그는 장식장을 손으로 쓸어보며 손끝에 묻어난 먼지를 이상하게 바라보았다. 그때 아내가 늘 닫아두고 창고처럼 쓰지 않는 방에서 기척도 없이 나와 그의 등 뒤에 서 있었다. 그는 어깨를 흠칫 떨며 가슴을 쓸어내리고 불을 켰다.

"깜짝이야. 불은 왜 끄고 거기서 나와?"

"늦었네?"

아내는 검정 원피스에 붉은 립스틱을 바르고 미소를 짓고 있었다. 매일 지친 얼굴로 새들 때문에 불평을 늘어놓던 아내와는 다른 사람 같았다. 아내는 무슨 좋은 일이 있는지 기분이 좋아 보였다. 그는 그런 아내가 낯설면서도 불평을 듣지 않아 다행이라고 생각했다.

"오늘 무슨 일 있어? 옷을 왜 그런 걸 입었어?"

"쉿, 기다리는 중이야."

"뭘 기다려?"

그는 건성으로 묻고는 조급하게 베란다 창밖으로 시선을 돌렸다. 어둠 속에 남자와 여자아이가 아직까지 가지 않고 2층인 그의 집을 올려다보고 있었다. 어둠 때문에 그들의 표정은 무섭고 침울해 보였다. 언제까지 저러고 있을 작정인지. 무슨 일인가 호기심 어린 얼굴로 아내가 다가와 창밖을 기웃거렸다.

"밖에 뭐가 있어?"

"아무것도 아니야. 저리 가 있어."

그러나 아내는 이미 자작나무 아래서 이쪽을 올려다보고 있는 두 사람을 보고야 말았다. 아내는 입가를 경련하듯 떨며 혼잣말처럼 중얼거렸다.

"벌써 왔구나……"

그가 재킷을 벗고 화장실에 다녀오고 난 뒤에도 그들은 계속 같은 자세로 무언가를 기다리듯 집요하게 그의 집을 쳐다보고 있었다. 그는 주민센터에 이상한 사람들이 집 밖에 서 있다고 신고하기로 마음먹었다. 아내는 부엌에서 저녁 식사를 준비하는지 테이블에 접시를 놓고 분주하게 움직였다. 테이블에는 두 사람이 아닌 네 사람의 접시와 포크가 차려져 있었다. 누굴 초대했나? 그래서

옷을 차려입고 화장까지 하고 있었던 것인지도 모른다.

그때 그는 베란다 밖에 서 있던 그들이 감쪽같이 사라진 것을 보았다. 안도의 숨을 내쉬는 것과 동시에 그의 집 초인종이 날카롭게 두 번 울려댔다. 인터폰에 비친 것은 아까 집 밖에 서 있던 남자와 뚱보 여자아이였다. 당황한 그가 말릴 사이도 없이 부엌에 있던 아내가 달려와 문을 열어주었다. 그는 현관문 앞에서 아내가 그들을 초대라도 한 듯 반갑게 맞이하는 것을 얼떨떨한 심정으로 바라보았다.

7

"못 자국 천지군."

남자는 집에 들어서자마자 다짜고짜 그렇게 말했다. 남자의 말대로 거실의 벽에는 스무 개쯤 되는 못 자국이 흉측하게 나 있었다. 전에 살던 부부가 한 짓이었다. 그는 그것을 이제야 발견한 자신에게 놀라고 있었다. 그들은 무엇 때문에 저토록 무수히 벽에 못질했을까. 남자는 담배를 피우고 싶어 몸이 근질근질하고 불안한지 어깨를 움츠리며 히뜩거렸다. 뚱보 여자아이는 배가 고픈 얼굴로 엄지손가락을 빨며 소파 구석을 뚫어지라 보았다. 아내는 여자아이에게 스스럼없이 다가가 어깨에 다정하게 손을 얹었다.

"거기 뭐가 있는데 그렇게 보니?"

"새요."

그곳은 어린 새가 죽어 있던 장소였다. 그러나 지금은 깨끗이 치워져 아무것도 없었다. 그는 소름이 끼치며 수상한 이들을 그만 집에서 내쫓아야겠다고 생각했다. 그때 아내는 파티의 호스트라도 된 양 두 사람을 식탁으로 이끌었다. 그는 아내가 처음 보는 두 사람에게 저토록 친절하게 굴며 식사까지 대접하는 것을 이해할 수가 없어 기가 찬 듯 고개를 저었다. 테이블에는 연어 샐러드와 스테이크와 마늘 빵과 브로콜리 치즈 스프가 차려져 있었다. 화병에 꽃을 꽂고 양초에 촛불까지 켠 것을 보고 그는 어이가 없어 웃음이 터져버렸다. 그는 아내를 비웃듯 이죽거렸다.

"왜 폭죽은 안 터트려?"

"폭죽 소리에 깰까 봐요. 그보다 오늘은 특별한 음식을 준비했어요."

아내는 기분 나빠하기는커녕 뭐가 좋은지 생글생글 웃었다. 그러고 보니 그는 퇴근하고 돌아와 지금까지 아이의 얼굴을 보지 못했다는 게 떠올랐다. 모두 저 두 사람에게 온통 신경이 쏠려 있던 탓이었다. 그는 문득 오랫동안 아이를 보지 못한 것 같은 그리움에 자리에서 일어났다.

"애는 자?"

"엇. 깼다고요."

62

그는 할 수 없이 자리에 앉아 아내가 가져오는 화려한 꽃무늬의 커다란 접시를 의아하게 바라보았다. 아내는 접시를 조심스럽게 테이블에 내려놓더니 의기양양하게 은빛 뚜껑을 열었다. 그는 그 순간 아내의 눈빛이 충혈된 것을 목격했다.

"오늘의 특별한 메인 요리예요."

아내가 뚜껑을 연 쟁반에는 노란 튀김옷을 입은 알 수 없는 튀김이 스무 개도 넘게 수북이 쌓여 있었다. 닭 튀김인가. 그가 튀김에서 눈을 떼지 못하고 포크를 대지도 못하고 망설이고 있는 사이, 뚱보 여자아이가 튀김에 달려들어 두 손에 하나씩 쥐고 허겁지겁 뼈째로 씹어 먹기 시작했다. 맞은편에 앉은 남자는 더 이상 참을 수 없다는 듯 주머니에서 담배를 꺼내 한 개비 피워 물었다. 격렬하게 기침을 하면서도 담배를 계속 빨아대던 남자는 뭐가 우스운지 뚱보 여자아이를 보며 쇳소리가 나는 웃음소리를 냈다. 아내는 두 손을 희미하게 떨며 원피스를 움켜쥐고 이 모든 상황을 견디고 있었다. 그는 그제야 튀김옷 사이로 벗겨진, 여자아이가 게걸스럽게 먹고 있는 것의 정체를 알아차렸다. 머리와 날개가 흉측하게 엉겨 붙은 그것은 새였다. 그는 놀라움과 충격에 몸을 부들부들 떨며 자리에서 벌떡 일어나다 나이프를 바닥에 떨어뜨렸다.

"당신 미쳤어?"

"그럼 어떡해요? 새들이 자꾸 들어오는데. 저 많은 죽은 새들을 나보고 어쩌라는 거예요? 나도 새 때문에 미칠 것 같다고요!"

아내는 갑자기 감정을 주체할 수 없는 듯 소리를 지르더니 두 손으로 얼굴을 감쌌다. 남자는 아까보다 더 어두워진 눈동자로 말 없이 담배를 피웠고 여자아이는 손에 쥐고 있던 튀김을 내려놓고 토할 것 같은 표정으로 딸꾹질을 하며 어깨를 흠칫흠칫 떨었다. 그때였다. 어디선가 희미한 아이 울음소리가 새어 나왔다. 여자아 이는 오줌을 싼 것 같은 두렵고도 당황한 얼굴로 울먹였다.

"우나 봐요."

그는 아기 침대가 있는 침실로 달려갔고 그의 뒤로 세 사람이 뒤따라오는 소리가 들렸다. 침실 문을 열었을 때 그곳은 불이 꺼 져 어두컴컴했다. 그는 조심스럽게 아이 침대로 다가갔다. 그곳에 는 늘 아이를 감쌌던 두꺼운 하얀색 포대기가 겹겹이 포개진 채 놓여 있었다.

"숨 막히게 왜 덮어놨어……."

그는 다급하게 포대기를 열어젖혔다. 순간 갈비뼈가 꺾이는 듯 한 격렬한 통증이 전신을 훑고 지나갔다. 꺾인 갈비뼈가 그의 폐 를 찌르는 것 같았다. 숨을 쉬고 있는 게 고통스러웠다. 패혈증으 로 죽어가면 이렇게 숨쉬기가 힘들지도 모른다. 보고 있었지만 눈 앞은 깜깜했다. 잠시 후 어디선가 나타난 한 줄기 빛이 아이의 포 대기를 비추었다. 눈이 부셔 그는 눈을 감았다. 다시 눈을 떴을 때 편안한 얼굴로 자고 있어야 할 아이가 보이지 않았다. 대신 아주 어린 새가 누워 있었다. 세상에 나온 지 얼마 되지 않아 털도 거의 없는 붉은 피부의 아주 어린 새였다. 그것은 아이가 입원한 사이 텅 빈 집에 들어왔던 세 마리 새 중에 그가 그토록 찾아 헤맨 마지막 새였다.

새는 날개를 필사적으로 움직이며 마지막으로 온몸을 쥐어짜 가녀린 울음을 울고는 작은 눈꺼풀을 감았다. 그 순간 아내가 침대에서 쓰러지듯 주저앉아 울음을 토해내며 큰 소리로 울기 시작했다. 그는 모든 광경을 믿을 수가 없어 정신이 나간 사람처럼 뛰쳐나가 아이 방문을 열어보았다. 그곳을 가득 채우고 있던 아이의 장난감과 기저귀와 모빌과 욕조가 모두 깨끗이 치워져 있었다. 아이는 분명 나아서 퇴원했는데. 아이가 혹시 병원에서 돌아오지 못한 걸까. 그럴 리가 없었다. 그는 머릿속에 수십 개의 종이 한꺼번에 울리는 것 같은 환청에 휩싸인 채 울고 있는 아내의 머리에서 하얀색 리본 핀을 발견했다. 그럴 리가 없어. 모두 미쳤어.

뚱보 여자아이는 어린 새의 주검을 조심스럽게 두 손에 감싸 안았다. 말없이 지켜보던 남자는 이 집에 온 중요한 임무가 끝났다는 듯 그와 아내를 바라보았다.

"이 새는 우리와 함께 떠납니다."

그들은 그렇게 먼 곳으로 떠나듯 죽은 새를 안고 그의 집을 나갔다. 그는 흐느끼는 아내를 혼자 둔 채 베란다 밖으로 멀어지는 회색 재킷을 입은 남자와 뚱보 여자아이의 뒷모습을 끝까지 눈으로 좇았다. 어둠 속에서 그들은 어린 죽음을 운반하는 회색 깃털과 분홍 깃털을 가진 두 마리 새의 정령처럼 보였다. 어디서부터 잘못된 것일까. 그는 사라진 아이를 되찾을 수 있을지도 모른다는 희망으로 기억을 되돌려 병원에서의 첫날부터 떠올려보려고 애썼다. 눈앞이 흐르는 눈물과 병원 천장의 환한 불빛으로 흐려지고 있었다.

중환자실 CPR CPR! 중환자실 CPR CPR!

소아암병동 CPR CPR! 소아암병동 CPR CPR!

유령 버니

1

　도시 끝에서 끈적끈적하고 쓸쓸한 바람이 불어왔다. 그것은 여름날의 향수를 불러일으키면서도 비정한 느낌이 들었다. 그가 이 도시에 처음 왔던 날은 펄럭이는 돛을 연상시키는 강한 바람이 불었다. 그날 강마른 인상에 눈빛이 쥐 같은 부동산 남자 직원은 세 채의 아파트를 보여주었다. 말할 때마다 가래 끓는 소리를 내는 부동산 직원은 마음에 들지 않았지만, 그는 세 아파트가 모두 마음에 들었다. 우산이 날아가고 바람 인형이 미친 듯이 춤추는 이런 바람이 부는 곳에 산다면 그의 막힌 가슴이 뚫릴 수도 있을 것이다. 그는 이름도 생소한 이탈리아의 분수대 이름과 비슷한 H 아파트를 선택했다.

아파트를 둘러보던 날, 엘리베이터 같은 층에서 내린 헝클어진 흐릿한 오렌지색 머리의 여자가 떠오른 것이 이유라면 이유였다. 여자는 한쪽 귀가 사라진 핑크 토끼가 프린트된 낡은 구멍 난 후드티셔츠를 입고 있었다. 그는 여자가 입고 있는 한쪽 귀가 사라진 버니 티셔츠가 마음에 들었고, 세상 모든 것에 관심 없다는 듯한 그녀의 무채색 눈빛이 좋았다. 버니는 한밤의 고요 속에서도 얼마나 많은 일이 일어나는지 알고 있을 것만 같았다. 그는 부동산에서 901호 계약서에 사인하면서도 자기도 모르게 버니 아가씨를 떠올렸다. 남은 인생은 토끼와 이웃이 되어 세계 각국의 맥주를 마시며 일어나지 않을 일들에 대해 떠들며 밤을 지새우는 것도 나쁘지 않을 거로 생각했다.

그 무렵 그는 아내와 이혼하기로 합의했고 그것은 그들 부부가 7년 결혼 생활의 마지막으로 이룬 최초의 합의였다. 마음만 먹으면 모두 없었던 일이 될 수도 있을 거로 생각했지만 그의 착각이자 오만이었다. 아내는 그의 무능력을 더 이상 견디지 못했고 그는 아내의 끝없는 욕망과 밤의 외출과 그녀의 남자들을 결코 용서할 수 없었다. 더 끔찍한 일이 벌어지기 전에 그들은 서로가 눈에 보이지 않는 곳에 거처를 찾아 타인의 삶을 살기로 한 것이다. 운이 더럽게 나쁘면 추리닝 바람으로 동네 슈퍼마켓에서 라면이나 우유를 사 오는 길에 비참하게 다른 남자의 차에서 내리는 아내와 마주칠지도 몰랐다. 아내가 어떤 표정을 지으며 그를 바라볼지 알기 때문에 절대 일어나서는 안 되는 일이었다. 영원히. 그들은 서로가 어디로 갈 것인지 묻지도 내색하지조차 않았다. 돈만 넘쳐났다면 그는 쿠바로 떠나고 싶었다. 쿠바라면 전혀 다른 사람이 되어 다른 인생을 살 수 있을 것이다. 있는 돈을 술과 도박에 탕진하고 나면 하나바 구시가지에 있는 암보스 문도스 호텔 청소부나 어부가 될 수도 있었다. 해변을 떠도는 가마우지 울음소리를 들으며 싸구려 시가나 얻어 피우고 하찮고 무의미하게 삶을 낭비하고 싶었다. 그러나 그는 자신이 그 어느 것도 할 수 없다는 걸 알고 한동안 낙담했다.

혼자가 된 어느 날 아침, 그는 우연히 신문기사를 읽다가 덜컥 마음을 붙잡혔다. 밤이 되면 아파트 불빛이 절반도 안 켜지는 유령도시. 그는 그 구절에서 멈칫했다. 다시 그 구절을 읽었다. 몇 번이고 다시 읽었다. 그의 마음을 뒤흔든 것은 유령이라는 단어였다. 그의 입가에 희미한 미소가 번졌다. 그야말로 나머지 삶은 있으나 없는 것 같은 유령같이 살고 싶었다. 아내와 함께 다니던 슈퍼마켓, 식당, 거리를 아무렇지 않게 걸으며 사람들 틈에 섞여 눈을 마주치고 웃음소리를 듣는 게 괴로웠다. 그에게 필요한 건 아무것도 보이지 않고 그조차도 드러나지 않는 진짜 어둠이었다. 서울과 떨어지고 바다와 가까운 그 도시에서라면 아내와도 영원히 마주치지 않을 것이다. 아내는 어둠과 물을 무서워했으니까. 월세는 서울의 절반도 되지 않았다. 더 망설일 이유가 없었다.

아내는 그와 관련된 모든 것은 다 싫다고 진저리를 치며 싹 남기고 몸만 떠났다. 장롱도 침대도 냉장고도 입던 옷도 핸드백도 스카프도 구두도 모두 버리고 말이다. 그녀는 멋지고 쿨한 이별의 방식이라고 착각하겠지만 그건 끝까지 자신만 생각한 지독히 이기적이고 무책임한 짓이었다. 그는 그런 아내에게 정말이지 넌덜머리가 났다. 아주 잠깐 그들의 추억이 깃든 가구들을 그냥 쓸까 하다가 그거야말로 무의미하고 병신 같은 짓이라는 것을 깨달았다. 그는 킹사이즈 침대를 바라보고 분노에 떨며 매트리스를 갈기갈기 찢어놓고 싶은 충동에 사로잡혔다. 다행히 그는 그 정도로 미치진 않았다. 그는 모두 분리해 폐기물 스티커를 붙인 침대 프레임과 매트리스를 아파트 앞에 내다 버렸다. 찢어진 2인용 가죽 소파와 서랍이 삐걱대는 화장대에도 폐기물 스티커가 붙여졌다. 폐기물, 7년 동안의 결혼 생활을 마감하는데 그보다 어울리는 단어도 없었다.

그는 전국 1,300개의 재활용센터 연합인 리사이클 마켓에 팔 수 있는 가구와 가전제품을 모두 팔아 치웠다. 그의 동네 리사이클 마켓을 운영하는 중년 부부는 호기심 가득한 고양이 같은 눈으로 이걸 다 팔고 어디로 가느냐고 물었다. 그는 망설이다 씩 웃으며 말해주었다.

"유령도시로 갑니다."

그 말을 듣자마자 주인 남자는 눈이 휘둥그레져서 참견했다.

"왜 거기 가서 유령이라도 만나시게요?"

"만나서 차나 한잔 하죠 뭐."

가게 주인 부부는 묘한 표정으로 서로의 눈치를 살피다 다른 가구를 정리하는 척했다. 유령도시에는 귀가 잘린 버니 아가씨가 사는데 못 믿겠죠? 늘 못 믿었으니까.

그는 아내가 남기고 간 허영기 많은 원피스와 스카프와 구두와 핸드백을 헌 옷 수거함이 미어터지도록 쑤셔 넣었고, 쓰다 남은 화장품과 향수는 재활용품을 버리는 수요일에 각자의 자루에 모두 내다 버렸다. 끝이 보이지 않는 정리였다. 버려도 또 서랍 하나 가득, 상자 하나 가득 버려야 할 것들이 튀어나왔다. 이게 전부 아내를 치장하는데 소모된 거라니 욕이 나오면서도 아연실색할 지경이었다. 이제 정말 싹 버렸다고 믿고 기진맥진했을 때, 벽장 속에서 아내가 사 모아둔 액세서리, 싸구려 인형, 기념품, 액자, 앨범과 마주쳤다. 그는 그 쓰레기 더미 속에서 비명을 지르고 싶었지만 그럴 힘조차 남아 있지 않았다. 아내는 그를 쓰레기더미 속에 빠져 죽게 할 수작이라는 환멸과 분노에 치가 떨렸다. 인생에서 아내가 하나 사라졌을 뿐인데 그것을 처리하는 데 일주일이 넘게 걸렸고 쓰레기봉투가 스무 개도 넘게 소비된 것은 불가사의한 일이었다.

그는 달랑 샘소나이트 검정 여행 가방 하나를 트렁크에 싣고 비장한 마음으로 차를 몰았다. 유령도시에 들어서자 하늘이 갑자기 어두워졌고 차창으로 거센 바람이 불어 닥쳤다. 사람들이 도시를 떠난 것이 아니라 도시가 사람들을 버린 것 같은, 생명력이 느껴지지 않는 압도적인 회색빛 풍경에 할 말을 잃었다. 사람의 온기가 느껴지지 않는 삭막한 고층 아파트와 텅 빈 상가들은 거대한 콘크리트 무덤처럼 을씨년스러웠다. 그제야 애초에 이곳에서 사람이 살기란 불가능한 것이 아닐까 하는 의구심과 공포가 퍼져나갔다. 그 순간 아내의 쓰레기 더미를 처리하느라 잊고 있었던 이웃집 토끼아가씨가 떠올랐다. 시멘트 건물뿐인 황량한 도시에서 옆집 버니와 친구가 되어 외로움을 씹으며 맥주 캔을 비우는 삶도 괜찮을 거라는 희미한 기대감이 피어올랐다.

2

지하주차장에 차를 세우고 엘리베이터를 타고 9층에 내릴 때까지 그는 누구와도 마주치지 못했다. 어두침침한 복도 끝에서 무언가 할짝거리는 기분 나쁜 소리가 들렸다. 그는 깜짝 놀라 돌아보았다. 검정 고양이 두 마리가 비닐봉지 속에 머리를 처박고 축축하고 물컹거리는 것을 뜯어 먹고 있었다. 고양이들은 피 묻은 주둥이로 그를 보고 야옹, 하고 날카롭게 울었다. 설마 저게 죽은 비둘기의 사체는 아니겠지. 샘소나이트 여행 가방의 바퀴소리가 공

허하게 복도에 울렸지만 두 이웃집의 문은 완강하고 냉담하게 닫혀 있었다. 설마 저 두 집도 비어있는 건가. 그의 집은 그야말로 텅빈 채 아무것도 없었다. 텅 빈 거실 한가운데서 그는 정신이 아득해지며 머릿속까지 텅 비는 것을 느꼈다. 그의 한숨 소리가 허공을 떠돌다 이내 사라졌다. 이곳에서는 웃음소리나 싸우는 소리, 울음소리도 들리지 않을 것이다. 그는 체념한 듯 여행 가방을 열어 옷가지와 노트북과 사소한 물건 몇 가지를 냉기가 떠도는 집 안에 꺼내놓았다. 장기 여행자가 된 듯 쓸쓸한 기분을 맛보며 남은 그의 삶은 더 끔찍할지도 모른다는 확신이 서서히 굳어갔다.

그때 곤충이 날개를 비비는 듯한 울음소리가 미세하고 집요하게 신경을 건드렸다. 벽 너머는 침실이었고 그곳에는 당연하게 아무도 없었다. 침실 벽 너머는 902호였다. 그는 달리 할 일이 없었으므로 벽에 귀를 대고 아파트 너머에서 들려오는 소리에 집중했다. 곤충의 미세한 날갯짓 소리 속에서 여자의 가녀리고 웅얼거리는 듯한 또 다른 소리를 잡아냈다. 902호에 누군가 살고 있다는 증거를 포착한 순간, 반가움과 동시에 이상한 낯섦을 느꼈다. 잊고 있었군. 엘리베이터에서 마주친 오렌지색 머리의 버니가 살고 있을 거야. 그는 기대에 차서 미소를 지었다.

별다른 일을 하지 않았는데도 하루가 다간 걸까. 창밖이 한순간 어두컴컴해졌다. 하늘은 짙은 회색빛이었다. 고작 오후 세 시밖에 되지 않았지만 이미 해가 저문 것 같았다. 그는 베란다 밖을 멍하니 바라보다 헐벗은 건너편의 아파트가 공사가 중단된 건물이라는 것을 깨달았다. 거무칙칙한 시멘트와 뼈대가 보이는 앙상한 철근을 조형물을 감상하듯 물끄러미 바라보았다. 베란다 창문이 있어야 할 자리에는 음험한 어둠이 메우고 있었고 그 사이를 광풍이 자유롭게 넘나들었다. 텅 빈 창문은 셀 수 없이 많이 뚫려 있었고 그 너머 어둠 속 깊은 곳에 무엇이 숨어 있는지 알 수 없었다. 그는 갑자기 냉기가 느껴져 어깨를 떨며 점퍼를 걸쳐 입었다. 보일러를 올리자 뒤쪽 베란다에서 거친 기침 소리가 나며 보일러가 가동되었다. 그는 배가 고프지 않았지만 간단한 저녁거리를 사러 편의점에 나가볼 생각이었다. 맥주도 사서 이사 첫날을 자축하기로 했다. 현관문을 닫고 나오며 902호와 903호를 흘끗거렸지만 문 너머에서는 아무 기척도 들리지 않았다.

아파트 앞 상가에는 부동산만 두 군데 문을 열었을 뿐 슈퍼마켓은 보이지 않았다. 그는 텅 빈 가게들을 지나치며 끔찍한 전염병이 퍼져 살아남은 자가 없는 도시를 홀로 걷는 것 같은 삭막함을 느꼈다. 옷 속으로 선득한 바람이 파고들었고 아무리 걸어도 마주치는 사람이 없었다. 고요함과 거센 바람 그리고, 어두침침한 회색빛 아파트가 어디로 걷든 그의 앞을 가로막았다. 그는 막 지어진 30층이 넘는 고층 아파트의 무수한 베란다 창문 중에 커튼 자락이나 빨래가 날리는 곳이 한 군데도 없다는 사실에 충격을 받았다. 멀리서 바닷바람이 불어오자 아파트가 진동하며 거대한 울음소리가 들려왔다. 수천 개의 텅 빈 공간이 울부짖는 음울한 소리였다. 그는 흠칫 놀라 도망치듯 그 자리를 떠났다. 갑자기 빗방울이 후드득 어깨 위로 떨어지기 시작했다. 그는 맥주는커녕 라면 하나 사지 못하고 아파트로 돌아왔다.

젠장. 그는 현관문을 열고 들어오다 바깥보다 더 싸늘한 공기에 욕지거리가 튀어나왔다. 비를 맞아 온몸이 떨려왔지만 집 안은 조금도 따뜻하지 않았다. 그는 베란다로 나가 하얀 보일러 박스에 초록색 전원이 들어와 있는 것을 확인하고 조금 안심했다. 오랫동안 켜지 않아 보일러가 가동하는데 시간이 걸리는 것이리라. 서둘러 젖은 옷을 갈아입고 따뜻한 커피를 한잔 마시려고 부엌에 들어서서야 커피포트도 커피도 없다는 생각이 떠오르며 한숨과 짜증이 났다. 또 한 번 욕지거리하려는 찰나, 그의 입에선 재채기가 먼저 튀어나왔다. 기다렸다는 듯 콧물도 흘러나왔다. 어둠에 휩싸인 창밖에는 비가 추적추적 내렸고, 아파트는 따듯해지기는커녕 점점 싸늘해졌고, 오후 네 시가 넘었지만 그는 종일 아무것도 먹지 못한 채 계속 재채기를 하고 콧물을 흘렸다. 그 순간 뜻밖에 그토록 진저리치던 아내가 떠올랐다. 어쩌면 아내도 어느 싸늘한 아파트에서 재채기하며 떨고 있을지도 모른다고 생각하다가 이내 미친 짓이라는 생각에 고개를 절레절레 흔들었다.

그는 점점 배가 고파졌고 절박한 심정으로 싱크대와 찬장과 서랍을 뒤지며 중국집 전화번호나 배달 음식점 카탈로그를 찾았다.

그의 집 어디에서도 전화번호가 찍힌 스티커나 전단지 한 장 발견되지 않았다. 새로 이사한 그를 골탕 먹이려고 누군가 고의로 말끔히 치워버린 것이 아니라면 의심할 수 있는 한 가지는 누군가 이곳에 살았던 흔적이 없다는 것이다. 반갑지 않은 사실이었지만 그는 이 집에 들어온 최초의 인간이었다. 거실 바닥은 여전히 차갑고 벽에서는 손을 대면 느껴질 정도로 냉기가 흘러나왔다. 그에겐 푹신한 소파도 따뜻한 이불도 몸을 누일 침대도 없었다. 그곳엔 축축한 냉기와 텅 빔과 그 혼자뿐이었다.

그는 오들오들 떨며 하얀 벽을 쏘아보았다. 그러자 자신이 왜 그곳에서 추위와 배고픔에 떨고 있는지 모든 상황이 이해되지 않았다. 하얀 벽을 계속 보고 있으니 아파트가 아니라 정신병원의 병실인 것 같은 착각이 들었고 그를 둘러싼 모든 것이 답답하고 무서워지기 시작했다. 그때 벽 어디선가 바이올린 현이 떨리는 것 같은 기괴한 소리가 들려왔다. 그는 반가움과 동시에 소름이 끼쳐 주위를 두리번거렸다. 공황 발작 같은 두려움과 숨 막힘이 한꺼번에 그를 덮쳐왔을 때, 모든 것을 얼어붙게 하는 서늘한 초인종 소리가 들렸다.

오늘 이사 오지 않았는가. 그를 찾아올 만한 사람이 있을 리가 없었다. 그는 의심스러운 얼굴로 현관문 어안렌즈에 다가가 문밖을 내다보았다. 어둠 속 복도엔 아무도 서 있지 않았다. 그는 심장이 덜컹 내려앉았고 마른 침을 삼켰다. 혹시 유령인가. 유령이라니. 합리주의자인 그는 그럴 리 없다고 머리를 흔들었다. 그러나 머리와는 달리 가슴에 퍼지기 시작한 두려움은 쉽게 사그라들지 않았다. 배고픔과 두려움이 극심해지자 현기증까지 느껴졌고 충동적으로 살기 위해 하나의 방법을 떠올렸다. 그는 어느새 집을 뛰쳐나가 902호 버니의 집 초인종을 필사적으로 눌렀다. 집을 보러오던 날, 오렌지빛 머리의 버니가 902호 쪽으로 걸어가던 걸 기억해낸 것이다. 몇 초가 흘렀고 안에서는 아무 기척이 없었다. 그는 초조하게 몸을 떨며 신경질적으로 초인종을 다시 눌렀다. 버니는 체셔 고양이와 데이트라도 하고 있는 건가. 그는 낙담하고 집으로 돌아가려다 용기가 생겨 903호로 천천히 걸어갔다. 초인종이란 물건은 처음에만 누르기가 힘들지 그다음부터는 외판원이 된 듯 용감하게 눌러댈 수 있었다.

별 기대를 하지 않았는데 갑자기 현관문이 덜컥 열렸다. 하얀색 개량한복을 입은 칠십쯤 된 노인과 은은한 꽃무늬 홈드레스를 입은 안주인이 문 뒤에 서 있었다. 노인은 낯선 그를 향해 경계심이나 의심도 없이 너무도 인자하게 웃고 있었다. 마치 그의 삶에 닥친 끔찍한 위협과 곤경을 알고 있다는 듯이.

3

"무슨 일이신지?"

그는 오늘 이 아파트에서 처음으로 누군가와 만난 것이 반갑고 감격스러워 눈물이 날 것 같았다.

"죄송한데 이 동네 중국집 전화번호 좀 알 수 있을까요?"

노인은 그의 말에 멈칫하더니, 모든 것을 이해했다는 듯 고개를 끄덕였다.

"새로 이사 오셨군요. 이 동네는 배달이 안 옵니다. 괜찮으시면 함께 식사나 하시죠."

그가 망설이자 노인이 그의 손을 가볍게 잡아끌었다. 차갑지도 따듯하지도 않은 미지근한 손이었다. 노인의 저녁 초대는 그에게 구원이나 다름없었다. 이웃에 이런 친절한 노부부가 산다는 것은 행운이 아닌가. 흰 머리칼이 근사한 노인, 웃을 때 잔잔히 퍼지는 주름이 소녀 같은 안주인, 그럼에도 그는 무언가 썩 내키지 않는 것이 마음에 걸렸다. 노인은 현관문이 굳게 닫히고서야 멋쩍은 듯 그의 손을 놓았다.

집안으로 두어 걸음 내디딘 순간, 그는 코를 찌르는 나프탈렌 냄새를 맡았다. 나프탈렌 냄새를 뚫고 고기와 생선이 부패한 듯한 악취가 코를 찔렀지만 냄새의 정체는 알 수 없었다. 그는 갑작스러운 손님이며 저녁 초대까지 받은 상황이라 아무 냄새도 맡지 못한 척 내색하지 않았다. 집안은 최소한의 가구들로만 채워져 있었고 누군가를 기다리고 있었던 듯 말끔히 정돈되어 있었다.

"짐 정리하느라 바쁘시겠네요. 차린 건 없지만 많이 드세요."

노인이 그를 식탁으로 안내하는 동안 안주인은 부끄러운 듯 웃을 뿐 아무 말도 하지 않았다. 그녀는 미끄러지듯 조심스럽게 걸어 식탁에 소리 없이 앉았다. 넓은 4인용 식탁에는 정체를 알 수 없는 초록색 국과 새하얀 쌀밥과 매실 장아찌와 명란젓과 나박김치가 차려져 있었다. 그들의 집처럼 정갈하고 소박한 식탁이었다. 그는 어색하게 앉아 처음 보는 노부부와 조용히 식사했다. 그들은 초록색 머리카락 같은 가늘고 미끄덩거리는 것을 젓가락으로 건져 소리도 내지 않고 입속으로 빨아들였다. 그는 초록색 국에는 수저를 가져가고 싶지 않았다. 맞은편에 앉은 노인이 그가 무슨 생각을 했는지 알고 있다는 듯한 눈빛으로 쏘아보았다.

"근데 혼자세요?"

그는 기습적인 질문에 머뭇거리다 얼굴을 붉히며 대답했다.

"아, 네."

노부부는 미묘한 눈빛을 주고받았을 뿐 더 이상 아무 말도 하지 않았다. 그들이 평소에도 대화 없는 침묵의 식사를 견디는지 아니면 낯선 이방인의 등장으로 편안한 저녁 식사를 망친 건지 혼란스럽고 그 자리가 영 불편했다. 할머니는 아까부터 멍한 눈으로 수저를 든 채 허공을 보고 있었다. 자신이 식사하고 있다는 것을 잊고 손님이 와 있다는 것도 망각한 회색 눈으로. 할아버지는 당황스러움과 분노를 감추려는 듯 꾸짖듯 말했다.

"모처럼 손님도 오셨는데 왜 그래?"

할아버지의 목소리 끝이 떨려왔고 그는 할머니가 이런 행동을 보인 것이 오늘이 처음이 아닐지도 모른다고 생각했다.

"제발 그냥 밥 좀 먹으라고……."

노여움으로 할아버지의 수저를 쥔 손까지 떨렸지만 할머니는 꼼짝하지 않았다. 잠시 후 할머니의 초록색 이끼 같은 것이 가득 낀 입이 열렸다. 그 입에서 들려온 것은 언어였지만 해독할 수 없는 비밀, 주문, 저주 같은 웅얼거림이었다. 혹은 곤충의 날갯짓 소리 같은. 할아버지는 당황한 듯 웃더니 아무 일도 아니라는 듯 다시 묵묵히 수저질을 했다.

그는 그제야 지나치게 깨끗해 보이는 집안을 둘러보았다. 빛바랜 벽지, 사진이나 시계 하나 걸려 있지 않은 벽, 오랫동안 비어있었던 것 같은 테이블, 물기 없이 바짝 마른 싱크대. 집 안의 모든 가구와 물건들은 오랫동안 사용하지 않은 채 시간 속에 방치되어 있는 것 같았다. 그는 조심스럽게 숟가락을 내려놓았다. 그 앞에서 고개를 숙이고 있는 이 노부부는 누구인가. 그 순간 리사이클 마켓 주인남자의 목소리가 집안에 울리는 듯했다. 왜 유령이라도 만나시게요? 그는 몸이 떨려왔다. 노부부의 집은 보일러가 작동하지 않는 그의 집보다 싸늘했다.

할머니는 다시 초록색 국을 떠먹기 시작했다. 할아버지는 무엇을 씹는 건지 고개를 숙인 채 움직이지 않았다. 밥과 반찬은 아무도 손대지 않은 듯 그대로였다. 그는 이 이상한 저녁 식탁을 더는 견디기 힘들었다. 그는 문득 이 도시가 사람들을 조금씩 이상하게 만들고 있는지도 모른다고 의심했다.

그때, 어디선가 철근이 휘어지는 듯한 쩡, 하는 소리가 들렸다. 예민한 느낌 탓인지도 모르지만 그 순간, 사방의 벽과 식탁이 살짝 흔들린 것 같았다. 그는 놀라 식탁을 붙잡았다.

"방금 무슨 소리죠?"

할아버지는 고개를 들고는 초록색 수초를 씹으며 중얼거렸다.

"아무 소리도 안 났는데."

그는 할아버지를 쏘아보며 날카롭게 되물었다.

"벽 뒤에서 쩡, 소리가 났잖아요. 식탁도 흔들리고."

할머니는 무언가를 소리 나지 않게 씹으며 멍한 얼굴이었다. 할아버지는 할머니를 돌아보곤 고개를 저었다.

"젊은 양반이 잘못 들었어. 우린 못 들었으니까."

식사가 마침내 끝나고 자리에서 일어났을 때 그는 몹시 피곤함을 느꼈다. 현관문 앞까지 배웅을 나온 노부부의 몸에서는 아까보다 진한 악취가 났다. 그는 문을 열려다 고개를 돌렸다.

"혹시 902호 아가씨 잘 아세요?"

할아버지는 아까보다 창백한 낯빛으로 고개를 저었다.

"그만 가주었으면 좋겠는데."

그는 할머니의 맨발이 거무죽죽하게 변한 것을 보고 서둘러 인사를 했다.

"오늘 실례가 많았습니다."

말이 다 끝나기도 전에 할아버지는 떠밀 듯 그를 밀쳐내고 문을 쾅, 닫았다. 그는 닫힌 문밖에서 차마 못다 한 말을 중얼거렸다.

"근데 당신들은…… 누구세요?"

그는 902호 버니의 집을 흘끗 돌아보았다. 버니는 오늘 밤엔 돌아오지 않을 작정인가. 그는 한숨을 내쉬며 노부부와 버니의 사이가 좋지 않을지도 모른다고 생각했다.

4

그날 밤, 그의 집 보일러는 끝내 작동하지 않았고 아파트 관리실은 문을 닫은 시각이었다. 침대도 이불도 없이 덜덜 떨다가 이 도시에 얼마 전 대형 마트가 문을 열었다는 것을 기억해내고 집을 나섰다. 그는 어두침침한 지하 주차장에서 쨍그랑, 유리병이 깨지는 소리가 들려 돌아보았다. 뒤이어 영어가 섞인 욕지거리 몇 마디가 들려왔다. 어떤 여자가 챙이 있는 검정 캡을 쓰고 박스를 내려놓으며 욕을 하고 있었다. 바닥에는 깨진 와인 병 조각과 검붉

84

은 포도주가 흥건히 흘러나와 있었다. 모자에 작고 하얀 얼굴이 가려 잘 보이지 않았지만 그는 한순간에 지푸라기 같은 오렌지색 머리칼을 알아보았다. 902호에 사는 버니와 마주치다니! 그는 너무 반가워 그녀를 얼싸안고 인사라도 하고 싶었다.

그는 평소 남의 일에 신경을 쓰는 타입은 아니었지만 버니는 지금 곤란에 빠져 있었고 모른 척 지나치는 것은 이웃 간의 예의가 아니라고 생각했다. 버니에게 다가갈수록 향기로운 와인 향기에 취하는 것 같았고 박스에 와인 말고도 보드카와 위스키와 맥주가 그득히 담겨 있는 것을 보았다. 그는 버니가 놀라 달아나지 않도록 예의바르게 인사했다.

"도와드릴까요?"

버니는 깨진 와인 병을 보고 어쩔 줄 몰라하다가 그를 보고 화가 난 듯 네, 라고 짧게 대꾸했다. 가까이서 본 버니는 만지면 바스라질 것 같은 오렌지 빛 웨이브 머리에 체구가 어린 아이처럼 작고 피부가 푸르스름하게 창백했다. 버니는 울 것 같은 얼굴로 서있었고 그는 종이봉투에 깨진 와인 병 조각을 주워 담으며 아무 말이나 해야겠다고 생각했다.

"길냥이들이 이 포도주 핥아먹으면 취하겠죠?"

그러다 유리조각까지 삼키면 취한 채로 죽은 거고. 그는 다음 말은 생각만 하고 내뱉지 않았다. 그러나 버니는 그의 생각을 아는 듯 어깨를 흠칫 떨더니 차로 뛰어가 크리넥스 티슈를 가져와 포도주와 유리조각을 닦아냈다. 어딘가 초조해 보이고 서투른 동작이었다. 그는 찢어진 블랙 진 사이로 드러난 버니의 하얀 무릎을 흘낏 건너다보았다. 거친 아스팔트에 넘어졌거나 가시가 많은 넝쿨에 뒹굴었는지 상처가 많았다. 그녀의 무릎에 신경이 팔려 있다가 별안간 그의 입에서 짧은 신음이 튀어나왔다. 손가락 사이의 베인 상처에서 금세 포도주보다 붉은 피가 흘러나왔다. 그녀는 눈을 찡그리며 휴지를 건넸다.

"고양이가 아니라 아저씨가 다쳤네요."

버니의 말이 맞았다. 그의 삶은 늘 실수투성이고 무엇이 잘못되었는지 모른 채 자주 베이고 다쳤다. 버니의 삶도 그녀의 무릎처럼 실수투성이인지도 모른다.

그는 엘리베이터 앞까지 박스를 옮겨주었다. 박스에는 술 말고도 머핀, 쿠키, 오렌지, 치즈, 땅콩, 감자 칩 등 먹을 게 넘쳐났다. 열 명이 먹고도 남을 만큼 양이 충분했다. 오늘 밤 내내 파티라도 할 모양이었다. 그것들을 보자 그는 목이 말라오며 맹렬한 식욕과 갈증을 느꼈다.

"와, 맛있는 게 많네요."

그녀는 엘리베이터를 기다리며 자꾸 주변을 살피다 변명처럼 중얼거렸다.

"오늘 밤 친구들이 오기로 했어요."

버니에게서 외로움이 느껴졌는데 그의 착각이었는지도 모른다. 그는 왠지 가슴이 쓸쓸해져 어색하게 고개를 끄덕였다.

"아, 네."

세상 사람들이 모두 잠든 자정 무렵, 오렌지색 머리칼의 버니네 놀러 오는 친구들은 어떤 이들일까. 모두 다른 칼라의 머리색을 지닌 재미난 친구들은 아닐까. 벨 소리가 울린 뒤 엘리베이터 문이 열렸고 그의 상상을 비웃듯 버니는 술과 음식이 가득 담긴 상자를 받아들고 눈앞에서 사라졌다. 그는 자신도 버니의 초대를 받아 그녀의 친구들에게 둘러싸여 오늘 밤을 웃고 떠들며 취한 채로 보내고 싶은 헛된 열망에 시달렸다.

밤이 되자, 도시는 진정한 어둠을 몸소 보여주었다. 불이 통째로 꺼져 있는 아파트 단지를 차로 지나치며 어둠 속에서 거대한 울음소리를 들었다. 검은 고래가 눈물을 흘린다면 저런 소리를 내지 않을까 싶은 먹먹하고도 깊은 울림이었다. 도시에서 고래 울음소리라니. 그는 고개를 흔들었다. 바람 소리를 잘못 들은 것뿐이었다.

마트는 밤에도 불이 환하게 켜져 있었지만 서늘한 느낌이 들었다. 이불과 몇 가지 생활용품과 먹을 것을 사는 동안, 계산원 외에는 누구와도 마주치지 못했다. 서둘러 돌아온 아파트 지하주차장에서 검은 줄무늬 길고양이 두 마리가 와인을 핥고 있는 것을 보았다. 아까 버니가 다 닦지 않았던가. 저리 가. 그는 고양이들을 위협하듯 소리쳤지만 그것들은 오히려 앙칼진 울음을 울며 그를 노려보았다. 그것들의 눈동자는 황홀하고 어지러운 달콤함에 취해 아무것도 보이지 않는 것이다.

그는 9층에서 내려 902호 버니의 집 앞을 돌아보았다. 흥겨운 음악 소리도, 시끌벅적한 웃음소리도 새어 나오지 않았다. 그녀의 집 밖에서 느껴지는 것은 싸늘한 냉기와 적막뿐이었다. 놀러 오기로 한 친구들이 모두 오지 않은 것인가. 애초에 버니에게 놀러 올 친구 따위는 없었던 건지도 모른다는 생각이 스쳤다. 어둠 속 텅 빈 거실에 앉아 혼자 와인을 병째로 마시는 버니의 모습이 떠오르자 그녀의 집 초인종을 누르고 싶은 강렬한 충동을 느꼈다. 그 순간, 어두운 밤 잠들지 못하고 거실을 서성이던 아내의 모습이 떠올랐고 그는 도망치듯 그곳을 떠났다.

새벽 네 시가 넘은 시각, 그는 쩡, 하는 커다란 소음과 함께 아파트가 흔들리는 듯한 떨림을 느끼고 깨어났다. 벽과 벽 사이의 철근이 휘어지고 콘크리트가 갈라지는 광경이 떠오르자 잠이 확 달아났다. 그때 차가운 벽 너머에서 곤충들이 날개를 바스락거리는 소리 사이로 가녀린 고양이 울음소리가 들려왔다. 울음소리는 벽너머 버니의 집에서 들려오는 것이었다. 벽에 귀를 바짝 대자 그것은 고양이 울음소리가 아니라 버니의 울음소리라는 것을 알았다. 그녀의 훌쩍이는 울음소리는 갈라진 벽의 틈을 타고 그의 집으로 계속해서 흘러들어 오고 있었다.

5

다음 날 아침 그는 눈을 뜨자마자 관리실에 전화를 걸어 새벽에 굉음과 함께 아파트가 흔들렸다는 이야기를 했다. 관리실 직원은 농담을 하며 건성으로 흘려 넘겼다.

"그럴 리가요. 새벽에 거인이라도 왔다 갔나 보죠."

그는 그날도 그다음 날에도 엘리베이터나 현관 앞에서 버니와 마주치지 못했다. 그러나 사흘 밤 내내 벽 너머에서는 버니의 울음소리가 들려왔다. 버니는 왜 새벽마다 잠들지 못하고 우는 걸까. 나쁜 남자에게 시련이라도 당한 걸까. 그는 버니의 울음소리와 또다시 아파트가 흔들릴지도 모른다는 불안감 때문에 밤마다 깊게 잠들지 못하고 잠을 설쳤다. 이사를 온 지 나흘째 되는 날, 그는 주차장에서 빈 병과 스낵 상자를 분리수거함에 넣고 있는 바짝 말라버린 버니를 보았다. 그녀의 민얼굴은 핏기가 없어 푸르스름한 실핏줄이 보일정도로 투명했다. 전에도 입었던 무릎이 찢어진 블랙진과 해골이 있는 검정 티셔츠를 입고 있었다. 사흘 밤 내내 울어대니 몸에 남은 물기라곤 없을 것이다. 버니가 안쓰럽기도 하고 반가워서 다가가 아는 체를 했다.

"안녕하세요. 또 뵙네요?"

그녀는 흐릿한 눈빛이 흔들리며 당황한 얼굴이었다. 며칠 전 지하주차장에서 마주쳤던 일을 기억하지 못하는 듯했다. 그는 그날 박스를 가득 채웠던 많은 술병이 모두 텅 비어 있는 것을 보았다. 유리병들이 서로 부딪치며 경쾌한 소리를 냈다. 마치 유리로 된 실로폰을 두드리듯. 그는 입을 벌리고 감탄의 눈길로 그 광경을 바라보았다. 버니는 시선을 피하며 부끄러운 듯 중얼거렸다.

"친구들이 놀러 와서 다 마셔버렸어요."

그는 멈칫하고 버니의 얼굴을 바라보다 아무것도 아니라는 듯 웃어 보였다. 사흘 내내 버니의 집에서는 사람들이 떠드는 소리나 음악 소리가 들려오지 않았다. 벽 너머로 들려온 소리는 흐느끼는 버니의 울음소리뿐이었다. 그러다 문득 그녀도 새벽에 깨어 있었다면 벽 사이사이의 철근이 휘청거리는 듯한 소리를 들었을 거라고 생각했다.

"혹시 새벽에 이상한 소리 못 들었어요?"

버니는 흠칫 놀라듯 긴장한 얼굴이었다. 눈썹이 파르르 떨리며 그를 쏘아보았다.

"무슨 소리요?"

그는 자신이 들은 소리를 어떻게 설명해야 좋을지 몰랐다.

"그러니까 그게, 철근이, 아니 고래 울음소리 같은 거요."

아파트에 고래 울음소리라니. 말하고 나니 정말 멍청한 소리를 지껄였다는 걸 깨달았다. 버니는 그의 말을 이해하지 못한 듯 눈을 껌벅이더니 한순간 검은 동공이 별빛처럼 반짝거렸다. 그녀는 화가 난 듯 대꾸하고는 서둘러 가버렸다.

"파티 중이라 못 들었어요."

그는 버니가 왜 자꾸 거짓말을 하는지 혼란스러웠다. 며칠 내내 조용한 그녀의 집에서 대체 누구와 파티를 했다는 건가. 아니, 깊은 새벽, 잠을 설치던 그가 깜빡 잠든 사이, 그녀의 친구들이 다녀갔는지도 알 수 없는 일이었다. 그는 멀어져 가는 버니의 오렌지색 머리칼이 흩날리는 것을 삐딱하게 노려보며 친구들을 얼마든지 불러도 좋으니 제발 새벽에 더는 울지 않기를 바랐다.

퇴근하고 돌아올 때마다 그는 리사이클 마켓에 들러 누군가 팔고 간 소형 세탁기나 라디오 같은 물건들을 매일 사들였다. 어제는 좌식 테이블을 사고 오늘은 3단 서랍장을 사는 식이었다. 주인 남자는 그를 기억하고는 이사 가시더니 유령 좀 만났냐고 농담을 했다. 한번 물건을 사들이기 시작하자 필요한 물건들이 끝도 없이 생겨났다. 텔레비전과 냉장고와 장롱과 침대는 혼자 사는 한 영원히 사지 않을 생각이었다. 그는 자신과 관계를 맺고 있는 모든 것들과 언제든 헤어질 준비가 되어 있었다. 최소한의 부엌식기와 숟가락과 젓가락을 사고 나서야 지금까지 너무 많이 사들인 것은 아닌가 하는 후회가 들었다. 그러나 여전히 그의 집은 텅 빈 공간이 더 많았고 아파트라기보다 장기 여행자의 호텔 방 같았다. 그는 창밖으로 철근과 콘크리트가 드러난 흉물스런 회색 아파트를 바라보며 딱딱한 베이글과 커피를 마시고 출근했다. 오늘이 지구의 마지막 날인 것 같은 비장하고 회의적인 마음도 시간이 흐르자 점차 옅어졌다.

비둘기의 깃털이 흩뿌려진 것 같은 잿빛 노을이 지는 저녁, 그
는 이팝나무가 많은 산책로를 걷고 있는 903호 노부부를 만났다.
그는 며칠 만에 만난 그들이 반가워 먼저 인사를 했다.

"안녕하셨어요? 별일 없으시죠?"

할머니는 수줍게 미소 지었지만 할아버지는 경계심이 깃든 눈
으로 고개만 까닥했다. 그가 당황해 머뭇거리는 사이, 할아버지는
할머니를 끌고 막 자리를 뜨려고 했다. 그때 할머니가 비밀스러운
이야기를 들려준다는 표정으로 속삭였다.

"우리 곧 다른 동네로 떠나요."

그는 예상치 못한 말에 놀라서 목소리가 높아졌다.

"그럼, 이사 가시는 거예요?"

할머니는 입을 다문 채 굳은 얼굴로 서 있는 할아버지의 눈치를
보았다. 할아버지는 갑자기 입가에 주름을 가득 만들어 웃음 지었다.

"아들네가 옆으로 이사 오라고 성화라. 이 나이에 손주들 재롱
이나 보며 사는 거 말고 다른 낙이 있겠습니까? 허허."

"아, 네 그러셔야죠."

그는 어색하게 웃으며 대꾸했다. 이들에게도 웃고 떠들고 때론
목소리 높여 싸울 가족이 있다는 것을 잊고 있었다.

할머니의 얼굴이 별안간 멍해지더니 무언가 떠오른 듯 표정이
무섭게 변했다.

"그년이 매일 못된 애들과 밤새 퍼마시고 시끄럽게 떠드는 걸 더는 못 참아."

할아버지는 언짢은 얼굴로 할머니를 나무랐다.

"왜 쓸데없는 얘길 해?"

그는 고통과 분노에 질린 할머니와 무언가 숨기는 듯한 할아버지가 이해되지 않았다.

"누가 밤새 퍼마셔요?"

할머니는 경멸과 혐오가 가득 담긴 눈빛으로 치를 떨었다.

"옆집 살면서 몰랐어? 902호 방탕한 년 말이야."

902호라면 버니 아닌가. 그녀가 밤새 사람들과 시끄럽게 퍼마신다고? 그녀는 밤마다 텅 빈 집에서 흐느껴 울지 않았던가. 그 울음소리에 시달려 그는 또 밤마다 잠을 설치지 않았는가. 902호에 사는 버니는 하나가 아니라 둘인가. 하나의 버니는 밤새 흐느껴 울고 또 다른 버니는 밤새 흥청망청 퍼마시고 노는 것이다. 902호에서는 그런 일이 가능한가. 그는 미친 상상이라는 생각에 고개를 절레절레 흔들며 삶의 거대한 불가사의 속으로 빠지는 기분이었다. 그는 추락하는 심정으로 돌아서는 노부부에게 소리쳤다.

"그런데 왜 아파트가 흔들리는 소리는 모르는 척하세요?"

노부부는 지겹게도 버니와 똑같이 대꾸하곤 멀어져 갔다.

"우린 그런 건 못 들었어."

그들은 거짓말을 하는 게 아니었다. 논리적인 설명은 단 하나뿐이었다. 리사이클 마켓 주인 남자의 농담이 사실이었다. 우리 중에는 유령이 섞여 있었다.

6

  그가 이 도시에 처음 왔던 날처럼 돛이 무섭게 펄럭이는 듯한 광풍이 부는 날이었다. 이런 날 낙타 같은 단단한 얼굴을 한 장기 여행자들은 다가올 불운을 피하듯 가방을 싸서 먼 북쪽으로 이동하는 법이었다. 베란다 밖에서는 아침 일찍부터 사다리차의 소음이 요란하게 들려왔다. 903호 노부부가 이사를 가는 것이었다. 짐은 거의 이삿짐 트럭에 옮겨 실은 것 같았다. 그는 인사라도 하기 위해 집을 나와 903호로 건너가 보았다. 903호는 문이 활짝 열려 있었다. 그곳엔 아무도 없었고 빛이 바랜 가구들도 사라진 채 텅 비어 있었다. 그는 휑한 거실을 가로질러 노부부와 정체 모를 초록색 해초 국과 하얀 쌀밥으로 저녁 식사를 했던 식탁 자리로 걸어갔다. 머리카락처럼 가늘고 미끄덩거리는 것을 소리 없이 흡입하던 노부부의 초록이 가득했던 입이 떠올랐지만 그날의 모든 일은 진짜 일어난 일이 아닌 것처럼 아련했다. 그곳은 조금 전까지 노부부가 살았던 집인데도 냉랭하고 썰렁했다. 마치 처음부터 텅 비어 있던 것처럼 쾨쾨한 먼지와 곰팡내가 났다.

돌아서서 나가려는 찰나, 거실 한쪽 끝에서 철근이 휘어지는 것 같은 기분 나쁜 요란한 소리가 들렸고 벽 모서리가 우지직, 소리를 내며 금이 가 갈라지는 것이 보였다. 시멘트와 콘크리트 조각이 과자부스러기처럼 우수수 떨어졌고 벽 사이의 틈은 조금 더 벌어졌다. 그는 너무 놀라 얼어붙었다. 또다시 천장에서 기괴한 소음을 내며 사방으로 갈라지던 금이 절반쯤 내려오더니 갑자기 멈췄다. 갈라진 틈새 사이에서는 어둠과 만져질 것 같은 서늘한 냉기가 흘러나왔다. 아파트가 마치 살아 있는 거대한 짐승처럼 꿈틀거린 것이다. 정신을 차린 그는 조심스럽고도 민첩하게 그곳을 빠져나왔다.

그는 그길로 바로 자신이 본 것을 알리기 위해 아파트 관리실로 향했다. 사무실의 철문은 굳게 닫혀 있었고 그 앞에 긴급공지라는 붉은 펜으로 갈겨 쓴 종이가 붙어 있었다.

'우리 H 아파트에 구조적 문제가 발생하여 건설회사와 입주민 대표자회의와의 원활한 의견 조율을 위해 당분간 관리실 운영이 불가피하게 중단됨을 알려드립니다.'

그는 자신이 읽은 문장이 금방 이해가 되지 않아 두 번을 읽었다. 구조적 문제라는 것이 그가 조금 전 노부부의 집에서 목격한 섬뜩한 광경이라면 이 아파트 곳곳에서 철근이 휘어지고 벽에 금이 가고 틈이 생기고 있다는 경고나 다름없었다. 이곳에서 더 이상 누군가 사는 것은 위험하고 불가능한 일인지도 모른다. 노부부가 불안에 떨며 서둘러 이사를 간 것은 밤마다 시끄럽게 퍼마신다는 버니 탓이 아니라 아파트의 구조적 문제 때문이라는 의심이 들었다. 그는 점점 진해지는 불안과 깊은 고민에 빠져 무거운 걸음으로 집으로 돌아왔다.

밤이 깊어질수록 바람은 더 거세졌다. 오늘 밤 이 거센 바람에 아파트가 버텨주기만을 바라며 그는 저녁으로 컵라면을 먹으며 건너편의 공사가 중단된 아파트가 미세하게 흔들리는 것을 보았다. 문득 저 아파트가 무사히 지어졌다면 이 시간 젊은 부부가 저곳에서 사랑을 나누고 아이들이 뛰어놀고 노부부가 담소하며 추억을 나누었을 텐데 그러지 못하고 유령처럼 음산한 바람 소리를 내고 있는 것이, 그것을 맞은편 아파트에서 그 혼자 바라봐야 하는 삶이 무섭도록 서글프게 느껴졌다. 그때 거실에서 우지끈, 하는 짐승의 신음 소리와 함께 벽이 갈라지며 콘크리트 부스러기가 떨어지는 것을 보았다. 그는 가슴이 철렁 내려앉아 숨도 쉬지 못했다. 한 발짝만 움직이면 거미줄 같은 무수한 금이 그의 집을 통째로 삼켜 버릴 것만 같았다. 잠시 후, 살아 꿈틀거리던 금이 움직임을 멈추고 잠잠해졌다. 그는 비로소 안도의 한숨을 내쉬었다. 그러나 등 뒤에서 다른 벽이 쩍, 악어가 입을 벌리듯 힘겹게 갈라지는 소리가 들려왔다.

몇 분 동안 끔찍한 악몽을 꾼 것 같았지만 몇 군데서 동시에 금이 가던 벽이 움직임을 일제히 멈추었다. 그는 발을 내딛는 쪽으로 사나운 금이 쫓아 올 거라는 생각에 꼼짝 않고 움직이지 않았다. 고요한 정적이 몇 초간 유령처럼 실내를 떠돌았다. 어디선가 희미하게 재즈와 팝이 뒤섞인 어지러운 음악 소리가 들려왔다. 그는 조심스럽게 주위를 둘러보았다. 그의 집이 아닌 벽 너머에서 들려오는 소리라는 걸 알았다. 용기를 내서 몇 발짝 다가가 갈라진 벽 틈 사이로 귀를 대보았다. 음악 소리는 벽 틈 사이의 어둠 너머에서 들려오는 것이었다.

귀를 더 바짝 대자 음악 소리 사이로 젊은이들의 웃음소리와 떠드는 말소리와 싸우는 듯 욕하는 소리까지 들려왔다. 그는 벽 너머가 옆집 버니의 집이라는 것을 깨닫고 놀라움에 눈이 커졌다. 오늘 밤에야말로 버니의 친구들이 놀러 와 흥겹게 파티를 하고 있는 것이다. 외로운 버니가 밤마다 눈물을 흘리며 얼마나 기다렸는데 오늘에야 찾아오다니! 그는 버니의 친구들을 잠시 원망했다. 그 순간 매서운 눈초리로 호통치던 노부부가 했던 말이 떠올랐다. 그들은 밤마다 버니를 찾아와 술을 퍼마시고 시끄럽게 소란을 피운다고 하지 않았나. 그들은 매일 찾아 왔지만 그가 몰랐던 것이다. 벽에 금이 가고 틈이 벌어지고 나서야 비로소 버니의 친구들 웃음소리를 듣게 되었다. 그러자 아파트가 구조적으로 변하고 벽에 금이 가고 있는 상황이 그렇게 나쁜 것만은 아니라는 생각이 들었다. 그는 그가 가진 가장 멋진 체크무늬 재킷과 청바지를 꺼내 입고 떨리는 마음으로 집을 나섰다. 버니의 집에서 한창 무르익고 있는 파티에 가기 위해서였다.

그는 초인종을 누를 필요가 없다는 것을 깨달았다. 버니의 집 문은 친구들이 계속 들어오고 나가도록 열려 있었다. 조심스럽게 안으로 들어가자 설명할 수 없는 야릇한 열기와 맥주와 와인의 향취가 밀려와 어지럼증이 일었다. 불은 모두 꺼져 있었지만 집 안 곳곳에는 양초가 수십 개도 넘게 켜져 흔들거렸다. 스무 명 남짓한 이들이 모여 있었는데 젊은이들뿐 아니라 십대 어린 아이들과 그와 비슷한 또래의 사십대 남자와 여자도 섞여 있었다. 그들은 맥주나 와인을 마시며 담배인지 대마초인지 모를 것을 피워대며 불량하게 낄낄거리며 떠들었다. 촛불의 그림자 때문인지 그들은 웃고 있는데도 어딘가 우울해 보였다. 그들은 흐느적거리며 춤을 추고 있었고 구석에서 토하고 있었고 또 소파에서 곯아떨어져 있었다. 어디선가 가르랑 소리가 들려 돌아보니 식탁 위에서 검은 줄무늬 고양이 두 마리가 태연하게 쏟아진 와인을 할짝거리고 있었다. 버니가 지하주차장에서 만난 길고양이들도 초대한 것인가. 그러나 아무리 찾아도 오늘의 주인공인 버니는 보이지 않았다.

그는 붉게 염색한 머리에 코와 입술에 피어싱을 하고 해골 티셔츠를 입은 펑크족 친구들 두 명에게 다가갔다. 그들의 손에는 본드와 비닐봉지가 들려 있었고 눈은 필라멘트가 끊어진 듯 흐릿하게 풀려 있었다.

"버니 못 봤어?"

그들은 어깨를 과장되게 흔들며 소리쳤다. 그들은 몹시 취하고 행복한 것 같았다.

"젠장, 버니가 누구야? 꺼져!"

그는 벌거벗은 상체로 와인을 병째 들이키는 남자애와 대마초를 피우고 소파에 널브러져 있는 커플에게 다가가 똑같은 걸 물었다. 돌아온 대답도 똑같았다. 욕지거리와 함께.

"씨팔, 그런 애 몰라. 저리 꺼져버려!"

살짝 열린 욕실 문을 열자 욕조에서 어깨가 드러난 낡은 쉬폰 원피스를 입고 잠든 건지 의식이 없는 건지 누워 있는 오렌지색 머리칼의 여자를 발견했다. 그는 버니인 줄 알고 달려가 몸을 흔들었고 짜증을 내며 잠에서 깬 여자애는 버니가 아니었다. 도대체 이들은 버니도 없는 집에 모여 왜 자기들끼리 마시고 취하고 흐느적대는 걸까. 버니는 친구들을 초대해 놓고 대체 어디로 사라진 걸까. 알코올 향기와 알싸한 연기에 그의 정신마저 흐릿해지는 것 같았다.

그는 답답하고 불안한 마음에 아무나 팔을 붙잡고 소리쳤다.

"버니를 모르는 게 말이 돼? 여기 사는 오렌지색 머리 여자 말이야! 당신들 기다리며 밤마다 외롭게 우는 버니! 이래도 몰라?"

갑자기 주위가 조용해졌고 술을 마시거나 춤을 추거나 흐느적거리던 것을 멈추고 그들은 그를 돌아보았다. 그제야 입술에 피어싱을 한 붉은 머리 여자가 딱하다는 듯 그를 물끄러미 바라보다 중얼거렸다.

"병신새끼, 여기 살긴 누가 살아. 빈 아파트인 거 모르고 들어왔어? 그런데 넌 누군데 여기 있어?"

그들 중 몇몇은 수군거리며 욕을 했고, 여기저기서 비웃음 소리가 들려왔다. 잠시 후 실내는 조용해졌다. 욕을 하거나 비웃던 그들은 말없이 우울하고도 창백한 얼굴로 그를 멍하니 바라보았다. 그들의 얼굴은 지나치게 투명하면서도 푸르스름했고 눈빛은 건너편의 헐벗은 콘크리트뿐인 아파트보다 어둡고 황량하다는 것을 알았다. 욕망이나 고통 없는 검고 텅 빈 눈빛들이 집요하게 그를 바라보았다. 그를 비난하는 것 같기도 하고 원망하는 것 같기도 한. 그는 갑자기 그들이 두려워졌고 여기가 버니의 집이 아니라 빈 아파트란 말에 충격을 받아 비틀거리며 그곳을 빠져나왔다.

그는 텅 빈 아파트에 모여 파티를 하는 저들의 정체는 무엇일까 생각하다 그들의 푸르스름하던 얼굴과 잿빛 눈동자가 떠올라 몸서리를 쳤다. 유령들이 그의 옆집에 모여 파티를 하고 있는 거라고 생각하니 온몸에 소름이 돋고 심장마저 차갑게 얼어붙는 것 같다. 창백하던 버니의 작은 얼굴과 잿빛 눈동자가 떠오르자 버니 또한 저들처럼 빈 아파트를 찾아다니며 여기저기 떠도는 유령이었는지도 모른다는 확신이 점점 굳어져 갔다. 그의 집으로 돌아오자마자 거실 스위치를 켰지만 전기가 나갔는지 불이 들어오지 않았다. 그는 어두컴컴한 텅 빈 거실에 웅크린 채 턱을 덜덜 떨었다. 그토록 젊고 예쁜 버니는 왜 유령이 되었을까. 그는 잔혹한 상상을 떨쳐내려고 고개를 흔들었고 그 순간 거실 어둠 속에서 버니가 창백하고도 슬픈 얼굴로 그를 바라보고 있는 것 같았다. 그는 반가운 마음에 손을 뻗었지만 어둠 속에는 어둠 이외에는 아무 것도 없었다.

그때 갈라진 벽 사이로 옆집에서 흥겨운 음악 소리와 날카로운 웃음소리가 들려왔다. 유령이든 아니든 그들은 이 밤이 외롭거나 무섭지 않을 것이다. 그는 뼛속까지 파고드는 냉기와 혼자라는 외로움에 몸을 떨며 그 새벽 전화를 걸 누군가를 떠올렸지만 아무도 떠오르지 않았다. 그제야 깨달았다. 자신은 유령도 곁에 없는 드넓은 우주에 영원히 혼자 버려졌다는 것을. 그는 안 된다는 것을 알면서도 필사적으로 아내의 휴대폰 번호를 찾아 눌렀다. 귓속을 파고든 것은 지금 거신 번호는 없는 번호라는 차가운 기계음뿐이었다. 건너편의 콘크리트 건물에서 소름 끼치는 바람 소리가 들려왔다. 사방을 둘러봐도 보이는 것은 짙은 어둠뿐이었고 그도 어둠 속에 갇혀 더는 보이지 않았다. 그는 어둠 속에 완벽히 고립되었다. 그 모든 것들에서 벗어나 어둠 자체가 되는 것, 그것은 그가 그토록 열망하던 일이었지만 조금도 기쁘지 않았다.

한동안 잠잠했던 벽이 어쩔 수 없다는 듯 우지직, 음산한 소리를 내며 힘겹게 갈라지기 시작했다. 그는 소리도 없이 베란다로 걸어 나갔다. 도시는 온통 어둠에 휩싸여 있었다. 그는 차가운 바람을 맞으며 벽이 갈라지는 소리를 견디며 어둠 속 어디에선가 작고 희미한 불빛이 켜지길 오랫동안 기다렸다.

줄리의 심장

모래성이 언제부터 무너져 내렸는지 나는 알지 못했다. 아내는 알았을까. 나는 그녀 안에 그처럼 특별하고 연약한 모래성이 존재하는지도 몰랐다. 그것은 소리 없이 조금씩 흘러내리듯 무너졌다. 그녀가 숨을 쉬고 잠을 자고 배설하는 동안에 조금씩 파괴되었다. 내가 이상을 감지했을 때는 붕괴 직전의 마지막 전력을 다해 아슬아슬하게 버티고 있었지만 달라지는 것은 아무것도 없었다. 그녀는 여전히 살아 숨 쉬는 나의 아내였다.

　그날 일요일 아침은 햇살이 눈부셨다는 것 말고는 특별할 것이 없었다. 새벽 늦게까지 잠들지 못한 아내는 아직 일어나지 않았다. 침실 한쪽 아기침대에는 십일 개월짜리 라희가, 핑크빛 공주 방에는 다섯 살 라연이 잠들어 있었다. 깨어있는 것은 나 혼자라고 생각했다. 나는 연어 샐러드와 커피로 아침을 먹고 있었다. 오후엔 아쿠아리움으로 흰 돌고래 벨루가를 보러 가든가, 신데렐라나 백설공주와 일곱 난장이 같은 아동극을 보러 가야겠다고 생각하던 참이었다. 하지만 모든 일은 그토록 단순하지 않으며 언제나 기대를 배반했다.

라연이 침입자처럼 고요한 풍경을 찢고 훌쩍이며 걸어나왔다. 나는 딸아이의 헝클어진 머리칼을 보며 무엇이 잘못되었는지 몰라 멍하니 있었다. 다음 순간 짜증이 났고 마음이 조급해졌다. 울음소리에 라희마저 깨어나 평화로운 아침이 유리창처럼 깨져 버릴까봐 신경이 곤두섰다. 뒤늦게 그 애 잠옷 가랑이가 축축하게 젖어있는 것을 발견했다.

"오줌 쌌구나. 괜찮아."

딸아이는 잠에 취한 얼굴을 찡그리며 울음을 그치지 않았다. 그제야 울음의 원인이 다른 것일지 모른다는 의구심이 들었다.

라연은 고개를 흔들며 더 크게 울었다. 꿈에서 헤어나지 못한 흐릿한 눈동자는 공포에 질려 있었다.

"늑대가 손가락을 물어갔어."

나는 얼굴을 찌푸렸지만 아무 일도 아니라는 듯 딸아이를 끌어안았다. 오줌 지린내가 훅 끼쳐왔다.

"괜찮아. 꿈꾼 거야. 봐, 손가락 멀쩡하지?"

라연은 울음을 멈추고 자기 손가락을 펼쳐보았다. 나는 딸아이의 젖은 잠옷을 벗겼다. 그 애는 왜 바지가 젖었는지 알 수 없다는 표정을 짓다가 수치심을 느꼈는지 다시 울음을 터트렸다. 메아리라도 치듯 침실에서 가녀린 라희의 울음소리가 들려왔다. 아내는 여전히 잠을 자고 있는 것인가. 아이의 울음소리가 계속 들려오자 라연의 아랫도리를 벗겨 둔 채 침실로 달려갔다. 십일 개월짜리 라희가 침대 난간을 위태롭게 붙잡고 서서 눈물 콧물이 범벅이 되어 울어 제키고 있었다. 서둘러 라희를 침대에서 구출해 품에 안았다. 아내는 아무 소리도 들리지 않는지 꼼짝하지 않았다. 나는 인상을 찌푸리고 아이를 안고 나왔다. 그때까지도 무엇이 잘못되었는지 아무 것도 깨닫지 못했다.

그날 아침 햇살은 여전히 찬란했지만 평온한 일상은 박살이 났다. 서재의 문이 활짝 열린 채 첫째 라연이 어깨를 떨며 비명을 지르듯 울다가 딸꾹질을 했다. 여전히 아랫도리는 휑하게 벌거벗은 채였다. 나는 미궁 속으로 빠져드는 혼란 속에 둘째를 안고 라연에게 다가갔다. 여자아이의 울음에 대한 인내심은 거기까지였다. 내 목소리에는 이미 분노가 섞여 있었다.

"그만 그치라고 했지?"

라연은 대답 대신 오줌을 찔끔찔끔 쌌다. 작은 성기에서 흘러나오는 오줌 줄기는 가랑이를 적시고 산발적으로 튀었다. 눈물, 콧물에 새파랗게 질려 있는 아이의 얼굴은 누가 봐도 정상이 아니었다. 아이 눈동자의 중요한 무언가가 흔들리며 흰자위가 희번덕거렸다.

"늑대가, 끅, 줄리를……."

라연은 연극이라도 하듯 종이 인형처럼 힘없이 주저앉더니 눈
동자가 완전히 돌아간 채 하얀 거품을 게워냈다. 연극이 아니란
걸 알면서도 멍청한 관객처럼 물끄러미 아이를 내려다보았다. 경
기를 일으키는 다섯 살짜리에게서 그 이상의 무얼 기대한 걸까.
기도가 막히지 않게 응급처치를 하거나 119에 전화를 해야 한다
는 생각이 막연히 들었지만 한없이 무기력했다. 나는 라희를 안은
채 다른 팔로 라연의 몸을 흔들며 이름만 불러댔다. 머릿속은 혈
류가 멈춘 듯 아무 생각도 떠오르지 않았다.

"라연아! 라연아!"

축 늘어진 아이를 흔들며 어찌할 바를 몰라 두리번거리다 시선
이 서재 바닥에 고정되었다. 눈에 익은 희끄무레한 하얀 털 뭉치
가 보였다. 그제야 아침 내내 꼬리를 흔들며 정신없이 집 안을 돌
아다녀야 할 푸들 줄리가 보이지 않았다는 사실을 떠올렸다. 저
꼼짝 않는 물체가 줄리일 리 없다는 것을 알면서도 가슴이 미친
듯이 뛰었다. 삶의 진실이란 게 저기 놓인 하얀 털 뭉치라면 영원
히 보고 싶지 않았다. 예민한 후각은 줄리에게 벌어진 일을 알고
있었다. 비릿한 피 냄새와 미묘한 악취에 구역질이 치밀었다.

정신을 차리지 못하는 라연을 버려 둔 채 라희를 안은 것도 잊
고 나쁜 유혹에 이끌리듯 털 뭉치에게 다가갔다. 하얀 털과 대비

되는 붉은 가슴이 적나라하게 활짝 열려 있었다. 참았던 신음이 잇새로 흘러나왔다. 내 눈은 화려하고 잔혹한 풍경을 뇌리에 각인시켰다.

"줄리야……."

대답 없는 개의 이름을 부르자 슬픔과 분노가 밀물처럼 덮쳐왔다. 눈가가 뜨거워졌고 침이 흘러나왔다. 십일 개월짜리 라희는 자지러지게 울음을 터뜨렸다. 오늘 본 장면의 충격으로 언어장애가 오거나 자폐아가 된다 한들 불길처럼 번지기 시작한 불행에 무기력하게 당하는 것 말고 무엇을 할 수 있단 말인가. 나는 혼미한 정신에 라희를 달랠 여유가 없었다. 연약한 줄리는 찢어발겨진 게 다가 아니었다. 올망졸망 달린 열매 같은 장기 속에서 무언가 강제로 꺼내졌다는 것을 알았다. 이건 진실이 아니다. 숨이 막혀 왔다. 줄리의 심장이 사라졌다.

줄리와 얽힌 기억들이 순서 없이 한꺼번에 밀어닥쳤다. 50일 된 작은 털 뭉치, 손등을 핥는 분홍 혓바닥, 정신없이 거실을 빙글빙글 도는 줄리, 아내의 무릎에서 조는 줄리, 첫째 라연이 태어나고 찬밥이 된 줄리, 거실 여기저기 오줌을 싸는 줄리, 방문을 발톱으로 긁는 줄리, 아이가 던진 공을 물어오는 줄리, 구석에서 몸을 말고 코를 고는 줄리. 사랑을 독차지했다가 귀찮고 성가신 존재로 전락한 짐승, 그래도 꿋꿋이 집안 공기를 흐트러뜨리며 숨 쉬던

나의 개. 나는 왜 생후 50일에 만나 7년을 동거한 줄리의 마지막이 그토록 비참해야 하는지 이해할 수 없었다. 누군가의 잔혹한 장난에 휘말린 기분이었다.

신경이 예민한 아내가 줄리의 훼손된 시신을 보는 것을 원치 않았다. 그녀는 백화점 쇼핑을 하듯 한 달에 한두 번 정신과를 찾았고 비타민을 먹듯 졸피뎀을 삼키는 여자였다. 자신의 고통이 공황장애나 우울증으로 획일적으로 규정되는 것을 견디지 못했다. 변덕스러움과 히스테릭한 발작은 그녀의 하얀 피부와 함께 퇴락한 귀족의 전유물처럼 느껴졌다. 그녀는 줄리의 죽음을 슬퍼하기 이전에 혐오감에 진저리칠 것이다. 그리고 돌연 육식을 금하고 채식주의자가 될지도 모른다. 나는 그녀의 선언을 옹호하지도 지지하지도 않을 것이다. 삶의 유일한 따뜻한 기억이 그런 식으로 모욕되는 것을 참지 못할 뿐이다.

이 집에서 가장 안전한 장소는 냉동실이었다. 오래된 소시지와 치즈 사이에 줄리를 담은 검정 봉지를 숨겨 놓고 냉동실 문을 닫았다. 줄리의 죽음을 인정하고 싶지 않은 반발심 때문이었을 수도 있었다. 아니, 사라진 심장 때문이었다. 중요한 장기를 잃어버린 개를 그냥 묻어버리는 비인간적인 짓은 할 수가 없다. 심장을 찾을 때까지만 줄리가 냉동실 안에서 모욕감과 쓸쓸함을 견뎌주길 바랐다. 그 후로 나는 아무 일도 일어나지 않은 것처럼 행동했다. 다음날도 아내는 줄리를 찾지 않았다. 하긴 아내에게 줄리가 귀찮은 존재가 된 지는 벌써 오래전이었다. 거실에 오줌을 싸거나 몸을 부르르 털면 털이 날린다고 질색하며 자리를 뜨곤 했으니까.

나는 줄리의 죽음을 은닉한 것이 아니라 방심한 아내가 냉동실 문을 열어 낯선 검정 봉지를 풀어 보는 순간을 기대했는지도 모른다. 따스하고 말랑말랑한 존재가 단단하고 싸늘한 얼음장이 된 것을 보며 그녀도 눈물을 흘려주길 바랐는지도 모를 일이다.

줄리가 심장을 도난당한 채 살해되기 몇 달 전부터 아내는 새로운 취미에 빠져 바쁜 나날을 보냈다. 내가 기억하는 한 아내는 늘 바빴다. 나이가 들수록 그녀는 지겨움을 견디지 못하고 새로움을 갈망했다. 아내의 취미는 요가, 한식 요리, 꽃꽂이, 홈패션, 사진, 열대어 키우기 등 다양했고 한 가지를 석 달 이상 지속하지 못했다. 그만두는 거야 그녀 마음이었지만 때로는 감당하지 못할 곤란한 상황에 빠졌다.

아내는 갑자기 열대어에 흥미를 잃었는데 거실에는 세 개의 어항에 다섯 마리의 검은 줄무늬 엔젤과 스무 마리의 화려한 구피와 아홉 마리의 노란 시클리드가 현란하게 유영을 즐기고 있었다. 아내가 먹이주는 것도 잊고 물도 갈아주지 않자 어항에는 초록빛 융단 같은 이끼가 두텁게 끼기 시작했다. 어느 날 거실 소파에서 아이스크림을 먹다가 라연이 비명을 질러댔다.

"물고기 눈이 없어! 눈! 눈!"

어항을 살펴보니 머리나 꼬리가 사라진 구피 대여섯 마리가 부패한 채 배를 뒤집고 오염된 물에 둥둥 떠 있었다. 구피는 그나마 사정이 좋은 편이었다. 다섯 마리의 얼룩무늬 엔젤은 언제 폐사했는지 형체도 알아 볼 수 없을 만큼 흐물흐물하게 녹았고 노란 시클리드는 젤리처럼 엉겨 붙어 부패했고 남은 한두 마리도 몇 시간 더 버티기 힘들어 보였다. 열대어를 돌보지 않은 아내의 부주의함보다 죽음을 방치한 채 일상을 보낸 나의 무지에 당혹감을 느꼈다. 나는 죽음 앞에서 아무렇지 않게 식사를 하고 아이와 도미노 게임을 하고 위스키를 마시다 잠이 들었다.

죽은 열대어를 모조리 뜰채로 떠서 비닐봉지에 담는 것도 곤욕이었지만 죽어가는 열대어는 더 처치 곤란이었다. 나도 모르게 통명스럽게 아내에게 물었다.

"아직 살아있는 건 어쩔 거야?"

아내는 고개를 흔들며 젖병을 사납게 흔들어댔다.

"나야말로 지쳐 죽을 지경이야. 마음대로 해. 죽이든 키우든."

내 동의 없이 본인이 좋아서 사다 나른 열대어였다. 이젠 열대어의 목숨까지 내 차지인가. 마음 같아서는 변기에 쏟아 붓고 싶었지만 저 작은 생물이 무슨 죄인가 싶었다. 그래서 나는 원하지도 않는 열대어의 사육사가 되었다. 멸치만 한 열대어를 키우는 것도 악어나 남극 펭귄을 키우는 것만큼이나 귀찮고 신경 쓰였다. 나는 잠이 오지 않는 밤, 위스키를 마시며 그것들의 죽음을 기다렸다. 그러나 이 생은 나를 농락했고 열대어는 누구의 관심도 없이 건강하게 살아갔고 죽음을 맞이한 건 나의 죄 없는 따스한 털 뭉치 줄리였다.

아내의 최근 모든 관심은 상담심리에 꽂혀 있었다. 나는 놀랍다고 해야 할 지 우습다고 해야 할 지 애매모호한 감정에 빠졌다. 백화점 문화센터에 그런 강좌가 존재한다는 게 경이로울 뿐이었다. 한가하고 외로운 여자들이 백화점 9층 강의실에 모여 나른한 눈빛으로 애착 불안, 공황장애, 섭식장애 같은 강의를 듣는다니 그 풍경이야말로 현실이 아닌 것 같은 기묘한 기분이 들었다. 가벼운 우울증을 앓고 있는 아내는 문득 자신의 병의 기원이 궁금해진 걸까. 내가 할 수 있는 일이란 꽃꽂이나 열대어처럼 이 열정도 잠시 지나가는 바람이길 바랄 뿐이었다.

아내는 일주일에 세 번 베이비시터에게 십일 개월짜리 라희를 맡기고 외출했다. 두꺼운 심리학 저서를 프라다 백에 넣고 상담심리학 강의를 들으러 가거나 그룹 스터디를 하거나 회원들과 심층 토론을 한다는 것이다. 그녀는 꽃꽂이나 열대어에 빠져 있을 때보다 한층 차분해 졌고 자주 어떤 생각에 몰두한 모습이었다. 나는 저러다 아내가 정말 대학원에 진학해 테라피스트가 될지도 모른다고 상상하기에 이르렀다.

어느 저녁, 퇴근 후 아파트 현관에 들어섰을 때 나는 집이 아닌 조작된 함정에 빠진 것은 아닌가 하는 의심에 사로잡혔다. 텔레비전 일일 연속극에서는 시누이와 동서가 머리채를 잡고 싸우는 장면이 흘러나왔고 다섯 살 라연은 패브릭 소파에 우유를 쏟고 폴짝 폴짝 뛰며 '오 미스터 헌터' 동요를 불러대고 있었다. 라희는 구급약, DVD, 붕대, 같은 것들을 꺼내놓고 서랍에 들어가 텔레비전 모니터를 흔들며 괴성을 질러댔다. 거실 바닥은 블록과 도미노와 인형이 쏟아져 나와 발 디딜 틈이 없었다. 아내는 그 와중에 프라이팬에서 햄버그스테이크가 까맣게 타며 하얀 연기를 피우는 것도 모른 채 아일랜드 식탁에서 두터운 책을 읽고 있었다. 아내는 내가 소란 속으로 들어온 것도 알아채지 못했다. 이 모든 광경이 조작된 함정이 아니라 꾹꾹 눌러둔 삶의 진실이 폭발했다는 걸 어떻게 믿을 수 있을까. 아내는 라희가 협탁 모서리에 입술을 박아 잇몸이 찢어지고 피를 봐야 돌아볼 것인가.

나는 성큼성큼 걸어가 라희를 서랍 속에서 꺼내고 아내를 지나쳐 가스레인지의 불을 껐다. 햄버그스테이크는 검은색 타르처럼 새까맣게 변해 있었다. 아내는 그제야 나를 발견하고 놀라는 척 인사를 건넸다.

"언제 왔어?"

내 품에 안긴 라희는 오줌에 흠뻑 젖은 기저귀를 차고 짜증이 난 듯 칭얼거렸다. 내가 생각했던 것보다 날카로운 목소리가 튀어나왔다.

"이 난장판에서 책이 들어와? 대단한 열정 나셨네."

아내는 눈썹을 파르르 떨었지만 평정심을 유지한 채 싸늘하게 책을 덮었다. 표지에 명조체로 쓴 검정 글자가 눈에 띄었다.

"타인의 삶? 여기 당신 삶은 안 보이나 보지?"

아내는 숨을 고르는 듯 하더니 숯덩이 같은 프라이팬을 싱크대에 던지듯 집어넣었다. 하얀 연기와 매캐한 냄새가 그녀와 나 사이를 가르며 허공으로 피어올랐다.

"당신 분노의 동기가 탄 햄버그스테이크 때문은 아니지?"

아내의 입에서 분노, 동기 같은 단어를 듣는 것이 입안의 모래알처럼 서걱거렸다. 아내는 어안이 벙벙한 내게서 라희를 빼앗아 안고 침실로 들어갔다. 아내를 향해 소리라도 지르고 싶었지만 라연이 팔을 잡고 흔들며 배고프다고 칭얼거렸다. 나는 분노를 누른 채 아이의 저녁을 해결하기 위해 피자 배달 전화번호를 찾았다.

모래성이 처음 흘러내리기 시작한 것은 언제였을까. 나는 줄리의 심장이 사라지고 나서야 우리의 평범하다고 믿었던 결혼 생활을 역추적했다. 돌이켜보면 아내는 라연이 갓난아이였을 때도 거의 웃지 않았다. 라연이 생후 50일쯤 되던 어느 저녁 날의 기억이 또렷이 떠오른다. 아내는 텔레비전 볼륨을 최대치로 올려놓고 멍하니 앉아 있었다.

"정신 나갔어? 이게 안 들려?"

아내는 손톱만 맹렬히 물어뜯었고 볼륨을 줄이자 간헐적으로 아이의 울음소리가 들려왔다. 침실 문을 열자 아기침대 속 라연의 얼굴에 베개가 짓눌리듯 놓여 있었다. 라연은 얼굴이 벌겋게 달아올라 공포에 질려 비명을 지르듯 울어댔다. 나는 아이를 품에 안고 아내를 노려보았다.

"당신, 무슨 짓을 한 줄 알아? 세상에, 믿을 수가 없네."

여전히 손톱만 물어뜯으며 무표정하게 말하던 아내의 얼굴을 잊을 수가 없다.

"어떻게 울음소리를 멈춰야 하는지 몰라서."

그 일은 베이비시터를 부름으로써 아무 일도 없었던 듯 해결된 것처럼 보였다. 그것은 모든 것을 단순화시켜 생각하는 내 오해였고 교만이었다. 결혼 생활이란 영원히 해결되지 않은 거대한 문제와 밥을 먹고 잠을 자고 포옹하며 늙어가는 것이다. 불운하게도 나는 아내 안의 무언가가 붕괴하고 있는 기미를 알아채지 못했다.

문화센터에 다니던 무렵, 아내는 전에 없이 활기가 넘쳤다. 나로서는 그곳의 어떤 특별한 공기가 아내를 자극하고 변화시켰는지 알지 못했다. 눈에 띄게 달라진 점은 무기력하던 그녀가 쓸데없고 사소한 것에 관심을 두기 시작했다는 것이다. 이를테면 북유럽에서는 린넨으로 침대 시트와 커튼을 만든다는 것, 열대지역에서 자라는 모링가 나무는 생명의 나무라는 것, 외국어를 배우는 것이 치매 예방에 좋다는 것 따위 말이다. 내가 보기엔 아는 것과 모르는 것의 차이가 거의 없는 사실을 중요한 이야기인 양 늘어놓는 것이었다. 나는 아내의 눈치를 살피며 비아냥거렸다.

"당신 갑자기 아는 게 많아졌네?"

아내는 아랑곳하지 않고 수줍게 웃었다. 아내의 얼굴에서 웃음을 본 건 오랜만이었지만 나는 아무런 감정의 동요가 일지 않았다.

"친구가 말해 준 거야."

"친구?"

내가 알기로 아내는 만나는 친구가 거의 없었다. 몇몇 동창은 미국에 이민을 갔거나 결혼 후 연락이 끊겼거나 불가로 출가했다고 했다. 아주 짧은 순간 아내에게 남자가 생겼다고 의심했고 곧 어처구니없는 망상이라는 것을 깨달았다.

아내는 눈을 반짝이며 자랑스럽게 말하는 것이었다.

"깜짝 놀랄걸. 스무 살짜리 귀여운 여자앤데 지역 도서관에서 만났어."

차라리 바에서 스무 살짜리 섹시한 남자애를 만났다고 하면 웃어주었을 것이다. 애 둘을 낳고 삶과 육아에 지친 아내가 도서관에 갔다는 것도 놀라웠고 거기서 스무 살짜리 여자애와 친구가 되었다는 건 더욱 믿을 수 없었다. 이 세계에는 내가 알지 못하는 사이, 서른아홉의 유부녀와 스무 살짜리 여자애가 도서관에서 친구가 되는 게 유행처럼 퍼지고 있는지도 모른다. 아내는 무슨 말인가 더 하고 싶어 안달이 난 얼굴이었다.

"그 여자애, 빨간 목도리를 하고 서가에서 와플을 먹더라."

모두가 책을 보고 공부를 하는 고요한 무덤 속 같은 도서관에서 말이지.

기가 막혀 웃음도 안 나왔지만 최대한 자연스럽게 입꼬리를 끌어올려 웃었다.

"굉장하네."

아내는 사악한 왕비처럼 회심의 미소를 지어보였다. 아내의 입술이 독 사과를 먹은 듯 새빨갰다.

"근데 있잖아, 그 여자애 살짝 돌았어."

"뭐?"

내 입에선 타이어에 터져 죽은 개구리의 비명 같은 소리가 튀어나왔다. 거실에서 블록 쌓기를 하던 라연이 멍한 얼굴로 돌아보았으니까. 나는 그제야 모든 상황이 이해가 되었다. 살짝 돌아서 쉽게 친구가 된 거였군. 그리고 린넨이니, 모링가 나무니 하는 쓸데없는 말을 떠들어 댄 거고. 팔십 세 노인이나 개나 고양이와도 친구가 될 수 있었다. 그러나 도서관에서 와플을 먹는 살짝 돈 여자애와 친구가 되는 건 좋지 않은 생각이었다. 그럴 수 있다면 아내를 말리고 싶었다.

"상담심린지 뭔지 쫓아다니더니 그쪽 사람들한테 관심이 생겼어?"

아내의 얼굴엔 미소가 한순간 사라졌고 납처럼 굳어져 갔다.

"그쪽…… 사람들이라니?"

정상에서 벗어난 사람들, 살짝 돈 사람들, 미친 사람들 같은 단어가 머릿속에서 빛처럼 스쳐 갔다. 아내의 얼굴에 경련이 이는 듯 미세하게 떨렸다.

"도서관에서 와플 먹는 사람들."

그렇게 내뱉자 머릿속 세계가 재정렬되는 듯한 기이한 감정에 빠져들었다. 전국의 수많은 도서관 서가의 책과 책 사이에서 바삭바삭한 와플을 씹어 먹는 사람들이 행동을 멈추고 돌아보는 듯한 섬뜩함을 느꼈다. 그들은 아무 잘못을 하지 않았다. 단지 고요한 도서관에서 와플을 먹었을 뿐이다. 배가 고파서? 삶의 모멸을 견디려고? 와플을 먹는다고 그것이 쉽게 떨쳐지는가. 완전히 미치지 않은 정신을 가까스로 붙들고 있는 그들을 만나면 진심으로 묻고 싶었다. 삶의 무엇이 그들을 위태롭게 뒤흔드는지. 어떤 끔찍한 고통이 이쪽 세계를 포기하고 이해할 수 없는 저쪽 세계로 넘어가게 만드는지.

아내는 들릴락 말락 한 작은 소리로 중얼거리곤 내 곁을 떠났다.

"숨 막혀."

나는 아무것도 듣지 못한 척 위스키의 얼음을 깨물어 먹었다. 그 순간이었을지도 모른다. 어디선가 금이 가며 모래성이 흔들리기 시작한 것은.

줄리의 심장이 사라진 채 시간은 아무렇지 않게 흘러갔다. 지난 일주일 동안 아내는 줄리의 행방을 찾지 않았다. 초조하거나 불안한 모습을 보이지도 않았다. 냉동실의 줄리의 시신은 누구에게도 발각되지 않은 채 단단하고 쓸쓸하게 굳어갔다. 라연은 냉동실 문을 열어 까치발을 하고 바닐라 아이스크림을 꺼내는 데 성공했다. 그리고 녹은 아이스크림을 뚝뚝 흘리며 핥아먹느라 정신이 없었다. 왜 딸아이는 그날 본 광경에 대해 아무것도 묻지 않는 걸까. 다섯 살은 상상과 현실이 뒤죽박죽인 삶을 살아간다. 늑대도, 줄리도, 파헤쳐진 붉은 가슴도 모두 꿈이라고 믿고 있을까. 그 애에게 중요한 것은 녹아 흘러내리는 아이스크림뿐이라는 듯 열정적으로 핥아댔다.

"엄마, 어디 가?"

돌아보니 외출 준비를 마친 아내가 긴장된 얼굴로 서 있었다. 아내는 피로한 얼굴에 장밋빛 립스틱을 바른 채 늘어난 크림색 스웨터에 쥐색 반코트를 걸쳤다. 말하지 않아도 가까운 마트에 가는 건 아니라는 걸 알았다. 베란다 밖은 두터운 어둠이 깔려 있었다.

시계는 아홉 시를 가리켰다. 침착한 척 애썼지만 목소리가 떨렸다.

"이 시간에 나가려고?"

무언가로 가득 차 불룩 튀어나온 검정 가죽가방을 어깨에 멘 아내는 초조해 보였다.

"누굴 만나기로 했어. 애들 좀 재워줘."

"와플 먹는 어린 친구?"

아내는 시선을 피하며 멍한 얼굴로 벽시계를 쳐다보았다.

"아니, 다른 사람."

나는 소파에서 벌떡 일어나 의처증이 있는 남편처럼 아내를 가로막았다.

"그게 누군데?"

아내의 얼굴은 갑자기 창백하게 질리더니 피식 웃는 것이었다.

"지하철에서 만난 아저씨야."

나는 순간 검은 운무처럼 삶을 덮쳐오는 까마귀 떼가 보이는 듯했다. 까마귀 떼는 내 불운과 고통을 쪼아먹고도 얼굴에 달려들어 눈동자까지 모조리 파먹을 것이다.

"이 시각에 늙은이랑 데이트라도 하게?"

아내의 얼굴은 순간 발갛게 물들더니 눈동자가 이상야릇하게 빛났다.

"그것보다 아주 아주 중요한 일이야. 우리가 꼭 해야 해."

무슨 말을 더 하기도 전에 아내는 나를 밀치더니 현관으로 뛰어나갔다.

"당신한테 중요한 일이 대체 뭐야!"

소리를 질렀지만 현관문은 꽝 소리와 함께 닫힌 뒤였다. 아내는 야심한 시각에 지하철에서 만났다는 중년 남자와 중요한 일을 하러 떠났다. 이것 봐, 잘못 짚었어. 당신에게 중요한 일은 밖이 아니라 집 안에 있는 거 몰라? 아이들과 신경 써야 할 나는 안 보여? 집에 살아있는 구피들과 냉동실 속 심장을 잃어버린 가엾은 개 줄리, 대체 그것들보다 중요한 일이 어디 있다고 정신 나가 싸돌아다니는 거야?

아내는 그날 밤 두 아이가 깊이 잠든 자정이 넘은 시간에 돌아왔다. 나는 물론 잠들어 있지 않았지만 침대에서 일어나지 않았다. 지하철에서 만났다는 그자의 외모를 상상하고 아내와 그 작자가 한밤에 벌인 불온한 일을 상상하느라 머리가 지끈거렸다. 아내는 샤워도 하지 않고 얕은 숨소리를 내며 곯아떨어졌다. 푸르스름한 아내의 얼굴은 전혀 모르는 사람 같았다. 당신, 무슨 짓을 하고 다니는 거지?

내 인내심의 한계는 거기까지였다. 자존심이 허락하지 않았지만 회사에 휴가를 내고 아내의 뒤를 쫓았다. 아내는 라연을 아침 일찍 유치원에 보내고 십일 개월짜리 라희마저 어린이집에 보낸 뒤 쥐색 코트에 무언가를 숨긴 가죽 가방을 메고 집을 나섰다. 걸음은 지나치게 빨랐고 사람들 사이에 섞인 그녀는 늙고 생기 없어 보였다. 이십 분쯤 걸어 아내는 지하철역 여자 화장실 근처에서 갑자기 사라졌다. 아내를 그대로 놓쳐버린 건 아닐까 초조했다.

십 분쯤 후 아내는 화장실에서 나왔다. 아내였지만 그건 내가 아는 아내가 아니었다. 어깨까지 내려오는 머리칼을 풀어헤친 채 조악하기 그지없는 붉은색 큐빅이 박힌 머리띠를 하고 있었다. 십 년 전쯤 유행하던 프릴 달린 얇은 하얀색 블라우스와 교복 같은 베이지색 체크무늬 스커트와 그 아래 검정 레이스가 달린 스커트를 겹쳐 입고 있었다. 앙상한 다리엔 검정 스타킹과 하트가 그려진 양말을 신었다. 나는 간신히 신음을 토해냈지만 숨이 잘 쉬어지지 않았다. 머리와 심장으로 통하는 혈류가 한순간 막힌 것 같았다.

아내가 왜 십 대나 어울릴 법한 요란한 머리띠에 스커트를 두 개나 겹쳐 입고 나온 건지 영원히 풀리지 않은 문제와 맞닥뜨린 것 같았다. 차라리 지긋지긋한 결혼 생활을 집어치우고 싶다고 소리를 질렀다면 아내를 이해했을 것이다. 방금 치마 입은 걸 잊고 하나를 더 껴입은 걸까. 왜 우스꽝스러운 하트 양말 따위에 마음을 빼앗긴 걸까. 내가 무심한 사이, 아내 안의 균열이 저토록 부조화하고 기괴한 모습으로 괴물처럼 튀어나와 마주친 것이다. 아내 뇌의 어느 부분에 치명적인 문제가 생긴 건지도 모른다는 의심에 이르자 두려움이 엄습했다. 아내가 저대로 거리를 활보하는 건 알몸으로 돌아다니는 것보다 수치스럽고 끔찍한 일이었다.

아내는 조금의 위축됨도 없이 개찰구를 순식간에 빠져나갔다. 나는 사람들이 아내를 흘끔거리는 것을 보고 얼굴이 달아올랐다. 아내는 무언가에 홀린 사람처럼 무서운 속도로 계단을 내려가 지하철에 몸을 실었다. 나는 가쁜 숨을 몰아쉬며 문이 닫히는 순간 아내의 세계에 가까스로 뛰어들었다. 거기서 아내가 깔끔한 인상의 중년 남자와 눈인사를 주고받는 장면을 목격했다. 그들은 카페나 바가 아닌 흔들리는 지하철 안에서 만났다.

쥐색 정장 안에 검정 터틀넥 스웨터를 입고 사각 금테 안경을 쓴 중년 남자는 목사 같은 인상을 풍겼다. 남의 아내를 유혹해 밖으로 불러낸 남자치고는 지나치게 엄숙한 태도여서 눈에 거슬렸다. 오십 대 중반쯤 됐을까. 과거의 삶에 상처가 있는 듯 어둡고 우울한 분위기의 남자였다. 그들은 인사를 주고받거나 별다른 이야기를 나누지 않았다.

다음 역에서 빨간 목도리를 한 이십 대 초반의 여자애가 올라타 그들과 눈인사를 했다. 여자애의 머리는 헝클어져 있었고 와플을 들고 있었다. 내 입가에선 비웃음이 새어 나왔고 자못 흥미롭게 어울리지 않는 그들을 지켜보았다. 나는 여자애가 누군지 알 것 같았다. 아내가 도서관에서 만났다는 서가에서 와플을 먹는 살짝 돈 여자애 아닌가. 저들은 흔들리는 지하철에서 무슨 짓을 공모하려는가.

중년 남자가 재킷 주머니에서 십자가가 달린 나무 묵주를 꺼내 손목에 두어 번 감는 것을 보았다. 그 순간 불길한 신호가 머릿속 신경에서 반짝거렸다. 아내는 불행한 삶을 살다가 사이비 종교에 빠진 중년 남자의 회유에 넘어가 사이비 교리를 설파하려는지도 몰랐다. 지하철에서 불신 지옥을 외치며 성경을 들고 다니는 작자들 있지 않은가. 중년 남자 혼자가 아니라 치마를 두 개 입은 아내와 와플을 먹으며 다니는 살짝 돈 여자애까지 셋이서 그 짓거리를 하며 다닌다고 생각하니 뒷목이 뻣뻣하게 굳어 왔다. 전처럼 고상하게 요리나 꽃꽂이가 아니라 불신 지옥을 외치며 지하철 순회라니, 그것도 혼자도 아니고 셋이서.

중년 남자가 맨 앞에 섰고 그 뒤에 아내가 그 뒤엔 빨간 목도리를 한 여자애가 따르는 식이었다. 여자애는 정말 와플을 들고 다람쥐처럼 조금씩 앞니로 뜯어 먹었다. 치마를 두 개 입은 아내나 와플을 뜯어 먹는 여자애에 비해 목사 같은 남자는 정상적으로 보였다. 그의 입에서 속삭이는 소리가 들려오기 전까지는 말이다. 하늘에 계신 우리 아버지로 시작하는 주기도문을 낭송하듯 나직하고 진심이 느껴지는 목소리였다.

"이 일은 이, 이 사 팔, 이 오 십, 이 육 십이, 이 칠의 십사, 이 팔의 십육, 이 구 십팔, 이 일은 이, 이 사 팔······."

우스꽝스럽지가 않았다. 오히려 남자의 입에서 흘러나오는 구구단은 경건한 라틴어 기도문을 읽는 듯한 착각을 불러일으켰다. 그는 구구단을 외우는 남자였다. 삶의 어떤 시련이 남자가 지하철을 걸으며 2단만 외우게 한 걸까. 타인에 관심이 없는 나조차도 금테 안경 너머에 있는 남자의 삶의 역사에 호기심이 생겼다. 언젠가 햄버그스테이크를 까맣게 태우던 날, 아내가 정신없이 읽던 책 '타인의 삶'이 떠오르며 남자의 메마른 목소리 너머의 간절함에 홀려 저기 있는 거라는 의혹이 들었다.

남자의 목소리 위로 아내의 가녀린 목소리가 뒤섞였다. 둘은 합창을 하듯 구구단을 따라 외웠다. 와플을 먹던 여자애의 입에서도

구구단이 흘러나왔다. 답답하고 흔들리는 지하철에서 구구단 삼
중창을 듣게 될 줄이야. 지하철에 있던 사람들은 호기심 어리거나
귀찮다는 눈빛으로 셋을 잠깐 돌아보았을 뿐 스마트폰으로 고개
를 돌리거나 눈을 감았다. 그들에게는 그저 낮은 소음에 불과했을
것이다. 나에게는 얇은 얼음막이 금이 가며 사방으로 무섭게 뻗어
나가는 소리 같았다. 구구단 삼중창을 외우는 셋 중에 아내가 끼
어 있어서일까? 그것은 구구단이 아니라 특별한 메시지처럼 들려
왔다. 세상에서 벌어지는 온갖 끔찍한 사건, 살인, 교만, 탐욕, 이기
심, 질투, 고통에 힘겨운 이들을 위한 위로의 노래처럼 느껴졌다면
나도 정신이 이상해진 걸까. 나는 그 셋의 뒤를 따라 구구단을 외
우고 싶은 이상하고도 강렬한 충동에 시달렸다.

지하철에는 나이가 많거나 젊거나 화가 났거나 실직을 하거나
할 일 없는 사람들로 붐볐다. 사람들은 문이 열리면 내렸고 또 다
른 사람들이 올라탔다. 장갑이나 허리보호대를 파는 잡상인들과
마주치기도 했다. 목사 같은 남자와 아내와 와플 먹는 여자애의
지하철 순례는 계속되었다. 그들은 기도문 같은 구구단을 낮은 목
소리로 중얼거리며 사람들 사이를 스쳐 갔다. 그들의 입에서 흘러
나온 숫자가 사람들 머리칼과 어깨와 무릎과 신발 위로 가볍게 떨
어지는 듯한 기묘한 풍경을 보는 듯했다. 숫자들은 무심하고 권태
로운 사람들 속으로 스며들었다.

한순간 술에 취한 오십 대 사내가 소리를 버럭 질렀다.

"씨발 조용히 못 해! 개새끼들, 왜 떠들고 지랄이야?"

검은색 낡은 점퍼를 입은 사내에게서는 땀 냄새와 소주 냄새가 뒤섞여 났다. 발 앞에는 흙 묻은 배낭이 죽은 짐승처럼 놓여 있었다. 누가 봐도 세 사람보다 시끄러운 건 술 취한 사내였다. 사람들은 힐끔거리거나 고개를 돌리고 모른척했다. 사내는 잠에서 깬 것이 짜증 나고 화가 난 것 같았다.

"개새끼들 뭔데 시끄럽게 지랄이야? 니들 예수쟁이야? 예수 좋아하네. 다 죽여 버려?"

사내는 갑자기 일어나 구구단 남자의 얼굴을 한 대 치려다 손목을 남자에게 잡혀 휘청거렸다. 남자는 화가 난 것도 놀란 것도 아닌 차분한 얼굴로 사내를 바라보았다.

"우린 개새끼도, 예수쟁이도 아닙니다."

사내는 주춤한 기세로 손목이 잡힌 채 옆에 서 있는 아내와 와플 여자애를 돌아보았다. 그러곤 모든 걸 알았다는 듯 비웃으며 손목을 확 비틀어 빼냈다.

"오호라, 꼬라지들 보니 씨발, 미친 년놈들이잖아. 미쳤으면 집구석에 있어! 쳐 돌아다니지 말고!"

그 순간 아내가 떨리는 목소리로 소리치는 것이었다.

"말이 심하시네요. 잘 알지도 못하면서."

사내는 흰자위를 희번덕거리며 위아래로 훑어보더니 아내의 어깨를 툭툭 치며 밀었다.

"씨발, 미친년아, 옷이나 제대로 입고 다녀! 나이깨나 먹은 년이 똑바로 살아야지. 니 집에선 이러고 돌아다니는 거 아냐?"

와플 여자애는 겁에 질려 고개를 흔들며 소리 지르기 시작했다.

"아냐, 아냐! 싫어, 엄마! 싫어요! 싫어요!"

그러곤 눈물을 뚝뚝 흘리며 와플을 정신없이 쑤셔 넣는 것이었다. 지켜보던 사람들은 연민이 아닌 두려움과 혐오가 묻은 얼굴로 눈살을 찌푸렸다.

사내는 기가 막힌다는 듯 술이 확 깬 얼굴로 이죽거렸다.

"아주 미친 것들이 쌍으로 돌아다녀. 경찰 새끼들은 뭐 하는 거야? 이것들 정신병원에 안 처넣고. 이런 것들이 지하철에 불 지르고 사람 찌르고 다니는 거야. 씨발."

좀처럼 동요하지 않는 내 이성은 마침내 얼음조각처럼 부서졌다. 나는 아무것도 보이지 않았으므로 주먹으로 때리는 것이 사내의 코뼌지, 머리통인지, 이빨인지 알지 못했다. 사내의 윽, 하는 신음은 분노를 부채질했고 사내의 얼굴은 금방 침과 피로 뒤범벅됐다. 뒤늦게 낯선 중년 여자가 내 팔을 잡고 매달리는 것을 깨달았다.

"제발 그만해요. 이러다 사람 죽이겠어……."

나는 사람들에게 둘러싸여 진귀한 구경거리가 되어 있었다. 비웃음, 경멸, 동정의 시선 어디에도 아내는 보이지 않았다.

지하철 소동은 사내의 앞니가 흔들리고 코뼈에 금이 가 전치 4주진단이 나온 것으로 마무리되었다. 사내는 내가 가엽다는 듯 오백만 원에 합의를 해주며 앞으로 마누라 단속 잘하라고 충고를 했다. 자기라면 그런 여자를 집이 아니라 병원에 가둘 거라고 말이다. 나는 아무 대꾸하지 않았다. 아내는 원하든 원하지 않았든 그쪽 사람이 되어 있었다. 나는 이제 아무것도 확신할 수가 없었다. 아내가 정상인지, 비정상인지, 구구단을 외우는 남자의 문제가 무엇인지, 그쪽과 이쪽의 경계가 무엇이며 그 벽은 영원히 견고한지. 이쪽은 정말 안전하고 저쪽은 위험하다고 누가 장담하는가.

그날 경찰서에서 조사를 받으며 남자가 했던 말이 떠오른다.

"모든 것은 규칙의 문제예요. 사람들이 이를 닦고 세수를 하듯 나는 구구단을 외웁니다."

경찰관과 주위 사람들은 알 수 없다는 표정을 지었다. 나는 희미하게나마 구구단 남자의 말을 알 것 같았다. 아내가 치마를 두개나 입어야 하는 것과 여자애가 와플을 끊임없이 먹어야 하는 것도 그들의 삶의 규칙일지 모른다.

아내는 그날 일에 대해 아무 말도 하지 않았다. 더 이상 신경증적인 행동을 보이지도 않았다. 그들을 다시 만나거나 지하철을 타지도 않는다. 시간이 흐를수록 너무나 멀쩡하게 살아가는 아내를 보며 지하철 소란은 나의 망상이 아닌지 의심하기에 이르렀다. 아내의 우울증과 이상행동은 그날 일로 씻은 듯 나은 것인가. 아니면 아내가 삶을 견디는 새로운 규칙이 존재하는가. 나는 그녀가 부디 두 아이의 엄마로 이쪽 세계에서 버텨주길 바랄 뿐이었다.

그러다 어느 평화로운 저녁, 두통과 함께 냉장고가 흔들리는 듯한 환각을 보았다. 나는 아내를 미행하느라 정신이 팔려 얼어붙은 줄리를 잊고 있었던 것이다. 죄책감과 분노를 느끼며 떨리는 손으로 냉동실 문을 열었다. 소시지와 돼지고기와 소고기 사이에 그것이 보이지 않았다. 심장이 미친듯이 뛰었고 가슴이 옥죄어왔다. 설마 아내가 내가 모르게 줄리의 시신을 자기 식대로 처리한 걸까. 아이들은 거실에서 블록 놀이를 하고 아내는 아무 일도 없다는 듯 빨래를 개고 있었다. 차분하게 말하려고 했지만 내 목소리는 비명에 가까웠다.

"당신…… 줄리를 어디로 빼돌렸어?"

아내의 말간 얼굴의 동공이 위태롭게 흔들렸다.

"줄리라니? 그게…… 누군데?"

"누구냐니? 우리 개 몰라? 하얀색 푸들! 칠 년이나 키웠는데 그걸 모르는 게 말이 돼?"

아내의 손에서 아이의 내복이 힘없이 바닥으로 떨어졌다. 아내의 얼굴은 보아서는 안 되는 상자를 연 사람처럼 공포에 하얗게 질렸다.

"여보…… 우린 개를 키운 적이 없어……!"

아내는 울음 섞인 목소리로 더 이상 말을 잇지 못했다. 천연덕스럽게 거짓말을 하는 아내의 말을 믿을 수가 없었다. 귀에서 이상한 짐승이 울부짖는 듯한 이명이 들려왔다. 나는 거친 숨을 몰아쉬며 식은땀을 흘렸고 눈앞이 뿌옇게 흐려지는 어지럼증을 느꼈다. 줄리야. 줄리야. 대체 어디로 사라진 거야…….

그때 첫째 라연이 자기 방에서 하얀 푸들 인형을 품에 안고 거실로 뛰어오는 게 환영처럼 보였다. 푸들 인형을 바닥에 내려놓자 그것은 꼬리를 흔들며 멍멍 짖거나 안아 달라고 낑낑거리는 소리를 냈다. 라연은 푸들의 머리를 쓰다듬으며 다정하게 속삭였다.

"줄리야, 울지 마. 언니가 안아줄게."

나는 칼로 심장을 도려낸 것 같은 고통을 느끼며 신음을 토했다. 라연은 푸들을 품에 꼭 끌어안고 세상에서 가장 행복한 미소를 지었다. 아이의 검은 눈동자는 삶의 의혹과 비밀을 품은 듯 아득하게 반짝였다. 멍멍, 줄리가 구슬프게 짖었다.

아메리칸 빌리지

모든 일은 즉흥적이고 충동적인 일탈처럼 보였다. 가령 조 부부가 저가 피치항공의 오키나와행 비행기 표를 구매한 일 역시. 일주일 전으로 거슬러 올라가, 먼저 저녁 식사를 마친 조는 거실 소파에서 노트북을 훑어보다 떨리는 목소리로 기쁜 듯 외쳤다.

　"오키나와행 비행기 표가 99달러라고?"

　조의 아내 안은 장난감과 흘린 밥알과 반찬들로 어질러진 식탁에서 여섯 살 레오와 실랑이하며 저녁을 먹이느라 그 말의 숨은 의도를 알아듣지 못했다. 레오가 시금치를 씹다가 식탁에 뱉자 안은 발작적으로 딸아이의 등을 거칠게 때렸다.

　"뱉지 말랬지? 나쁜 짓이라고, 알아들어?"

　레오는 두려움에 질린 얼굴로 금방 눈물을 뚝뚝 흘렸다.

"머리카락이 있어서요."

굳은 얼굴의 조는 당장에라도 안의 뺨을 후려치고 레오를 사나운 마녀의 식탁에서 구출해주고 싶었다. 그러나 그는 아무것도 보지도 듣지도 못한 척 조용히 노트북으로 시선을 옮겼다. 안은 울고 있는 레오와 뱉어낸 시금치와 집 안의 어수선한 모든 것에 넌덜머리가 난다는 듯 고개를 흔들며 소리 질렀다.

"오키나와가 뭐 어쨌다고?"

조는 아내의 신경질과 짜증을 받아주는 자상한 남편의 얼굴로 미소를 띄우며 선언했다.

"이번 주 금요일, 당신과 나 오키나와로 떠날 거야."

안의 눈빛은 당혹스러움과 의혹의 검은 그림자로 흔들렸으나 입꼬리는 남편이 제안한 서프라이즈 여행에 기뻐하는 여자의 것처럼 활짝 치켜 올라갔다.

"당신 정말 끝내주네!"

결혼 9년 차의 매너리즘과 일상의 스트레스가 뒤범벅이 되던 그날 저녁, 그들 부부의 오키나와행이 급작스럽게 결정되었다. 떠나는 자의 특권은 모든 것을 방기하고 벗어나는 것이다. 쌓여가는 고지서, 줄어드는 통장의 잔액, 다가오는 전세의 만기, 조와의 계약을 미루는 잡지사, 조 부부는 그것들로부터 벗어나 오키나와의 에메랄드빛 해변을 걸으며 꿈같은 휴식을 맛볼 것이다. 그럼 며칠 동안 다른 사람이 된 것처럼 세상이 달라보일지도 모른다. 그들은 손잡이가 부러진 갈색 샘소나이트와 함께 피치항공에 핑크 꿈을 안고 몸을 실었다. 아니, 충동적인 모험처럼 보이는 오키나와 여행은 오래전부터 철저히 계획된 작품이었다. 조는 옆자리의 들떠 있는 안과는 다른 꿈을 꾸었다. 은빛 매그넘 44구경이 어떻게 안을 박살 내는지를 그리는 꿈.

조 부부가 묘한 흥분과 긴장의 눈빛으로 보잉 737을 타고 태평양 상공을 날 무렵, 여섯 살짜리 손녀와 열여섯 살짜리 늙은 푸들을 떠맡은 안의 부모는 거실 카펫 여기저기에 똥과 오줌을 싸질러 놓는 개새끼 때문에 짧은 욕설을 내뱉었다. 정말, 그 애들이 하는 일은 이해할 수가 없다니까. 저 개새끼를 왜 아직까지 안락사시키지 않는 거야? 노부부는 한때 푸들이 어린 시절 그들의 삶에 선사한 어리광과 기쁨과 웃음을 망각한 채 치를 떨었다.

안은 공항의 게이트를 통과해 드넓은 활주로와 비행기들을 보며 겁도 없던 여자아이 시절로 돌아간 듯 묘하게 가슴이 울렁거렸다. 자신이 그동안 무엇을 잃어버렸는지 한순간 전기가 통한 듯 깨달았다. 그녀는 떠도는 바람처럼 구속되지 않고 흘러가야 하는 사람이었다. 그러나 오랫동안 정박된 삶을 살았다는 것을 알았다. 안은 낮게 신음을 내뱉었다. 억울한 것은 아니었지만 부당함을 느꼈다. 오키나와에서 난 다른 사람이 될 수 있을지도 몰라. 최소한 달라질 수 있는 희망이라도 주워 올 거야.

비행기를 타고 한 시간이 지날 무렵 불안정한 기류와 경험 부족의 조종사 덕분에 기체는 좌우로 15도 넘게 요동쳤다. 그 와중에도 조는 태연한 표정으로 잡지를 뒤적거렸고 안은 눈을 꼭 감고 주기도문을 외우며 망할 피치항공사를 저주했다. 그녀의 삶이 그토록 재수 없을 리 없다는 것을 알면서도 비행기가 천국 같은 구름 아래로 추락해 푸르른 태평양 바다로 영원히 가라앉을 것 같은 공포에 짓눌렸다. 기내로 차오르는 푸른 바닷물, 다 버리지 못한 욕망에 뒤틀리는 얼굴, 동공이 열린 채 심장이 멎어버린 자신의 얼굴이 떠올랐다. 안은 눈을 꼭 감고 입술을 깨물었다. 뒤늦게 희미한 의구심이 고개를 쳐들었다. 그녀는 오키나와에 오지 말았어야 하는 건 아닐까.

조는 연예인이나 정치인의 가십거리가 3분의 2가 넘는 B급 잡지사의 전속 사진작가였다. 그는 한때 다이안 아버스처럼 인간 내면의 기괴하고 일그러진 신비주의 사진을 찍고 싶어 했었다는 욕망조차 잊었다. 그의 진짜 소망은 톱스타가 차 안에서 벌이는 애정행각이나 대선주자 정치인의 젊은 세컨드가 낳은 아이의 얼굴을 찍는 것인지도 몰랐다. 누가 자신이 진정 무엇을 원하는지 알고 있을까.

아니, 조는 아직까지 그 정도로 타락하지 않았다. 그는 아프가니스탄에서 다리 한 짝을 잃은 채 살아남은 아이의 해맑은 미소나 9·11 테러 현장에서 화염에 물든 잿빛 하늘로 아이가 놓친 파란 풍선이 떠오르는 희망의 찰나를 찍고 싶은 욕망이 있었다. 조는 류색 속에 작은 캐논을 넣어왔다. 혹시 오키나와 해변에서 생각지도 못한 생의 한 컷을 건질지 누가 알겠는가. 그 한 장의 사진이 별 볼 일 없는 그의 삶을 뒤흔들 만한 역사적 계기가 될지 누구도 알지 못한다.

난기류를 만나 흔들리는 비행기 기체 안에서 조는 짜릿한 상상에 몸을 떨었다. 이대로 비행기가 침몰하면 어느 순간을 찍어야 극적인 한 컷을 잡아낼 수 있을까를.

"싸구려 항공을 타는 게 아니었어."

조는 안이 눈을 질끈 감고 신음처럼 내뱉은 말을 들으며 희미하게 웃었다. 당신은 늘 나를 엿 먹였지. 우아한 귀족처럼 상대를 경멸하는 태도에는 신물이 났다. 그녀는 이 빌어먹을 항공권이라도 사서 오키나와로 떠나는 것에 눈물을 흘려야 하지 않을까. 세상에는 아직 떠나지 못하고 삶에 붙들린 노예가 더 많으니까. 조는 아직 삶에 완전히 패배하지 않았으며 모든 것을 바꿀 가능성이 남아 있다고 믿었다. 승객들의 안도, 한숨과 함께 피치항공은 오키나와 나하 공항에 무사히 착륙했다. 싸구려 항공기답게 탑승통로 대신 바람을 맞으며 이동 계단을 내려와 버스를 타야 했다.

안은 계단을 내려오며 지친 얼굴을 찡그리고 웃었다.

"기적적으로 살았어."

조와 피치항공 둘 다를 비웃는 것이리라. 2월이었지만 습기 가득한 따뜻한 해풍이 웰컴 투 오키나와, 라고 속삭이듯 그들 부부의 머리칼을 헝클어놓았다. 어쨌든 그들은 침몰하지 않고 무사히 오키나와에 도착한 것이 기뻤다.

안은 얼어붙은 듯 멀리 활주로를 보며 멈춰 서 있었다. 그녀의 붉은빛 실크 스카프와 갈색 물이 빠진 부스스한 머리칼이 미친 듯이 휘날리는 것을 보자 조는 갈증이 났다. 그녀는 뭘 보고 있는 건가. 막 하늘로 떠오른 비행기? 아니면 잿빛 구름이 흩어진 흐릿한 하늘? 이도 저도 아닌 아무것도 보고 있지 않은지도 몰랐다. 오키나와로 잠시 떠나온 평범한 가정주부가 왜 러시아의 일급 스파이 같은 비장한 표정을 짓고 있는 걸까. 조는 무언가에 이끌려 캐논을 꺼내 셔터를 눌러댔다. 저것은 그가 몰랐던 안의 또 다른 모습일지도 모른다는 의심과 쾌감이 퍼져 나갔다.

무슨 낌새를 눈치챘는지 안이 웃으며 다가왔다.

"오키나와에 오길 잘했어."

안은 아무것도 눈치채지 못하고 있었다. 그들이 진짜 오키나와에 온 이유를.

조가 한국에서 미리 알아온 소바집의 이름은 '하루', 한국어로 봄이라는 뜻이었다. 나하 공항에서 차로 30분쯤 떨어진 한적한 국도변에 있는 부추와 돼지기름이 둥둥 뜬 전통 오키나와식 소바를 파는 식당, 소바 말고도 다른 것을 은밀히 거래하는 곳, 토요타의 검정 아쿠아는 '하루'를 향해 느리게 달려갔다.

공항 근처에 있는 OTS 카센터에서 조가 30분 넘게 기다리며 차를 빌리는 동안 안은 커피를 뽑아 마시고 여행 안내 데스크에서 추라우미 수족관 입장권을 사고 화장실도 다녀왔다. 조는 간신히 손에 쥔 차키를 흔들며 투덜거렸다.

"느려터지네. 귀차니즘의 섬이 맞아."

"느려? 난 모르겠는데?"

당신이라는 여자가 원래 느려터지니까. 안은 눈빛을 반짝이며 지도가 그려진 쪽지를 건넸다. 파란 유니폼을 입은 데스크의 남자가 조와 안 커플을 보며 인위적인 미소를 지었다.

"현지인들만 가는 곳이래. 가이드북에도 안 나오는."

조는 메모를 받아 들다 하마터면 차 키를 떨어뜨릴 뻔했다. 안이 카센터 직원으로부터 알아낸 소바가게의 이름은 '하루'였다. 조는 파란 유니폼의 남자를 수상쩍게 노려보았다. 저 자는 현지인들만 간다는 잘 알려지지 않은 가게에서 소바 말고 은밀하고 위험한 것도 거래한다는 걸 알고 있을까. 은빛의 단단하고 아름다운 매그넘 44구경 같은. 아니면 안은 '하루'의 매니저와 주고받은 총기 거래 메일을 훔쳐보기라도 한 걸까. 오랜 수면 부족과 쌓여가는 집안일과 맹랑한 여섯 살 레오와 실랑이를 하며 그녀가 그의 계획을 눈치챌 수 있을까.

시속 40킬로미터로 달리는 차 안에서 안은 낯선 풍경을 못마땅하다는 얼굴로 바라보았다.

"아까 온 길로 되돌아가는 거 아냐?"

"제대로 가고 있어."

그들도 온 길로 되돌아갈 수 있을까. 서로를 향한 마음에 아무것도 끼어들지 않고 진심만이 뜨거웠던 시절로.

안도 결혼하기 전에는 꽤 매력적인 여자였다. 그녀는 사람들이 알 만한 큰 규모의 미술관 전속 큐레이터였다. 그녀가 맡은 기획 전시는 언제나 반향을 불러일으켰고 성공적이었다. 조는 언젠가 퓰리처상을 받을 만한 근사한 한 컷을 찍게 되면 안이 그의 사진전을 열어 샴페인을 부딪치는 날이 오리라 기대했다. 그러나 삶은 핑크빛 꿈으로부터 알아채지 못하게 잔혹하게 멀어져갔다. 그녀가 달라진 게 레오를 임신하고 난 후인지, 미술관을 그만두고 집에 꼼짝 않고 나서인지, 그녀를 알던 사람들이 놀랄 만큼 살이 찌고 나서인지 알 수 없었다.

아니, 조는 정확히 알고 있었다. 안이 언제부터 삶에 아무것도 기대하지 않고 자신을 놓아버렸는지. 안의 남자로부터 그녀가 배신을 당했을 때, 그녀는 자신의 존재 자체를 참을 수 없어 했다. 그 둘이 한 짓은 대체 뭘까? 사랑? 추문? 아니, 그녀는 농락당하고 다 쓴 휴지 조각처럼 버려졌는지도 모른다.

까마득히 높은 지상 5백 미터 위, 흔들리는 대관람차 안, 머리통을 겨누고 있는 권총을 본다면 그녀는 꼭꼭 숨겨왔던 치욕스러운 비밀을 모두 털어놓을 것이다. 비밀을 듣고 난 조가 결국 참지 못하고 방아쇠를 당긴다. 대관람차 유리창에 흩뿌려진 선연한 피, 하늘에 물든 핏빛 노을, 죽어가는 안의 마지막 숨결을 캐논에 담는 그, 세상에 하나뿐인 속죄의 한 컷, 거기까지가 조가 충동적으로 보이는 오키나와 여행을 계획했던 진짜 이유였다.

"앞에 봐!"

안의 비명 섞인 외침에 조는 정신을 차리고 핸들을 틀었다. 차선의 방향이 한국과 반대라 방심하면 차가 달려오는 아찔한 순간이 연출되었다. 아니, 조의 신경을 자극하는 것은 팔짱을 낀 채 오키나와의 찌뿌둥한 하늘을 보며 침묵하는 안이었다. 그의 계획을 다 알면서도 순순히 오키나와에 따라온 거라면 그녀가 노리는 건 뭘까.

한적한 국도변에 있는 '하루'는 외관이 삼나무 판으로 둘러싸여 내부가 전혀 들여다보이지 않았다. 안에서 소바를 끓여 먹는지, 총기 밀거래를 하는지 밖에서는 알 수 없는 폐쇄적인 구조였다. 안은 겁을 집어먹은 듯 어깨를 움츠렸는데 그 순간 바람이 불어서 한기를 느꼈을 수도 있었다. 미닫이 나무문을 열자 화사한 연분홍의 사쿠라가 흐드러지게 피어 있었다. 테이블은 칸막이로 이루어져 대화를 엿들을 수 없었고 실내에는 일본 가수의 옛 노랫소리가 흥겹게 떠돌았다. 총기 밀거래보다 남녀의 애틋한 만남이 어울릴 것 같은 분위기였다.

"썰렁한데. 장사 안 하는 거 아냐?"

그럴 리가. 조는 오늘 오후 2시, 매니저와 매그넘 44구경을 건네받기로 약속되어 있었다. 계약금 3만 엔은 이미 송금한 뒤였다. 조는 손님이 없는 실내를 둘러보며 빈 테이블로 뚜벅뚜벅 걸어가 앉았다.

"기다려봐. 누군가 올 거야."

조의 말이 끝나기 무섭게 주방처럼 보이는 커튼 뒤에서 스무 살쯤 된 남자애가 검정 유니폼을 입고 다가왔다. 남자애는 녹차 주전자와 찻잔과 검정 가죽에 싸인 메뉴판을 주고 짧게 일본어로 무슨 말을 하고 검은 커튼 뒤로 사라졌다. 조는 남자애의 하얀 팔목에 검푸른 타투가 새겨져 있는 것을 보았다. 'FREE WILLY'라고 쓴 고래문신이었다.

안은 신기한 걸 본 것처럼 호들갑을 떨었다.

"봤어? 마스카라에 립스틱까지 발랐어."

안은 남자애의 고래 문신은 보지 못한 모양이었다.

"당신보다 예쁘던데."

"여기 혹시 게이바야?"

당신 역시 아무것도 모르는 건가. 조는 안을 물끄러미 바라보다 녹차 한 모금을 마셨다. 당신 말대로 여기선 뭐든 파는지도 모르지. 소바든, 매그넘 44구경이든, 외로운 남자에게 필요한 예쁘장한 남자애든.

그런데 왜 몸이 물에 젖은 걸레처럼 축축 처지는 걸까. 어젯밤 늦게 위스키를 마시고 잠을 설친 탓인가. 아니면 습기 가득한 오키나와의 공기가 그의 몸을 서서히 마비시키고 있는지도 모른다.

삼겹살이 올려진 돼지기름이 둥둥 뜬 소바 정식을 들고 온 것은 예쁘장한 남자애가 아니라 회색빛이 근사한 백발의 남자였다. 조는 남자가 쉿빛 가득한 눈으로 씽긋 웃었을 때, 그가 '하루'의 매니저이자 차가운 권총을 건네줄 작자라는 것을 알았다. 백발의 남자는 안에게도 차가운 미소를 지어 보이며 마주 앉은 남자가 권총을 쥐게 되리라는 사실을 그녀가 아는지 꿰뚫어 보는 듯했다. 그러고는 조에게 은밀히 미소 짓고 검은 커튼 너머로 사라졌다.

"특이하네. 기름에 빠진 고무줄 씹는 맛인데 맛있어."

안은 후루룩 소리 내며 소바를 씹었고 버섯, 당근, 우엉을 넣고 찐 밥을 맛있게 먹었다. 조는 권총을 떠올리자 소바에서 비릿한 쇠 맛이 나는 듯해 거의 먹지 못했다. 약속한 2시가 가까워오고, 안은 소바를 한 그릇 다 비우고는 등을 기대고 나른한 표정을 짓고 있었다. 예쁘장한 남자애가 카운터에서 조를 훔쳐보았다. 정각 2시가 되자 남자애는 턱짓으로 따라오라는 신호를 보냈다. 조는 태연한 척했지만 목소리가 떨려 나왔다.

"화장실 좀 갔다 올게."

조는 화장실 쪽으로 걸어가며 비장한 마음으로 남자애와 눈빛을 주고받았다. 남자애는 잠시 사이를 두고 뒤를 따라왔다. 화장실 앞에서 남자애는 창고처럼 보이는 또 다른 문을 열었다. 그곳은 좁고 축축하고 어둡고 긴 복도가 끝도 없이 이어져 있었다. 바닥은 기름인지 물에 젖은 것인지 미끄러웠다. 조심해요. 남자애가 영어로 속삭였다. 뱀 같은 목소리군. 복도가 아니라 거대한 짐승의 꼬불꼬불한 창자를 걷고 있는 듯 불쾌하고 묘한 악취가 풍겨왔다. 에메랄드빛 비치를 품은 느릿한 섬에서 어둡고 꼬불꼬불한 복도를 따라가다 보면 숨은 욕망과 마주하게 되는지도 모른다.

복도 끝의 문을 열자 어두침침한 불빛 아래, 나무 테이블과 의자 두 개가 놓여 있고 하루의 매니저인 백발의 남자가 두 손을 모은 채 기다리고 있었다. 남자는 조를 보고 희미하게 미소 짓더니 철제 서류가방에서 누릿한 천에 싸인 그것을 꺼냈다. 심장이 터질 것 같았다. 조는 문이 닫히려는 찰나, 남자애의 시선이 누런 천을 보고 반짝이는 것을 알아챘다. 남자는 세 개의 총알이 든 것을 확인시켜주고 총기를 조에게 건넸다. 이것이 영화 〈더티 해리〉에서 클린트 이스트우드가 거침없이 상대를 날려버리던 바로 그 총이란 말인가. 번쩍거리는 은빛 몸체에 누군가의 온기가 남아 있을 것 같은 누런 나뭇결의 손잡이까지 매그넘 44구경은 마치 살아 있는 생물 같았다. 손에 쥐어보자 숨이 막힐 정도로 압도적이었다. 정말 이 총으로 코끼리도 죽일 수 있다는 말이 실감 났다.

조는 삼십만 엔을 남자에게 건넸고 그것으로 거래는 끝났다. 남자는 총구가 누구의 심장을 겨눌지 아무것도 묻지 않았고 급한 일이 있는 듯 서둘러 문을 열고 사라졌다. 커다란 솥에서 끓고 있는 소바 면을 건지러 가는지도 몰랐다. 남자에게는 매그넘 만큼이나 쫄깃하게 소바 면을 삶아내야 하는 일도 중요한 것 같았다.

조는 총을 점퍼 가슴주머니에 깊숙이 숨긴 채 축축하고 꼬불꼬불한 복도를 통과해 밖으로 나왔다. 이마에는 식은땀이 흘렀고 가슴의 묵직한 무게 때문에 몸이 떨려왔다. 테이블로 돌아오자 안이 보이지 않았다. 그녀는 모든 것을 눈치채고 달아난 걸까. 조의 심장이 미친 듯이 뛰었다. 카운터의 예쁘장한 남자애는 무언가 할 말이 있는 얼굴로 조를 뚫어져라 보았다. 미닫이문으로 다가가자 살짝 열린 문틈으로 안이 보였다.

그녀는 팔짱을 낀 채 차가 지나가는 한산한 국도 끝을 바라보며 담배를 피웠다. 부스스한 갈색 머리칼, 뿌연 담배 연기 때문인지 그녀는 이 세계로부터 추방당한 듯 모든 것을 잃어버린 얼굴이었다. 조는 가슴이 철렁 내려앉는 기분이었다.

그녀 곁에 커다란 여행 가방만 놓여 있다면 신디 셔먼의 사진 속 모델처럼 불량하고 위험해 보였다. 레오를 낳고 나서 끊었던 담배를 언제부터 다시 피기 시작한 걸까. 그녀에게서 풍기던 베르사체 향수 냄새는 담배 냄새를 감추기 위한 위장술이었나. 조는 배신감에 가슴이 떨리면서도 홀린 듯 캐논을 꺼내 담배 피우는 그녀를 여러 장 찍었다. 죽기 마지막의 안의 모습을 담기 위해 그의 손길은 다급하게 떨려왔던 걸까. 셔터 소리는 낮고 날카롭게 공기를 찢었다.

기척을 느낀 안이 돌아보았다. 안은 놀라지도 당황하지도 않은 편안한 얼굴이었다. 니코틴이 그녀의 불안정한 심리를 잠재운 것인지도 모른다. 안은 꽁초를 떨어뜨리고 불량한 십 대처럼 스니커즈로 짓이겼다. 그의 분노도 함께 짓이기려는 듯. 유령처럼 볼 것 없다는 듯 그녀는 어깨를 으쓱하고 천천히 걸어왔다. 바람에 그녀의 머리칼이 보리밭처럼 휘날렸다. 그녀는 살짝 붉어진 얼굴로 웃어 보였다.

"우리 아메리칸 빌리지에 가볼래?"

뭐? 아메리칸 빌리지? 그 쓰레기 소굴 말이야? 껄렁껄렁한 미군 놈들이 술에 취해 몰려다니고 개처럼 헐떡거려 여자를 꼬시고 말썽을 일으키는 동네 말인가? 술집과 도박 게임장이 즐비하고 밤이면 휘황찬란하게 변하는 곳, 텍사스의 황량한 유원지처럼 유치하고 기괴하게 슬퍼 보이는 대관람차가 있는 거기 말이지? 안, 당신은 언제나 뭐든지 잘 알지? 혹시 대관람차 안에서 무슨 일이 벌어질지도 알고 있는 건가?

조는 아무 대꾸도 하지 않았다. 태연한 척 가슴을 얼어붙게 하는 묵직하고 차가운 느낌을 견디고 있을 뿐이었다. 그러나 그는 괜찮지가 않았다.

2차 세계대전 당시에 살아남은 볼품없이 삭막한 건물을 지나쳐 그들의 차는 M 호텔을 향해 느리게 달렸다. 어디에도 사람들은 눈에 띄지 않았다. 회색빛의 낡은 일본식 주택들을 안은 꽤 진지하게 바라보았다.

"집집이 사자상이 있는데?"

조는 어서 호텔에 들어가 가슴을 짓누르는 권총을 숨겨놓고 싶은 생각뿐이었다. 안과 청소를 하는 하우스키퍼가 찾지 못하는 안전하고 고요한 곳에. 조는 비아냥거리듯 내뱉었다.

"가정의 평화를 지켜준다고 믿거든."

안은 우스운 농담을 들었다는 듯 경박하게 웃어댔다.

"풋, 가정의 평화? 수사자가 가정을 잘 지켜?"

"암사자가 바람나면 숨통은 잘 끊어놓지."

조는 농담이라도 지껄이자 한결 마음이 가벼워지는 것 같았다. 안은 비웃듯 바람 새는 소리를 내며 팔짱을 꼈다.

"우리도 사가야겠네."

"그러시던지."

조는 자기도 모르게 이죽거리다 가슴에 퍼지는 싸늘한 느낌에 입을 다물었다. 하늘을 뒤흔드는 총성, 놀라 날아가는 까마귀들, 대관람차 유리창에 흩뿌려진 따뜻한 피, 머리가 으깨진 채 몸을 떨고 있는 안의 모습이 파노라마처럼 떠올랐다. 옆자리의 안은 아무것도 모르는 얼굴로 나른하게 하품을 하고 있었다.

갑자기 찌뿌둥한 하늘이 수런거리더니 앞이 보이지 않을 정도로 폭우가 쏟아졌다. 하늘에서 기분 나쁜 끈적끈적한 액체가 내려와 앞 유리창을 뒤덮었다. 그들은 근처 쇼핑센터 주차장에 겨우 차를 세웠다. 안은 폭우에 흥분 한 듯 들떠 보였다.

"스펙터클하네! 구경 좀 하고 올게."

멀어지는 안이 무서운 빗줄기에 녹아 흘러내리듯 아득했다. 굵은 빗줄기 때문에 아무것도 보이지 않는 차 안에서 조는 주변을 둘러보았다. 가슴 안주머니에서 헝겊에 싸인 권총을 꺼내 륙색 깊숙이 넣었다. 폭우가 쏟아져서 다행이었다. 더는 심장이 차갑고 단단한 기운을 견디지 못하고 얼어 붙어버렸을 것이다.

쇼핑센터 안은 축축하고 썰렁한 수족관 같았다. 서너 명의 젊은 이들이 할 일 없이 카페에 죽치고 있고 홀 중앙의 미끄럼틀에 아이들이 뛰어놀고 젊은 엄마들은 벤치에서 피곤하고 지겨운 얼굴로 넋을 놓고 있었다. 대체 어딜 간 걸까? 잡화점, 키티숍, 블루실 아이스크림 가게, 어디에도 안은 없었다. 조는 초조해졌지만 륙색을 당겨 메고 천천히 걸었다. 그는 화장실 앞 벤치에 있는 여자를 돌아보았다. 삼십 대 초반쯤 된 일본 여자가 옆에 녹차 음료수병을 둔 채 멍하니 허공을 보고 있었다. 여자는 조의 륙색에 권총이 있다는 것을 알면 망설임없이 그녀의 머리통에 방아쇠를 당길 것같이 의욕이 없어 보였다. 쇼핑센터 화장실 앞에서 더 살아봐야

기쁨이나 즐거움이 없으며 권태와 고통과 절망뿐인 날들이 계속되리라는 걸 깨닫게 된 걸까.

조는 안을 찾는 길이었다는 것도 잊고 여자 옆자리에 앉았다. 여자는 그를 돌아보지도 미동도 하지 않았다.

"나한테 매그넘 44구경이 있어요."

그렇게 내뱉고 나자 문득 대단한 사람이 된 것 같은 자부심이 느껴졌다. 여자의 표정은 얼어붙은 듯 그대로였다. 조는 여자와 허공의 흩날리는 먼지를 바라보았다.

"그 안엔 총알 세 개가 들어 있죠."

여자는 듣지 못하는 건가 의심스러울 정도로 꼼짝하지 않았다.

"하나는 아내에게 선물로 주고, 남는 두 개를 어떻게 할지 생각 중인데."

조는 침을 삼킨 후 여자를 돌아보았다.

"혹시 그쪽이 필요하면, 하나를 줄 수도 있는데."

조는 여자의 입술이 미세하게 떨리는 것을 보았다. 여자의 목울대가 살짝 움직였다. 여자는 고개를 숙이며 일본어로 짧게 말했다. 그러고는 쇼핑센터 쪽으로 천천히 걸어가는 것이었다. 받고 싶지만 정중히 거절한 걸까. 조는 녹차 음료수병을 바라보며 여자가 무슨 말을 했을지 추측해보았다. 남겨진 녹차 음료수병처럼 어떤 것은 영원히 알 수 없는 채로 거기 놓여 있는 것이다. 밖은 아직도 빗소리가 요란했다.

조가 다시 홀 쪽으로 돌아왔을 때 키티 쇼핑백과 아이스크림콘을 들고 있는 안을 발견했다.

"어딜 갔었어?"

"레오 선물 하나 샀어. 블루실 아이스크림 진짜 맛있네."

안은 강제적으로 아이스크림콘을 조의 입가에 들이밀었다. 얼떨결에 조는 차갑고 달콤한 아이스크림을 한입 먹었다. 이렇게 맛있는 아이스크림을 핥으며 에메랄드빛 비치를 바라봐도 왜 사람들은 우울해지는 걸까. 그들은 말없이 아이스크림을 핥으며 폭우가 세상을 지우는 풍경을 감상했다.

그들이 M 호텔에 도착했을 때는 저녁의 어스름 속에 바람이 몹시 불었다. 호텔 앞 야자수와 이름 모르는 나무들과 안의 머리칼이 사납게 흩날렸다. 날아갈 듯 휘날리는 핏빛 스카프를 움켜잡으며 안은 마녀처럼 깔깔거렸다.

"특급 호텔이 아니라 저주받은 호텔 아니야?"

당신은 꼭 비꼬아야 직성이 풀리는 여자지. 조가 체크인을 하는 동안, 안은 로비를 이리저리 둘러보았다. 바닥의 대리석에는 로마네스크식 문양이 있고 뾰족한 돔 형식의 천장은 거대한 새장처럼 유리로 덮여 있었다. 안은 천장 너머의 무언가를 바라보았다. 그녀가 보는 것은 흘러가는 구름일까? 아니면 달빛과 별빛? 조는 류색 속에서 잔인한 욕망이 꿈틀대는 것을 느꼈다. 그가 권총을 꺼내 천장을 쏘면, 성 같은 호텔은 맑고 명징한 총성으로 뒤흔들리겠지. 그리고 수백 개의 유리 조각이 안의 머리와 가슴과 팔다리를 갈기 갈기 찢어놓고 몸속 깊이 박혀들 것이다. 그녀의 뜨거운 피는 유리 조각에 고이고, 피에 젖은 유리 조각은 기괴한 각도로 불가사의한 광채를 뿜어낼 것이다. 조는 가슴속 심장이 묘한 흥분과 죄책감으로 저릿해졌다.

그들은 방 안으로 들어오자 모든 게 귀찮아졌고 한 발짝도 나가고 싶지 않았다. 룸서비스로 새우 카레와 쇠고기 카레, 오리온맥주를 시켰다. 안이 샤워하는 동안 조는 총을 옷장 안쪽에 숨길지 금고에 숨길지 아니면 침대 매트리스 아래 숨길지 고민했다. 안은 흐릿한 회색 무늬가 있는 유카타를 입고 욕실 밖으로 나왔다. 유카타를 입은 안은 정말 일본 사람처럼 보였다.

조는 말을 더듬으며 총이 담긴 류색을 옷장 깊숙이 넣었다.

"꽤 잘 어울리네."

안은 샤워를 하고 기분이 좋아진 고양이처럼 수줍게 웃었다.

"난 뭐든 잘 어울려. 집구석만 빼고."

조는 그 말이 자신을 향한 비난처럼 느껴졌지만 아무 대꾸도 하지 않았다. 벨 소리가 들렸고 웨이터가 트롤리에 주문한 음식과 맥주를 가져왔다. 카레는 너무 짜고 느끼했으며 맥주는 미지근했다. 그러나 그들은 배가 고팠으므로 접시를 깨끗이 비웠다. 조가 화장실에 다녀온 사이, 안은 보이지 않고 발코니에 희끄무레한 형체가 눈에 띄었다. 유카타를 입은 안이 난간에 기대 담배를 피우고 있었다. 호텔 안은 금연이 아닌가. 발코니는 밖이라 괜찮은 건가. 조는 현실적이고도 사소한 문제를 떠올리다 바람에 휘날리는 안의 머리칼과 유카타를 바라보았다. 살짝만 어깨를 밀쳐도 안은 난간 아래로 추락할 것 같았다. 그들의 방은 19층이었고 어쩌면 피 한 방울 묻히지 않고 깔끔하게 끝낼 수도 있었다. 조는 유리문을 열고 발코니로 천천히 걸어나갔다.

안은 담배 연기를 하얗게 토해내며 어둠 속의 검은 바다와 흔들리는 돛단배의 불빛을 바라보았다.

"화났어? 여기서만 눈감아줘."

조는 화나지 않았다. 그러나 이제 아무 말을 하지 않으면 화난 것처럼 보이는 나이가 된 것이다. 딸아이는 하루하루 무서운 속도로 자라나고, 전세 만료 기간은 다가오고, 통장에는 잔액이 거의 없었다. 아니, 언제까지 이류 사진작가로서의 삶을 아무렇지 않은 척 뻔뻔한 얼굴로 버틸 수 있을지 스스로도 알지 못했다. 안은 언제까지 집 안에서 꼼짝 안 하며 출구가 없는 삶을 살아갈 수 있을까. 안은 일탈을 계속할 작정인가. 설마 아직까지 조가 모르리라 믿고 있는가. 언제까지 그들의 가정은 위태롭고 부조리한 항해를 할 것인가. 밤의 오키나와는 우주에 홀로 표류한 소행성처럼 의문투성이에 완벽하게 고요했다.

어둠 속에서 떨리는 안의 목소리가 들려왔다.

"당신…… 괜찮아?"

괜찮지가 않았다. 이미 총은 손에 들어왔고 당신에 대한 분노는 식을 줄 모르고 내일 우리 둘은 아메리칸 빌리지에 갈 것이다. 내일이면 당신은 형체도 없이 사라진다. 오늘 밤이 우리가 보내는 마지막 밤이 될 것이다. 조는 차라리 취해야 할 것 같았고 미니바에 있는 위스키를 따서 스트레이트로 한 잔 들이켰다. 심장이 알코올에 닿자마자 녹아내리는 것 같았다. 안이 걱정과 의문이 뒤섞인 얼굴로 다가와 조의 어깨에 손을 얹었다.

그들은 위스키의 바닥만 남기고 모두 들이부었다. 안은 기분이 좋아져 비틀거리며 춤을 추었고, 조는 그 모습이 우스워 캐논에 담았고, 배가 고파서 룸서비스로 햄버거를 시켜 먹어치웠고, 기억나지 않는 이야기를 지껄였다. 취기 속에서 안에게 욕설을 내뱉었고 륙색에서 권총을 꺼내 의기양양하게 흔들어 보였던 것도 같았다. 안은 깔깔거리다 변기에 오바이트를 하고 침대에 쓰러져 노래를 흥얼거리다 기절한 듯 잠이 들었다. 조는 베란다로 나가 안의 담배를 피웠고, 그 시각 잡지사의 대표이사인 한에게 전화를 걸어 소리를 지르고 전화를 끊었다. 조는 그날 밤 완전히 취했다. 꿈결이었는지, 베란다 밖이었는지, 아득한 총성을 한 발 들었던 것도 같았지만 다음 날 아무것도 기억하지 못했다.

조는 깨질 듯한 두통과 요의와 울렁거림 속에서도 눈을 뜨자마자 안이 무사한지 확인했다. 안은 이불을 누에처럼 감고 찢어지거나 피 흘린 곳 없이 평온한 모습으로 잠들어 있었다. 그녀는 이렇게 보니 얌전한 고양이 같았다. 조는 안도의 한숨을 내쉬었다. 다행히 술에 만취한 상태로 끔찍한 짓을 저지르지 않은 이성에 자부심을 느꼈다. 새벽의 일들이 조각조각으로 흩어진 필름처럼 온전하게 떠오르지 않았다. 그는 날숨을 내쉬며 자고 있는 안을 흘끔 돌아보고 옷장 속에서 조심스럽게 륙색을 꺼냈다. 좀 가벼운 무게감에 서둘러 지퍼를 열었고 당연히 있어야 할 누런 헝겊 뭉치가 손에 잡히지 않는다는 것을 깨달았다. 순간 주위가 핑 돌며 현기증이 났다. 매그넘이 사라졌다. 머리가 철사로 죄어오듯 아파졌다. 그는 총과 함께 기억마저 도난당한 듯 아무것도 떠오르지 않았다.

창백하게 화창한 날씨였고, 하늘은 물이 빠진 듯한 하늘색이었다. 총만 있었다면 오늘 같은 날 대관람차를 타고 하늘 가까이 올라가 안에게 그 자식과의 관계에 대해 불지 않으면 머리통에 총알을 박아 넣어주겠다고 으박질러야 했다. 그러나 그들은 남쪽이 아닌 북쪽으로 차를 몰고 이동 중이었다. 수족관에 갇힌 고래를 보러 말이지. 운전을 하는 안은 콧노래를 흥얼거렸다. 뭐가 그렇게 기분이 좋지? 조는 아침 내내 호텔 방 안을 샅샅이 뒤졌지만 총을 찾지 못하자 안을 의심했다. 지난 밤 사이, 복권이 당첨되었거나 권총을 줍지 않고서야 저렇게 즐거울 리 없었다. 조는 안의 표정을 살피며 어색하게 웃어 보였다.

"어제 말이야. 뭐 주운 거 없어?"

안은 우스운 농담을 들었다는 듯 코웃음을 쳤다.

"뭘 잃어버렸어?"

"아냐."

조는 창문을 내려 시원한 바람이 자신의 머리를 마구 갈겨주기를 바랐다. 그래서 흩어진 새벽의 기억이 수면 위로 떠 올라주기를.

사람들이 많은 곳, 소란스러운 곳, 조는 그 두 가지를 혐오했고 추라우미 수족관은 두 가지 조건을 갖춘 데다 바닷속처럼 어둡고 답답해서 견디기 힘들었다. 그런데도 그는 인내심을 발휘해 눈이 어지러운 열대어 떼와 우스꽝스러운 가오리와 화가 난 듯한 상어를 지나쳤다. 물고기들의 무표정한 검은 눈동자와 마주치고 싶지 않았지만 사방 어디든 그것들이 느리게 헤엄치며 그를 바라보았다. 하늘하늘 나는 듯 푸른 수족관에서 헤엄치고 있었지만 사방은 유리에 갇힌 자신들을 바라보는 차가운 동공뿐이겠지. 자기들을 잡아 가두고 관찰하는 눈, 신기한 듯 바라보지만 따뜻함이 결여된 눈빛에 지쳐 물고기들은 하루하루 신경증에 걸려 비늘을 물어뜯거나 눈을 파먹고 죽어가겠지. 조는 물고기들의 플라스틱 같은 검은 눈이 그를 비난하고 있는 것 같아 마음이 무거웠다.

대공연장 같은 드넓은 무대에 수십 명의 사람들이 몰려 있고 거대한 수족관 안에서 오늘의 주인공 둘이 모습을 드러냈다. 그것들은 느리고도 참혹하게 헤엄쳤다. 드넓은 태평양에서 마음껏 펄떡거리며 헤엄쳐야 할 것들이 좁디좁은 수족관 안에 감금되어 있었다. 수족관에 갇힌 점박이 무늬 고래라니. 사람들은 환호를 지르고 그것을 배경으로 사진을 찍고 끌어안고 사랑을 속삭였다. 인간들의 미친 짓 결정체를 보는 듯 참담했다. 조는 수감자의 면회를 온 듯 가슴이 거대한 바위에 짓눌리는 것 같았다.

"쏴야 해……"

안은 들릴락 말락 한 목소리로 중얼거렸다. 푸르스름한 불빛 아래 안의 눈은 붉게 충혈되어 있었다. 쏜다구? 역시 당신이 빼돌렸군. 설마 점박이 무늬 고래 따위에게 매그넘 44구경을 쏘겠다는 거야? 죽음의 제왕의 위력을 몰라서 지껄이는 거지. 그걸 한 방 맞으면 형체도 없이 지옥행이라구. 조는 수족관 안에서 천천히 유영하는 고래를 노려보았다.

"총을 언제 쏴야 하는지 알아?"

안은 조소를 흘리며 싸늘하게 돌아보았다.

"언제 쏘는데?"

"피를 봐야 할 때. 살인, 복수, 처형."

안은 여유를 부리며 웃었다.

"난 살려주고 싶은데 어쩌지?"

그녀가 메고 있는 에스닉풍의 가죽 가방은 성인 남자의 손이 들어 있는 것처럼 불룩하게 튀어나와 있었다. 안은 애매모호한 웃음소리를 남기고 사람들 틈으로 걸음을 옮겼다. 조는 다시 푸른빛의 수족관을 바라보았다. 가슴에 차가운 바닷물이 차오르듯 먹먹해졌다. 커다란 몸뚱이로 아무렇지 않은 척 헤엄치는 저것들 때문에. 그게 너무 우스꽝스럽고 슬퍼서 정말이지 쏴버리고 싶었다. 안은 어느새 사람들 홍수 속에 파묻혀 보이지 않았다.

푸르스름한 기운과 어두침침한 불빛이 에워싸인 계단 구석에서 조는 이상한 광경을 보았다. 어떤 여자가 핸드백에서 헝겊에 싸인 무언가를 꺼내 든 것을. 조는 떨리는 가슴으로 한 걸음 옮기다 입을 틀어막았다. 핏빛 스카프로 머리와 코와 입을 가리고 검정 선글라스를 쓰고 있었지만 조의 눈을 속일 수는 없었다. 안이 누런 헝겊에 싸인 매그넘 44구경을 거대한 수족관을 향해 겨누고 있었다. 오! 제발……! 10미터도 넘게 떨어져 있었지만 멀리서도 팔이 덜덜 떨리는 것이 보였다. 그녀는 제대로 미쳤다. 저렇게 떨면서는 총을 쏘기는커녕 바닥에 떨어뜨릴 지경이었다. 누군가 그녀의 수상쩍은 행동을 알아챌까 조마조마했지만 사람들은 고래의 신비로운 자태에 홀려 수족관에서 눈을 떼지 못했다.

쏘지 마……! 아냐 그냥 쏴버려! 조는 심장을 졸이며 안에게 다가가지도 소리치지도 못했다. 안의 어깨가 희미하게 떨려왔다. 그녀는 울고 있는가. 쏘고 싶지만 쏘지 못하게 만드는 무수히 많은 것들 때문에 그녀는 무너져 내렸다. 조는 안의 팔이 서서히 힘이 빠지듯 아래로 떨어지는 것을 보았다. 가슴이 아려왔다. 조는 안도감을 느끼며 낮게 신음을 토했다.

그 순간, 어둠 속에서 튀어나온 검은 그림자가 그녀의 손에서 헝겊에 감춘 권총을 가로챘다. 검정 챙모자와 검정 점퍼를 입은 몸집이 왜소했다. 조는 한 두 걸음 다가가자마자 그의 정체를 알아챘다. 소바가게 '하루'의 예쁘장한 남자 종업원이었다. 저 애가 왜 여기에 나타나 안에게서 총을 빼앗은 건지 헤아리기도 전에 세계가 흔들리는 듯한 맑고 두려운 총성이 울려 퍼졌다. 망설임도 주저함도 없이 옳은 일을 하고 있다는 결연한 눈빛, 탕! 인정하기 싫었지만 정말 멋진 한 방이었다. 남자애는 그 순간 클린트 이스트우드보다 멋졌다. 총알은 수족관의 강화유리를 뚫고야 말았다. 손가락 굵기의 작은 구멍이 뚫렸고 사라진 총알은 보이지 않았다. 작은 구멍으로 물이 졸졸 흘러나왔다. 뭐야? 한 방만 맞으면 형체도 없이 지옥행이라더니 고작 작은 구멍이 다야? 사람들은 비명을 지르지도 못하고 멍하니 그 광경을 보고 있었다. 조는 실망감에 싸여 남자애를 찾았지만 그 애는 눈 깜짝할 사이 총과 함께 사라졌다.

그때였다. 빠지직빠지직, 기분 나쁘고도 자극적인 소리를 내며 작은 구멍 주변으로 수십 개의 실금이 거미줄처럼 뻗어 나갔다. 그것은 온 세계의 점들처럼 기묘하고도 숨 막히는 광경이었다. 사람들은 어어, 소리를 내며 뒷걸음질 쳤다. 한순간 폭발물이 터지듯 수만 개의 유리 조각과 수많은 열대어와 어마어마한 양의 물이 쏟아져 나왔다. 조의 입에서 감탄의 탄성이 흘러나왔다. 역시 남자는 매그넘이군! 마침내 고래 두 마리가 뚫린 수족관 밖으로 점프하듯 탈출해 꼬리지느러미에 피를 흘리며 바닥에서 펄떡거렸다. 어디선가 함성 소리가 들려온 것도 같았다. 결국 고래가 해낸 것이다. 조는 자신의 심장에 구멍이 뚫린 듯 통쾌하면서도 벅차올랐다. 그는 캐논을 꺼내 폭죽을 터뜨리듯 셔터를 눌러댔다.

비명 소리와 웅성거림과 간혹 웃음소리가 섞여 들려오며 사람들은 출구 밖으로 도망치느라 우왕좌왕했다. 그가 들은 웃음소리는 안의 것이 아니었을까. 조가 패닉에 빠져 넋을 놓고 있는 사이, 어디선가 남자애가 나타나 헝겊에 싸인 그것을 쥐여주고 사람들 무리 속으로 사라졌다. 남자애는 짧은 순간, 땀에 젖은 얼굴로 싱긋 웃었다. 조는 정신이 번쩍 들어 재빨리 차고 단단한 그것을 가슴 안주머니에 숨겨 넣었다.

밖으로 나온 조는 자판기에서 차가운 콜라를 뽑아 마시자 떨리는 가슴이 진정되고 머릿속이 맑아지는 걸 느꼈다. 총은 결국 발포됐고 대혼돈 속에서도 그와 안은 무사히 살아남았다. 살아남았다. 그럼 된 것이 아닌가.

막 뛰어나온 안은 헝클어진 머리칼과 홍조 띤 얼굴이었다.

"당신도 봤어? 봤지?"

조는 손으로 총 모양을 만들어 허공을 쏘는 시늉을 했다.

"탕!"

안은 톱스타라도 만난 듯 흥분에 취해 지껄였다.

"미쳤어! 세상에! 쏘다니! 쐈어!"

정말 미친 세상이었다. 수족관을 쏘다니. 아니, 아내를 쏘고, 남편을 쏘고, 부모를 쏘고, 자식을 쏘는 것보다 낫지 않은가. 이 일을 계기로 점박이 무늬 고래는 바다로 보내지는가. 점박이는 드넓은 바다에서 참았던 숨을 내쉬며 중얼거릴지도 모른다. 수족관은 너무 좁아터지고 끔찍했다고. 누군가 쏘지 않았다면 내가 나를 쐈을 거라고. 나를 잡아 가둔 것도 인간, 나를 구출해준 것도 인간인 게 불가사의라고.

조와 안은 나란히 서서 수족관 앞에 펼쳐진 진짜 바다를 바라보았다. 하얀 파도가 넘실거리는 끝이 보이지 않는 광활함에 가슴이 시원하게 뚫린 것 같았다. 조는 남자애 손목의 'FREE WILLY'라고 새긴 타투가 떠올랐다. 고래는 이제 진짜 자유다.

"뭐야? 시시하네."

안은 껄렁껄렁한 십 대처럼 주위를 빙 돌아보며 내뱉었다. 그들은 결국 해가 질 무렵, 아메리칸 빌리지에 오고야 말았다. 어떤 것은 피한다고 피해지지 않으며 운명처럼 돌고 돌아 돌아오고야 마는 것이다. 오키나와행 비행기 표를 끊는 순간 그들은 아메리칸 빌리지에 오도록 정해져 있는지도 모른다.

조는 한적하고 불량한 공기가 떠도는 풍경을 삐딱하게 바라보았다.

"싱겁기 짝이 없군."

언제나 현실은 꿈을 비웃고 기대는 배반을 당한다. 술집과 레스토랑과 게임 도박장이 늘어서 있고 관광객들이 지나다닐 뿐 김빠진 맥주처럼 싱거운 풍경이었다. 조는 도는 듯 마는 듯 움직이는 대관람차를 보며 핏빛 총성과는 어울리지 않는다고 생각했다. 저런 평범하고 지루한 곳에서는 쏘고 싶지 않았다. 조는 할 수 없다는 듯 캐논을 꺼냈다.

"기념사진이나 한 장 찍을까?"

그 둘은 모처럼 눈빛을 교환하며 합의했고 오키나와 여행에서 최초라고 할 수 있는 둘의 얼굴이 박힌 사진을 한 장 찍었다. 기억은 쇠퇴해도 훗날 이 사진 한 장은 그들 결혼 시절의 사랑과 증오와 화해를 추억해주리라.

막 허공에서 날카로운 셔터 소리가 들리고 난 직후였다. 기분 나쁜 참을 수 없는 웃음소리가 들려온 것은. 그들 뒤로 나시를 입은 문신한 팔이 여럿 보이고 빡빡머리와 거꾸로 쓴 캡까지 네다섯 명의 미국인 녀석들이 비웃으며 뭐라고 떠들어댔다.

"냄새 나는 중국 놈들, 여긴 왜 얼쩡거려? 당장 꺼져! 엿이나 먹으라구!"

포즈를 취하던 안의 표정이 굳었다. 조도 내색하지 않았지만 미군 놈들이 씨불인 모든 말을 똑똑히 들었다. 안은 뒤를 돌아보는 대신 눈짓으로 힐끗 조를 보았다.

"허니, 저 새끼들이 한 말 들었어? 우리보고 중국 놈들이라고."

"귀가 뚫려서 들을 수밖에. 엿이나 쳐드시랬지."

안은 입술만 움직이며 들릴락 말락 한 소리로 말했지만 조는 그 말을 알아들었다.

저 개새끼들, 쏴버릴까? 둘의 눈빛이 허공에서 섬광처럼 부딪쳤다. 둘은 서로를 보고 싱긋 웃었다. 안이 조의 팔을 툭, 친 것과 동시에 조가 점퍼 안주머니에서 번쩍이고 단단한 것을 꺼내 들었다. 안은 담배를 하나 꺼내 물었고 조는 은빛 총구를 어리바리한 표정을 짓고 서 있는 미군 녀석들을 향해 겨누었다. 그들은 눈빛만으로도 통하는 세상에서 가장 잘 어울리는 한 쌍의 카우보이 같았다.

"어이, 개들, 다시 한 번 지껄여보시지."

"뭐야? 저거 매그넘 44구경 아냐? 진짜야? 좆 됐네. 야, 튀어!"

미군 놈들은 정말 개처럼 빌빌거리며 꼬리가 빠져라 도망쳤다.

하늘은 어느새 청록 빛으로 물들며 가게들은 하나둘 레온사인을 밝혔다. 그 순간 멀리 보이는 대관람차에 수십 개의 휘황찬란한 불빛이 한꺼번에 켜졌다. 안은 천천히 움직이는 대관람차를 보며 탄성을 내질렀다. 이제야 좀 눈이 부시군. 조는 어둑어둑해지는 아메리칸 빌리지를 수놓는 불빛들을 보며 눈을 찡그렸다.

파인애플 도둑

주변에서 무언가가 끊임없이 사라졌고 그것 때문에 사람들은 피곤했다. 이번엔 도시에 있는 다섯 군데 과일가게에서 파인애플만 감쪽같이 없어졌다. 파인애플이 사라진 과일가게는 대부분 손님이 별로 없는 영세한 규모였다. 네 군데 과일가게 주인들은 화가 나고 속상했지만 평소 살아온 방식대로 참고 잊어버리려 애쓰며 아무 행동도 하지 않았다. 그것은 키우던 앵무새나 거북이가 사라진 것만큼이나 상실감을 주었다. 한 과일가게 주인만 파인애플만 사라진 사건을 두고두고 떠올렸으며 그 일을 삶에 덮쳐올지 모를 불운의 징조로 여겼다.

그로부터 사흘 후 도시에 있는 마흔 세 군데 과일가게에서 파인애플이 일제히 사라졌다. 도시에 있는 모든 과일가게가 발칵 뒤집했다. 경찰과 민원센터 직원들은 동시다발적으로 일어난 대규모 도난사건의 항의 전화를 받느라 스트레스 지수가 오르고 노화가 촉진되었다. 인터넷 핫이슈에 파인애플 실종 기사가 실려 수백여 건의 댓글이 달렸다. 어린 아이들과 치매 노인들과 장애인 청소년들이 실종되는 마당에 파인애플 따위가 대수냐는 비난도 많았다. 파인애플만 먹는 임산부 아내를 둔 남편들은 파인애플 가격이 오를까 봐 걱정했다.

사건 발생 칠 일째, 대형마트 세 군데 물류창고에서 파인애플 삼백 박스가 사라졌다. CCTV에는 아무것도 찍히지 않았고 범인들은 흔적을 남기지 않았다. 동시에 세 군데가 털린 것을 보면 범인은 테러리스트에 버금가는 조직적인 집단일 거라는 예측도 떠돌았다. 그러나 금괴나 다이아몬드가 아니라 왜 시큼털털한 파인애플인지 의구심을 가지고 깊이 생각하는 사람은 없었다. 대부분의 사람은 내일 올릴 보고서, 주말의 경조사 부조금, 세탁소에 맡겨둔 와이셔츠, 쓰레기 분리수거 날짜를 기억하는 것만으로도 하루를 숨 가쁘게 보냈다. 파인애플이 사라진 것은 그들의 삶에 아무 위협이 되지 못했다.

파인애플이 사라지든, 병균 덩어리 비둘기 떼가 사라지든 마흔에 가까운 내 삶은 달라진 것이 없었고 앞으로도 그럴 것이다. 게다가 나는 시큼한 파인애플을 좋아하지 않는다. 그러나 나는 그때까지도 깨닫지 못했다. 삶은 보이지 않는 무수한 거미줄로 연결되

어 있으며 누구도 세상의 불의와 범죄와 악으로부터 자유로울 수
없다는 사실을 말이다.

　도시에서 파인애플이 빠른 속도로 사라지는 동안, 내가 사는 동
네에는 특이한 이름의 떡볶이 가게가 문을 열었다. 하늘색 간판에
'김 대리 떡볶이'라는 검은 글자가 성의 없이 흘려 쓰여 있는 심플
한 가게였다. 네온사인을 번쩍거리는 요란한 가게 사이에서 난 별
로 그러고 싶지 않아, 라고 중얼거리며 웅크리고 있는 평범한 남자
가 떠올랐다. 김 대리라는 어감이나 간판의 글자체에서는 자신감
이 전혀 느껴지지 않았다. 회사에서 부당하게 쫓겨난 남자가 삶의
마지막 기대를 담아 만든 떡볶이라면 그건 어떤 맛일까 궁금해 침
이 고였다. 어느 날 기회가 찾아왔고 나는 그 떡볶이 가게를 떠올렸
다. 아내는 네 살짜리 딸아이를 데리고 친정 경주에 내려가 있었다.
　"엄마 생신도 있고 며칠 경주에 내려가 있을게."
　경주에서 태어난 아내는 불국사 앞마당에서 뛰어놀며 유년기를
보냈다. 아내가 자라온 집은 첨성대가 가까이 보이고 앞마당에 세
그루의 감나무가 심겨 있는 작고 오래된 한옥이었다. 어디서도 큰
목소리가 나거나 부엌에서 그릇 부딪치는 소리도 들리지 않았다.
나는 할 일 없이 대청마루에 기대앉아 감나무 잎이 살랑살랑 흔들
리는 것을 보며 졸곤 했다. 천년 전 별을 보던 첨성대와 기와 담장
밖의 천년 묵은 고목들은 아름다우면서도 쓸쓸했고 무서우리만치

고요했다. 그곳에서 하룻밤을 자고나면 여전히 살랑거리는 감나무 잎과 우뚝 버티고 있는 단단한 첨성대와 시간이 멈춘 듯한 공기가 답답하게 느껴졌다. 고즈넉함이 숨 막히는 공기로 돌변한 것에 당황하며 한시라도 빨리 그곳을 벗어나고 싶은 생각뿐이었다. 아내는 서두르는 나를 보며 힐난의 눈빛을 보내곤 했다. 서울에 올라와서도 아내 주위의 단단하고 두터운 공기가 갑옷처럼 느껴졌고 우리는 누가 먼저랄 것도 없이 다른 시간, 다른 방에서 잠들었다.

아내는 어릴 때부터 마음이 복잡하면 첨성대 주위를 수백 번쯤 돌면 편안해진다고 했다. 미간을 찌푸린 채 아무것도 허용하지 않겠다는 검은 눈빛으로 시곗바늘처럼 돌고 있는 아내를 생각하면 끔찍한 기분에 사로잡힌다. 가는 철사로 첨성대가 아닌 내 몸을 친친 조여오고 있는 것 같기 때문이었다. 아내는 무슨 작정으로 첨성대를 돌고 있는지 설명하지 않을 것이다. 고귀한 그녀는 격렬한 논쟁을 혐오했으니까. 설마 어린 딸아이 손을 잡고 빙빙 돌고 있는 건 아니겠지? 나는 고개를 흔들어 달라붙는 망상을 파리를 쫓듯 쫓아냈다. 아내는 도착했다는 문자 한 통 말고 경주로 내려간 후 소식이 없었다. 그것은 아무것도 묻지 말고 방해하지 말아달라는 통보였다.

김 대리 떡볶이 가게 문을 열자 삼십 대 후반의 남자가 하얀 면티에 물 빠진 청바지를 입고 테이블에 엎드려 휴대폰을 눌러대고 있었다. 첫인상부터가 나태함과 게으름이 뚝뚝 흘러내렸다. 홀에는 손님 하나 없고 파리만 날리고 있었다. 가게 문을 연 지 한 달도 안 된 것 같은데 십 년쯤 한 듯 매너리즘에 빠진 모습이었다. 김 대리 이래선 곤란하지 않나. 나는 그 말이 목구멍까지 튀어나오려는 걸 삼켰다. 내 인생도 한 달 후 아내와 헤어지고 낯선 도시에서 떡볶이 가게를 차려놓고 빈둥거릴지 누가 알겠는가.

주인 남자는 건성으로 고개를 숙이듯 마는듯 하더니 휴대폰을 만지작거렸다.

"아무 데나 앉으세요."

메뉴는 떡볶이 한 가지였다. 순대나 튀김, 오뎅은 만들 생각이 없으니 떡볶이만 먹고 가든가 다른 가게로 가려면 가라는 태도였다. 셀프바에 있는 접시에 떡볶이를 담아 수저와 포크를 가져와 테이블에서 먹는 식이었다. 물과 단무지도 원하는 대로 가져다 먹으면 그만이었다. 주인이라는 남자가 할 일 없이 빈둥거리는 것도 이해가 되었다.

나는 귀찮았지만 할 수 없이 떡볶이를 덜어 일인용 식탁에 앉았다. 떡볶이 외형은 포장마차 떡볶이보다 조금 덜 빨갛고 덜 매워 보였다. 하나를 입에 넣고 우물우물 씹다가 삼켰다. 별로 맵지도 달지도 짜지도 않은 심심한 떡볶이였다. 맛있지도 맛없지도 않아 당황스러웠다. 아, 이렇게 평범한 맛이라니. 개성이나 특별함을 혐오하는 누군가 개발한 보통의 맛 떡볶이였다. 방금 무얼 먹었는지 잊어버릴 정도로 아무 맛도 혀에 남지 않았다. 그런데도 나는 계속해서 떡볶이를 우물우물 씹어 넘겼다. 주인은 가게와 상관없는 사람처럼 엎드려있고 손님이라는 작자는 따분한 표정으로 떡볶이만 씹어 삼키고 있는 이상한 저녁 풍경이었다.

그때 가게 안에 단순한 드럼 소리와 함께 익살스러운 목소리의 노래가 흘러나왔다. 아, 나는 떡볶이를 먹다 말고 반가움에 사레가 걸려 기침을 하고 말았다. 그건 스무 살 시절, 대학 일 학년 때 듣던 미국 인디밴드의 노래였다. 난 똑같은 노래를 수만 번 질릴 때까지 듣는 괴상한 감상 취향이 있었다. 노래를 들으며 멍하니 바라봤던 버스 창밖의 지루한 풍경, 소란스러운 학교 식당, 텅 빈 운동장 앞 계단, 버드와이저 캔이 나뒹구는 자취방이 앞 다투어 가슴 속으로 뛰어들었다. 벅찬 감응에 심장이 미친 듯이 뛰었고 눈시울이 뜨거워졌다. 이 노래가 어떻게 이십 년이 지나 떡볶이 가게에서 들려오는지 불가사의했다.

달링, 우린 첫 기차를 타야 해요. 아니면 모든 게 끝나버릴 거예요.

소총 챙기는 걸 까먹지 말아요. 페인킬러, 피넛, 코카인, 파인애플도.

망할 놈의 차 시동을 걸어요. 모든 걸 망치기 전에. 난 계획이 있

어요. 돈도 있고.

어디도 여기보단 나을 거예요. 우린 어쩌면 다른 사람이 될 수도 있어요.

속도계 끝까지 달려요. 내 손을 잡아요. 아무것도 두렵지 않아요.

우린 어쩌면 그토록 바라던 무언가가 될 수도 있어요.

팔에 소름이 돋았고 오줌을 지린 것처럼 얼굴이 화끈거렸다. 그 시절엔 저 노래만 죽어라 들으면 예쁜 달링을 옆에 끼고 칠이 벗겨진 낡은 폭스바겐을 질주해 근사한 삶을 쟁취하리라 믿었다. 그러나 특별히 가슴에 떠오르는 달링 하나 없이 아까운 젊음을 탕진해 버렸다. 나는 어리석게도 매일매일이 지루하던 스무 살이 영원히 계속 되리라 믿었다. 넘쳐나는 시간을 주체 못하고 절망도 기쁨도 없이 찬란한 젊음을 강물에 쏟아버렸다. 나의 아까운 흘러간 청춘은 모두 어디에서 썩고 있을까. 믿을 수 없지만 나는 서른아홉이 되었고 내 마음대로 아무것도 할 수 없는 삶이 그때와 달라진 게 없다는 것이 절망스러웠다. 마흔아홉, 쉰아홉이 돼도 후회 속에 가슴을 쥐어뜯고 있을지도 모르겠다. 그러다 죽음을 앞둔 노인이 돼서야 어리석음을 한탄하며 뜨거운 눈물을 흘리게 될 것이다.

나는 죽는 순간까지 무능력하고 열정 없는 삶을 낭비하며 늙어가게 되리라는 무서운 진실을 깨달은 것 같았다. 스무 살의 내가 멍청하고 한심한 백발의 나를 조우한 듯 끔찍하고도 고통스러운 경험이었다. 가슴이 울렁거리고 이마에 서늘한 땀이 흘렀다.

갑자기 테이블에 엎드려 있던 주인 남자가 일어나더니 꿈을 꾸듯 중얼거렸다.

"그는 죽었어요."

나는 목이 메어와 간신히 되물었다.

"뭐라구요?"

그는 허공을 멍하니 응시한 채 똑같은 말만 중얼거렸다.

"죽었다구요. 자살이요."

나는 방금 먹은 떡볶이가 위장 속에서 요동치는 듯해 얼굴을 찌푸렸다.

"누가요? 누가 자살했다는 겁니까?"

가게 안에는 우리 둘뿐이었지만 전혀 소통이 되지 않는 상황이었다. 그럼에도 죽음과 어울리지 않는 파스텔 톤의 가게 안에 가수의 애원하는 목소리가 울려 퍼졌다.

어디도 여기보단 나을 거예요. 우린 어쩌면 다른 사람이 될 수도 있어요.

속도계 끝까지 달려요. 내 손을 잡아요. 아무것도 두렵지 않아요.

우린 어쩌면 그토록 바라던 무언가가 될 수도 있어요.

주인 남자는 손가락으로 하늘을 가리키며 절망스럽다는 듯 소리쳤다.

"이 밴드 가수가 자살했다구요."

"아⋯⋯!"

나는 다음 말을 잊지 못했다. 노랫말 하나하나가 날카로운 유리 조각이 되어 가슴에 박히는 듯 끔찍했다. 몇 년 전 이 노래를 부른 미국 밴드 가수의 기사를 읽은 기억이 어렴풋이 떠올랐다. 호텔에서 목을 매고 혼자 죽었다고 했던가. 그의 목소리는 모터사이클을 타고 달리는 청년처럼 싱그럽게 흘러나오는데 그는 회색빛 재가 되어 세상 어디에도 없다는 게 불가해하고 두렵게 느껴졌다.

주인 남자는 무언가를 참는 듯 목소리가 떨려 나왔다.

"마약을 하고 이혼했어요. 아무것도 되지 못하고."

나는 그의 말을 앵무새처럼 따라하는 것 말고 다른 말은 생각할 수가 없었다.

"마약을 하고 이혼했군요. 아무것도 되지 못하고."

가슴 속에서 뜨거운 무언가가 회오리쳤다. 나는 생의 부당함과 폭력에 가슴이 터질 것 같았다. 주인 남자도 나와 같은 감정의 풍랑을 겪고 있는지 주먹을 쥔 채 아무 말 하지 않았다. 그와 나는 잘 알려지지 않은 미국 밴드 가수의 노래를 함께 알고 있다는 것만으로도 묘한 친밀감이 들었다.

우리는 아무 말도 하지 않고 노래를 끝까지 들었다. 주인 남자가 왜 이런 떡볶이 가게를 차렸는지 나는 왜 그곳에서 맛없는 떡볶이를 먹고 있는지 우리는 서로의 삶을 조금 이해한 것 같았다.

나는 그와 급속도로 가까워진 기분에 거리낌 없이 지껄였다.

"이 노래 제목이 코카인과 파인애플이죠?"

그러자 주인 남자는 손을 내저으며 정색을 하고 대꾸했다.

"아니에요. 피넛과 파인애플이죠."

나는 어색해져서 어정쩡하게 동의했다.

"그랬나?"

뭐, 노래 제목이 코카인과 파인애플이든 피넛과 파인애플이든 무슨 상관이랴 싶었다. 잘 알지도 못하는 남자와 내 삶의 특별한 노래를 함께 듣고 이야기 나눈 것으로도 충분히 기뻤다. 그와 나는 유리문 밖의 세상이 검푸른 어둠에 물드는 것을 말없이 바라보았다. 나는 어둠 속에서 희끄무레한 것이 가게 앞을 지나가는 것을 보았다. 놀라서 주인 남자를 돌아보았고 그 역시 그것을 본 듯 눈동자가 커졌다. 그것은 노래를 부른 가수의 유령이었을까? 아니면 자동차의 헤드라이트 불빛이었을까?

사건 구 일째, 파인애플 도둑들은 기어코 백화점 두 곳을 털고야 말았다. 다이아몬드와 명품 가방과 한우는 손도 대지 않고 시큼털털한 파인애플만 가지고 사라졌다. 보안팀 직원들은 누군가 사다 놓은 도너츠와 카페라테를 마시고 잠들어 버렸다. 도너츠와 카페라테를 의심하기에 그것들은 삶에 비해 달콤하고 따뜻했다. 이번엔 CCTV에 그들의 모습이 잡혔다. 복면을 쓰고 있는 네 사람이었는데 한 사람은 가슴이 나오고 포니테일 스타일 머리를 한 것으로 보아 여자인 것으로 추측되었다. 카메라에 잡힌 그들은 퍼포먼스를 하는 게 아니라 노동을 하는 듯 성실하고도 묵묵히 커다란 이민 가방에 파인애플을 담아 유유히 백화점을 빠져나갔다. 흐릿한 화면 속에서 그들이 담는 것은 열대과일이 아니라 테러리스트가 개발한 폭탄장치 같아 두려움을 주었다.

사람들은 그제야 왜 하필 파인애플인지 관심을 갖고 떠들기 시작했다. 파인애플 심지가 낙태에 이용된다는 것을 거론하며 복면의 도둑들이 낙태반대 운동을 하는 사회운동가라는 가설이 지지를 받았다. 그들이 훔치는 게 라면이나 두루마리 휴지나 담배가 아닌 게 다행이라는 실용주의자들도 있었다. 어쨌든 파인애플은 사라져도 생존에 위협을 줄 만큼 치명적인 것이 아니었다.

파인애플을 훔쳐다 대체 무얼 하려는 걸까.

스페인의 토마토 축제처럼 딱딱한 파인애플을 집어 던지고 뭉개며 비명을 지를 수도 없을 것이다. 스위스의 초콜릿 축제처럼 파인애플 통 속에 빠져 목욕을 할 수도 없다. 혼자서는 다 먹어치울 수도 없는 뾰족하고 까칠한 과일을 저렇게 많이 훔쳐다 어디에 쓰는지 정말 알 수가 없었다. 파인애플은 딸 상지가 가장 좋아하는 과일이었다. 내가 파인애플 도둑 일당에게 적대감을 갖는 것은 그것 때문이었다. 이 도시에선 마트나 시장마다 말린 파인애플까지 동이 났다. 딸아이가 경주에서 돌아와 파인애플을 먹고 싶다고 할까 봐 초조했다. 네 살 아이는 도시에서 벌어지는 기괴한 도난 사건에 발악하듯 울어 재낄 게 뻔했다. 뉴스를 볼 때마다 머리카락 뭉치가 가슴에 막힌 듯 답답해졌다.

상지야, 이제 파인애플을 먹을 수 없어. 아빠, 왜 못 먹어요? 도둑들이 모두 훔쳐 갔거든. 왜요? 그건 아빠도 모르겠어. 왜 몰라요? 어른이라고 다 아는 건 아니야. 왜요? 왜 몰라요? 왜요? 아빠? 그 아이 몸속 수천 개의 왜요가 입을 열 때마다 갈고리가 되어 목을 졸라올 것만 같았다.

내 직업은 영상 번역가였다. 겉으로는 그럴 듯해 보이지만 남들은 있는지도 모르는 시청률 0.5%대의 다큐멘터리를 번역해서 케이블TV에 넘기는 일을 하고 있다. 지금 하는 작업은 미국 전역을 떠돌며 토네이도를 쫓아 영상에 담는 남자들 이야기다. 전에 작업했던 건 미국 전역을 돌며 고물을 찾아다니는 피커라는 직업의 남자들 이야기였다. 둘의 공통점은 미국의 정서로는 흥미로운 이야기일지 몰라도 한국 사람들에겐 별 관심 없는 이야기라는 것이다.

간혹 서재에서 밤샘하고 있으면 아내는 비웃는 눈빛으로 볼 뿐 아무 말도 하지 않는다. 토네이도? 고물 찾아다니는 사람들? 요즘 세상에 누가 그런 거에 관심 있어? 제발 정신 차리고 회계사 사무실이나 다시 출근해. 나는 아내에게 아무 핑계도 댈 수 없었다. 아내는 내가 평생 회계사로 살 거라고 믿고 결혼했을 테니까. 결혼 후 2년 만에 사무실 문을 닫으리라고는 꿈에도 생각지 못했을 것이다. 나는 아내가 꿈꾸던 평탄한 미래에 가운뎃손가락을 치켜들며 다큐멘터리 나부랭이나 번역하고 있는 한심하기 짝이 없는 남편이었던 것이다.

그러나 아내도 모르는 게 있었다. 내가 그 2년 동안 단 하루도 편두통에 시달리지 않은 날이 없었다는 것을. 이제 숫자만 보면 눈앞이 흐려지고 토할 것 같다는 것을 아내는 모른다. 나는 평생 남의 회사 세금 계산이나 해주며 남은 삶을 살 수가 없다. 안 하는 게 아니라 더 이상 할 수가 없는 것이다. 그럼 무엇을 하고 살 거냐고 묻는다면 대답할 수 없다. 토네이도를 쫓거나 고물을 쫓으며 살아가는 인생도 있는데 나는 무엇을 쫓아야 할지 아직 모르겠다. 지금까지도 찾고 있는 중이라고 한다면 모두가 비웃을 것이다. 고백하자면 이 나이에도 휘청거리고 있는 내가 한심하고 부끄럽다.

경주에 내려간 지 나흘 만에 딸 상지가 전화를 걸어왔다.

"아빠, 나 불국사 갔다 왔어요. 별일 없어요?"

마지막 말은 아내가 시킨 것 같았다. 옆에서 바람 소리에 섞여 아내의 목소리가 희미하게 들려왔기 때문이었다.

이 도시에 네가 좋아하는 파인애플이 모두 사라졌단다. 어쩌면 좋니? 그러나 나는 거짓말을 했다.

"아무 일 없어. 엄마랑 잘 지내다 와."

전화는 아무 대꾸 없이 먼저 끊겼고 문득 딸아이의 들큼한 머리카락 냄새가 그리워졌다.

그날 저녁 편의점으로 맥주를 사러 갔다가 보도블록에 작은 언덕처럼 솟아 있는 것을 보고 걸음을 멈췄다. 언덕에선 시큼하면서도 동물 배설물 같은 악취가 뒤섞여 났다. 그것은 썩은 파인애플 껍질 더미였다. 사라졌던 파인애플이 썩어 문드러진 형체로 다시 돌아온 것이다. 나는 네 명의 검은 복면 도둑들의 대담성에 놀라 혀를 내둘렀다. 썩은 물이 흐르는 파인애플 주위로 파리와 모기와 무시무시한 말벌까지 윙윙거려 정말이지 끔찍한 형국이었다. 그 순간 강한 의심 하나가 피어났다. 파인애플 도둑들이 원한 것은 파인애플 알맹이가 아니라 썩어 악취를 풍기는 파인애플 무덤을 보여주기 위함이 아닌가.

파인애플 무덤은 하나가 아니었다. 백 미터쯤 가자 또 다시 썩은 파인애플 더미가 보였다. 사람들은 그 더미를 보고 코를 찡그리고 인상을 쓰고 욕을 하며 돌아서 갔다. 그곳에도 역시나 파리 떼와 모기 떼와 말벌이 신나게 축제를 벌이는 중이었다. 칠십쯤 된 할아버지가 지팡이로 파인애플 더미를 쑤시며 욕을 하고 있었다.

걷다 보니 김 대리 떡볶이 가게 앞까지 와버렸고 망설이다 문을 열고 들어갔다. 가게에는 손님 하나 없고 주인 남자는 며칠 전과 같은 흰 면티와 낡은 청바지를 입고 휴대폰에 빠져 있었다. 남자는 떡볶이 가게가 아니라 휴대폰 대리점을 차렸어야 했다. 그는 나를 알아본 듯 멈칫하더니 건성으로 인사를 했다.

"또 오셨네요."

그래서 반갑다는 건지 성가시다는 건지 속을 알 수 없는 남자였다. 배가 고프지 않았지만 떡볶이를 조금 덜어 일인용 테이블에 앉았다. 떡볶이를 질겅질겅 씹으며 며칠 전과 다르지 않은 특색 없는 맛에 왜 또 이걸 먹으러 왔는지 후회를 했다. 그때 건너편의 주인 남자가 대뜸 말을 걸었다.

"파인애플 쓰레기 때문에 난리도 아니에요."

나는 눈썹을 찡그리며 동의했다.

"그러게요. 파리 떼가 장난 아니더군요."

주인 남자는 기가 찬다는 듯 나를 쏘아보며 말했다.

"아직 몰라요? 쓰레기 때문에 어린 여자애가 말벌에 쏘여 죽었다구요."

나는 뜻밖의 이야기에 놀라 외마디 비명을 질렀고 어깨를 흠칫 떨었다.

"여자애가 죽어요?"

"다 똑같아요. 파인애플 훔친 새끼들이나. 그걸 그냥 방치한 새끼들이나."

나도 방금 파리와 모기떼가 들끓는 파인애플 더미를 보고 눈살만 찌푸리고 지나쳐오지 않았는가. 부끄러움과 억울함과 그것보다 우리 앞에 닥친 미래에 대한 거대하고 막연한 공포를 느꼈다. 그때 생각지도 못한 말이 내 입에서 튀어나왔다.

"나쁜 새끼들 잡아야겠군."

"반드시 잡아야죠."

주인 남자가 나를 똑바로 바라보았다. 마치 무언가를 간절히 원하는 눈빛이었다. 어쩌면 내 착각이었을지도 모르지만 말이다. 나는 그의 지지에 힘입어 평소라면 하지 않았을 말을 지껄였다.

"경찰은 살인범과 강간범 잡는데도 헐떡거리죠."

주인 남자는 내 말에 고개를 끄덕이며 맞장구쳤다.

"그자들은 아무것도 못 잡아요. 잡은 것도 놓치는 머저리들 아닙니까?"

그 순간 그와 눈이 정면으로 마주쳤고 가슴속에서 밝고 날카로운 불꽃이 튕겨 나가는 것을 느꼈다. 그것은 나도 모르는 내 안에 숨겨 있던 정의감이었을까. 아니면 삶을 향한 충동적인 반항심이었을까. 그와 나는 이상한 일체감에 사로잡혀 동시에 외치다시피 말했다.

"우리가 잡아 보는 건 어때요?"

"그거예요. 우리가 잡죠!"

그와 나는 누가 먼저랄 것도 없이 박수를 치며 일어났고 헤어졌던 동지를 만난 듯 손을 마주 잡고 마구 흔들었다. 살면서 처음 느껴보는 낯선 동질감이었다. 스무 살로 돌아간 것처럼 짜릿했고 심장이 뜨거워지며 무슨 일이든 할 수 있을 것 같았다. 축축하고 미지근한 그의 손의 감촉이 전신을 훑고 지나갔다. 그는 수줍지만 떳떳하게 고백했다.

"난 홍이에요."

"김 대리는 아니었군요."

때로는 삶에서 이상한 충동과 열기에 휘말리기도 하는 것이다. 그와 나는 열기구라도 함께 탄 듯 들뜨고 흥분해서 어느 때보다 적극적인 생의 의지로 가득 차 있었다. 무모한 십 대로 돌아간 것 같았고 정의감에 불타올라 삶의 모든 불의와 맞서고 싶었다. 우리의 눈은 빛이 나고 심장은 빨리 뛰었다. 왜 그날 그와 나는 예기치 못한 낯선 감정에 속수무책으로 빠져들었을까. 어쩌면 자살한 미국 밴드의 유령이 우리의 눈을 멀게 만들고 귀를 붙들었는지도 모른다. 어느 날 갑자기 덮쳐오는 낯선 충동에 다른 사람이 된 듯 살아가게 되기도 하는 것이다. 그날 밤 그와 나의 동맹을 축하하듯 뉴스 속보가 떴고 파인애플 도둑 일당에게 현상금 오천만 원이 내걸렸다. 그 돈은 그와 내 삶이 알 수 없는 열기로 활활 타오르게 만들기에 충분했다.

도시 곳곳에는 밤마다 썩어 뭉크러진 파인애플 껍질더미가 버려졌다. 미스터 홍과 나는 떡볶이 가게가 문을 닫는 저녁 여덟 시에 만나 다음날 새벽 두세 시까지 추적 작업을 계속했다. 아내가 경주로 차를 몰고 가는 바람에 미스터 홍의 차를 이용했다. 범인 추적 차량으로는 성능이 부족해 보이는 구식의 12인승 봉고였다. 베이지 칼라였는데 긁힌 자국이 있고 뒷 범퍼는 움푹 들어간 채 수리를 하지 않는 상태였다. 차 안에선 익숙한 노랫소리가 울려 퍼졌다.

속도계 끝까지 달려요. 내 손을 잡아요. 아무것도 두렵지 않아요.

우린 어쩌면 그토록 바라던 무언가가 될 수도 있어요.

"아, 이 노랜!"
내가 반가움에 돌아보자 미스터 홍은 의기양양하게 소리쳤다.
"그 놈들 잡기엔 제격인 노래죠."
그럼에도 미심쩍은 눈길로 내가 운전석을 바라보자 미스터 홍은 걱정 말라는 투로 핸들을 두드렸다.
"아버지가 이걸로 고물을 잔뜩 싣고 다니셨어요. 이래봬도 160킬로까지 나가니까 놈들 잡기엔 문제없어요."
그러나 그의 말과는 달리 봉고는 시동을 걸 때마다 가래 끓는 소리를 냈고 속력도 힘껏 밟아야 80킬로가 고작이었다. 나는 고물이라는 말에 눈을 깜빡거렸다.

"아버지가 고물을 찾아 다니셨어요?"

홍은 잠깐 놀란듯 멈칫 하더니 너털웃음을 웃었다.

"찾아요? 맞아요. 고물 찾아 전국을 안 가본데 없이 들쑤시고 다녔죠. 아버지는 고물이 목적이 아니라 떠도는 걸 좋아하셨어요. 뭐, 하고 싶은 걸 다 하고 살았죠."

피커의 삶은 저 먼 아메리카 대륙의 꿈이 아니라 아시아의 좁은 나라에서도 가능한 삶이었다. 어디냐가 문제가 아니라 본인의 의지가 중요한 것이었다. 나는 보통의 사람들과 다른 삶을 산 홍 아버지의 열정과 의지가 부러웠다.

"근데 지금은 그만 두셨나봐요."

미스터 홍은 잔인하다 싶을 정도로 덤덤한 얼굴로 아버지의 근황을 들려주었다.

"그 양반 작년에 사고를 당해서 하반신 불구로 누워 있어요."

"아⋯⋯!"

나는 어느 날 덮쳐온 홍 아버지의 불행에 가슴이 답답해졌지만 정작 그는 태연하게 아버지의 불행을 즐기는 것 같아 아연실색했다.

"평생을 본인 원하는 대로 살았으니 죽을 때까지는 누워 지내도 싸죠."

"그래도 아버지한테⋯⋯."

미스터 홍은 남 이야기를 하듯 어깨를 으쓱해 보이며 시동을 걸었다.

"아버지라고 별수 있어요? 악운이 덮쳐오면 당하는 수밖에. 씨발, 인간이니까."

미스터 홍은 지독한 운명론자인지도 모른다. 그는 아버지의 삶을 삼켜버린 잔인한 운명이 두려워 아무 일도 하지 않는 떡볶이 가게 김 대리가 되고 싶었던 건 아닐까. 그러나 그 역시 그 안에서 꿈틀대는 욕망을 누르지 못하고 파인애플 도둑 일당을 잡으러 밤의 거리로 나섰다. 아무리 거부해도 그의 핏속에는 피커의 기질이 흐르는 것이다. 지금껏 동경한 다큐멘터리 속 남자들이 핀볼 머신이나 총 따위의 고물을 찾아 떠도는 행위 어디에도 진짜 삶은 없다는 걸 알았다. 미 대륙 사나이의 고되고 생생한 여정을 보여주는 다큐멘터리는 진짜가 아니었다. 진짜 삶을 사는 사람은 온종일 누워 천장만 바라보는 미스터 홍의 아버지였다. 나는 가짜인 전시용 욕망을 번역하며 진짜 내 삶을 한없이 유예시키고 방치했다는 걸 깨달은 순간이었다.

그런데도 미스터 홍과 파인애플 도둑 일당을 잡는 추적은 매일 밤 계속되었다. 우리는 푸르른 새벽, 도시 곳곳을 달리며 파인애플 쓰레기 더미가 발견된 곳을 찾아 지도에 X 표시를 했다. 도둑 일당은 다른 흔적을 전혀 남기지 않았고 우리보다 한발 빨리 파인애플 껍질을 버리고 어둠 속으로 사라졌다. 한쪽 눈이 먼 길고양이나 길가에 쓰러져 자는 만취한 사내가 그들의 뒷모습이라도 보았을까. 차가운 새벽공기와 뒤섞인 코를 찌르는 썩은 파인애플 악취는 기이하게도 아드레날린의 분비를 촉진시켰다.

우리는 낡은 봉고를 타고 자살한 미국 인디 밴드 가수의 노래를 흥얼거리면 정말 긴긴 새벽과 다시 떠오르는 해가 두렵지 않았다. 이렇게 열심히 쫓고 있는 게 고작 파인애플 도둑 일당이 아니라 모두가 쫓고 싶은 삶의 비밀이라는 달콤한 착각도 들었다. 어느 순간 홍과 나는 추적 자체에 빠져들었다. 무의식 속엔 우리가 그토록 꿈꿔왔던 무언가가 될 수 있을 거라는 기대가 숨어 있었다.

그러나 현실은 곳곳에 암초를 만나듯 암담했다. 정말이지 파인애플 껍질 더미는 끝도 없이 버려졌다. 도둑 일당들은 낡은 봉고차가 아니라 최신형 헬기나 정체모를 특수장비를 이용해 새벽마다 쥐도새도 모르게 껍질 더미를 버리는 게 분명하리라는 의심이 들었다. 도시 곳곳에 설치된 CCTV는 그들의 그림자도 잡아내지 못했다. 버려진 파인애플 껍질에 새겨진 무수한 육각형만이 비밀스런 단서를 품은 듯 도드라졌지만 미스터 홍과 나는 그들의 정체에 대해 아무 것도 알아내지 못했다. 그런데도 묵묵히 새벽마다 시계태엽을 돌리는 심정으로 봉고를 타고 도시를 돌고 또 돌았다.

추적 이십 일쯤 되던 그 날, 우리는 놀라운 광경을 목격했다. 매일 새벽 추적에 지쳐 다크 서클이 얼굴 전체를 뒤덮었고 우린 한 달 전보다 더 늙고 멍청해 보였다. 낡은 봉고 안에서 새벽의 허기를 달래느라 단팥빵과 우유를 먹던 중이었다. 가로등 불빛이 아무도 없는 새벽 거리를 부옇게 비추었고 죽은 비둘기 떼가 하늘에서 떨어지듯 그것들이 우수수 떨어졌다. 마치 재앙처럼.

미스터 홍은 먹던 단팥빵을 입 밖으로 튀기며 소리쳤다.

"저, 저거 방금 봤어?"

나는 멍하니 고개를 끄덕였다.

"어떻게 하늘에서 떨어지지?"

나와 홍은 차창 밖의 새벽 하늘을 올려다보았다. 그곳엔 푸른 어둠 이외에 아무 것도 보이지 않았다. 헤드라이트에 비친 그것은 그토록 쫓던 파인애플 껍질 더미였다. 범행 현장을 목격했지만 오히려 미궁 속으로 더 빠져드는 기분이었다. 암만 죽어라 달려도 그들을 잡을 수 없었던 이유가 비로소 이해되었다. 그것들은 하늘에서 쏟아졌고 어둠에 가려 아무 것도 보이지 않았다. 고요하고 신속하게 나타났다 사라지는 풍선 기구가 우리도 모르는 사이에 개발되었던 걸까. 어둠은 아무 말도 해주지 않았고 그저 그곳에 존재할 뿐이었다.

그날의 충격으로 우린 추적을 잠시 중단했다. 아내로부터는 여전히 아무 연락이 없었고 그 와중에도 파인애플 쓰레기는 밤마다 버려졌고 난 새벽마다 파인애플 더미에 깔리는 악몽을 꾸었다. 나흘 만에 미스터 홍으로부터 연락이 왔다. 그는 전에 없이 활기 띤 목소리로 무언가 알아냈으니 당장 보자고 했다.

나는 이미 이해할 수 없는 새벽 추적에 회의를 느끼고 있었지만 미스터 홍은 달랐다. 그는 전보다 더 활기 넘치고 눈빛이 묘하게 반짝거렸다. 운전대에 앉은 홍은 출발할 생각은 않고 낡은 카키색 점퍼 안주머니에서 꼬깃꼬깃한 지도를 꺼냈다. 경제학을 전공했다는 그는 뜬금없이 지도상의 X 표시가 그려진 좌표를 내밀었다.

"내 통계학 점수가 A+였다고 말했나?"

오랜 추격으로 홍의 눈은 붉게 충혈되었지만 낯빛은 떡볶이 가게에서 할 일 없이 엎드려 있을 때보다 생기 넘쳐 보였다. 그는 완전히 다른 사람이 된 것 같았다. 이렇게 말하면 발끈하겠지만 고물을 찾아 떠돌던 그의 아버지의 광기가 이번엔 그를 집어삼킨 것 같았다.

홍은 지도 곳곳의 붉은 X 표시를 날카롭게 쏘아보았다.

"이게 뭐 같아 보여요?"

내 눈에 그건 모기가 물어뜯은 붉은 흉터 자국 같았다. 나는 고개를 저었다.

"모르겠는데요."

홍은 비웃듯이 씩 웃더니 붉은 X 표시들을 연결하기 시작했다. 삐뚤빼뚤한 그것은 형체를 드러냈다. 그건 네 살짜리가 고사리 손으로 그린 그림 같았다. 나는 되는대로 지껄였다.

"기형 불가사리 같은데."

미스터 홍은 가볍게 고개를 젓더니 목소리를 낮춰 속삭였다. 그의 입에선 꿉꿉한 냄새가 끼쳐왔고 머리칼은 오랫동안 감지 않은 듯 기름기로 번들거렸다. 세상 사람들이 모두 잠든 새벽이었고 낡은 봉고엔 우리 둘뿐이었다.

"이건 아주 특별한 표식이에요. 며칠간 인터넷을 뒤져서 찾아냈다는 거 아닙니까?"

나는 그 순간 내 삶이 의도하지 않는 물결 속으로 또 한 번 휘말리는 듯한 불길함을 느꼈다. 나도 모르게 목소리가 떨렸다.

"그게…… 뭐예요?"

미스터 홍은 야릇한 눈길로 나를 바라보는 것이었다. 나는 침을 삼켰다.

"이건 외계인과 접선하는 암호예요."

내 얼굴은 살찐 비글이 보도블록에 싼 똥을 밟은 것 같은 불쾌감으로 일그러졌다.

"외계인이요?"

우린 그저 외계인에 대한 화제를 언급한 것뿐이었지만 내 삶이 정상궤도를 벗어나 이상한 세계로 빠져든 듯한 위기감에 사로잡혔다. 그리고 깨달았다. 나는 아주 정상적인 삶을 꿈꾸었다는 것을. 멀쩡한 직장과 가족과 아침에 마시는 아메리카노와 휴일에 소파에 뒹굴며 오락프로그램을 보는 삶을 포기하고 토네이도나 희귀한 고물을 쫓는 삶을 추호도 살고 싶지 않다는 것을 말이다. 그리고 정상 궤도에서 벗어나지 않기 위해 다른 이들은 분투하듯 살아간다는 것도 알았다. 한순간만 방심하면 누구나 궤도에서 이탈하고 돌이킬 수 없는 지경까지 떠밀리게 되는 것이다. 나는 외계인을 믿지 않을 뿐더러 그것을 믿는 사람을 극도로 혐오하고 있다는 것도 새삼 알았다.

미스터 홍은 추리해낸 사실을 의기양양하게 설명했다.

"도둑 일당은 외계인을 믿는 신흥종교집단이에요. 파인애플을 훔치거나 쓰레기 더미를 버리는 게 진짜 목적이 아니에요. 그놈들은 도시에 거대한 표식을 만들어 지구에 외계인을 불러들일 속셈인 겁니다."

나는 미스터 홍이 흥분해서 떠드는 소리를 듣고 있으니까 사라졌던 편두통이 도지는 기분이었다. 미스터 홍은 심증을 굳히며 단언하듯 소리쳤다.

"쓰레기 더미에서 아이가 말벌에 쏘여 죽은 것도 우연이 아니라는 거죠!"

난 눈을 찡그리며 쏘아붙였다.

"우연이 아니면 뭡니까?"

미스터 홍은 창밖 어둠 속에 가끔 지나가는 자동차의 불빛을 보며 멍한 얼굴로 중얼거렸다.

"금성에 있는 외계인 소행이죠."

금성이라니. 나는 이 지구에서 벌어지는 일만으로도 숨이 가빴다. 멀어지는 자동차 불빛이 어지럽게 흔들리는 것을 보고 신음하며 눈을 감았다.

도시 곳곳에는 잘 보이지 않는 돌부리가 곳곳에 박혀 있었다. 조금만 한눈을 팔면 삐끗, 중심을 잃고 휘청거리는 것이다. 도시에서 파인애플이 사라졌지만 사람들은 아무 일도 없다는 듯 태연히 회사에 출근하고, 아이들은 학교에 가고, 노인들은 노인정에 모여 화투를 쳤다. 몇 년 전 런던에서 지하철 폭탄 테러가 발생했을 때, 다음날 지하철을 타고 출근하던 젊은 영국 여성의 결연한 미소가 떠올랐다.

"아무렇지 않은 건 아니지만, 삶을 계속 살아야 하니까요."

나는 그날 밤 미스터 홍에게 아쉽지만 작별인사를 했다. 그동안 쌓여 있던 밤의 피로가 한꺼번에 몰려오는 듯했다. 세수하듯 얼굴을 문지르며 털어놓았다.

"홍, 미안하지만 난 그만 손 뗄게요."

미스터 홍은 나를 이해할 수 없다는 얼굴로 노려보며 자신의 감정을 어쩌지 못하겠다는 듯 소리쳤다.

"무슨 소리예요? 왜 인제 와서 그만 둡니까?"

나는 어떻게 하면 미스터 홍에게 실망감을 주지 않고 이해시킬 수 있을까 고심했다. 그는 떡볶이 가게도 내팽개치고 이 일에 완전히 빠져 있었다. 미스터 홍은 격양된 듯 목소리가 떨렸고 곧 울음을 터트릴 것 같았다.

"겨우 저들의 정체를…… 알아냈다구요. 이제 잡는 건…… 시간 문제라는 거 몰라요?"

미스터 홍은 배신한 변절자를 보듯 원망의 눈길로 쏘아보았지만 나는 알 수 있었다. 그는 나에게 제발 떠나지 말아 달라고 애원하고 있었다. 그의 애절한 눈빛을 견디기 힘들었지만 피하지 않았다.

그에게 진심으로 미안했지만 어쩔 수 없는 것은 어쩔 수 없는 것이다.

"나는 외계인과 얽히고 싶은 생각이 추호도 없어요."

그는 한쪽 귀에 이상이 생긴 것처럼 머리를 한쪽으로 기울이며 멍한 얼굴을 했다.

무슨 말을 한들 그가 나를 이해할 수 있을까.

"난 한 달째 아내와 아이 얼굴도 못 봤다구요. 그런데 이게 무슨 미친 짓인지."

혹시나 외계인이 있다면 그들은 그들의 삶을 살도록 제발 내버려 두어라. 나는 내 삶을 제대로 살아가는 것만으로 충분히 버겁다. 미스터 홍은 입술을 움찔거리며 경멸 섞인 눈빛으로 나를 노려보았다.

"형씨, 이래서 당신이 안 되는 거야. 두고 보라구. 당신은 아무것도 안 될 테니까. 알아들었어?"

홍은 가래침을 퉤, 뱉더니 더러운 물건을 보듯 힐끗 보곤 낡은 봉고를 타고 회색 매연을 토해내며 떠나버렸다. 나는 멀어지는 봉고를 향해 뭐라고 소리치고 싶었지만 억울한 기분만 들었을 뿐 아무 말도 하지 못했다. 어쩌면 미스터 홍 말이 맞을지도 모른다는 두려움이 들었기 때문이었다.

하늘은 깜깜하고 희미한 별빛이 세상을 위로하듯 하나둘 비추고 있었다. 나는 우주를 떠도는 버려진 운석이 된 것 같이 끝없는 고독과 영원한 상실감을 느꼈다. 여전히 파인애플 도둑 일당을 잡아 현상금을 타고 싶은 생각은 굴뚝같았지만 그건 용기 있고 무모하고 두려움 없는 이들이 할 일이었다. 도시에는 외계인을 진심으로 믿고 소통하고 싶어 하는 이들도 분명히 살아가고 있을 테니까.

빌딩의 불은 환하게 켜져 있지만 사람은 보이지 않는 도시의 풍경이 낯설었고 어디로 가야 하는지 모른 채 터덜터덜 걸었다. 한순간 귀에 익은 노랫소리가 들려왔다. 화려한 BMW 자동차 대리점에서 들려오는 소리였다. 환한 불빛 아래 눈부신 광채로 빛나는 흰색 승용차는 세상 어디든 달려갈 수 있을 것 같았다. 직원들이 스피커를 켜놓은 채 퇴근한 것인가.

속도계 끝까지 달려요. 내 손을 잡아요. 아무것도 두렵지 않아요.

우린 어쩌면 그토록 바라던 무언가가 될 수도 있어요.

나는 자리에 얼어붙은 채 번쩍거리는 승용차를 보며 어깨를 덜덜 떨었다. 저 검은 유리로 선팅한 승용차 안에서 분노에 싸인 누군가가 나를 향해 돌진해 올 것 같았다. 그것은 스무 살의 가엾은 나인가. 백발의 주름 가득한 나인가. 그 순간에도 자살한 인디밴드 가수의 목소리는 감미롭고 애절했다. 나는 어울리지 않는 불일치에서 생의 잔인함과 끔찍함을 목도하고 울음이 터져 나왔다. 무엇이 이토록 두려운지, 아무것도 이루지 못한 채 나이를 먹는 것인지, 아내와 나빠진 관계 때문인지, 모호하고 불투명한 채 언제까지 이런 삶을 버틸 수 있을지 나는 아무것도 알지 못했다.

그때 바지 뒷주머니 속의 휴대폰이 가늘게 진동했다. 경주에 내려간 아내가 한 달 만에 전화를 걸어온 것이다. 나는 서둘러 눈물을 닦고 허둥지둥 전화를 받았다. 아내의 목소리는 까마득히 먼 행성에서 들려오듯 아득했다.

"여보세요."

"응, 나야."

한 달 만에 듣는 아내의 목소리는 반가웠고 더없이 따뜻했다. 눈치 빠른 아내는 내 숨소리의 떨림과 이상을 감지했다.

"당신…… 울어?"

나는 눈가를 훔치며 눈물을 삼켰다.

"아니야, 안 울어. 근데 물어볼 게 있는데."

아내는 뜻밖의 상황에도 침착했고 자신의 감정을 내비치지 않았다. 그녀는 지난 한 달간 첨성대를 돌며 무슨 생각을 정리한 것일까. 우리의 관계는 영원히 회복되지 않은 채 돌이킬 수 없는 지경까지 와 버렸는지도 모른다. 그런데도 기어코 그 질문을 아내에게 던지고야 말았다.

"혹시…… 외계인 믿어?"

내 목소리는 떨렸지만 울음기는 어느새 말라 있었다. 아내는 당황한 듯 짧은 신음을 내뱉었다. 그동안 잘 지냈는지 아내의 안부부터 물었어야 했다. 한 달 만에 서로의 목소리를 확인하는 정상적인 그녀의 남편이라면 말이다. 아내는 아무 말이 없더니 짧고 단호하게 내뱉었다. 너무나 명쾌하고 명징해 내 가슴속이 시원해지는 것 같았다.

"안 믿어."

"나도 안 믿어."

아내의 대답에 얼어붙었던 가슴에 기쁨이 잔잔히 퍼져나갔다. 나는 어두컴컴한 우주를 혼자 떠돌다 멀리서 한 줄기 신호를 받은 것 같은 위로와 따뜻함을 느꼈다. 그 뒤로 무슨 말을 정신없이 지껄였는지 기억나지 않았다. 떠오르는 것은 그날의 싸늘한 새벽공기와 군청색 하늘과 희미한 별빛이 반짝거린 것이다. 그것이 실은 별빛이 아니라 야간비행을 하는 비행기의 불빛이었더라도 상관없었다.

디스코의 나날

1

 태오는 병실 창밖으로 추적추적 내리는 비를 바라보며 이런 빗
속에서라면 무슨 짓이든 할 수 있을 것 같다고 생각한다. 정신을
완전히 잃을 정도로 술에 취하거나 밤새 게임머신에 매달려 돈을
왕창 잃고 싶다. 한 시간 전쯤 아내는 뱃속에서 죽은 아이를 꺼냈
다. 아니, 죽은 아이를 꺼낸 게 아니라 아이를 죽여 몸 밖으로 꺼내
는 수술을 받았다. 인공유산을 한 아내는 병실 침대에 누워 깊은
잠에 빠져 있다. 그는 잠든 아내의 편안한 얼굴을 물끄러미 내려다
본다. 아내의 평화로운 얼굴에선 고통이나 슬픔이 보이지 않는다.
 창밖에는 아무도 없는 버스 정류장과 버려진 논밭이 보인다. 그

뒤로 찢어진 비닐하우스가 바람에 날리고, 낡은 운동화 한 짝이 팽개쳐져 있다. 태오는 붉은 하이힐을 발견하더라도 놀라지 않을 것이다. 무엇이 버려지든 곧 파헤쳐질 땅이었다. 그 땅 위에 차가운 콘크리트 성벽 같은 고층 아파트가 들어설 것이다. 그 아파트로 신혼부부나 노부부가 하나둘 입주한다. 어느 가정을 둘러봐도 아이들은 눈에 띄지 않을 것이다.

여자아이 하나가 검정 우산을 쓰고 버스 정류장 안으로 뛰어 들어온다. 여자아이는 교복 위에 검정 점퍼를 입고 비에 젖은 몸을 후드득 털어낸다. 그는 여자아이가 새 같다고 생각한다. 단발머리가 뺨을 반쯤 가린 얼굴이 몹시 창백해 보인다. 빗길에 사람들이나 차들은 거의 보이지 않는다. 여자아이는 벤치에 앉아 멍하니 빗방울이 떨어지는 아스팔트를 바라본다. 갑자기 검정 승용차 한 대가 물보라를 일으키며 쏜살같이 지나간다. 그는 순간적으로 여자아이가 사라지자 눈을 크게 껌뻑거린다. 다시 나타난 여자아이는 고개를 왼쪽으로 틀고 오지 않는 버스를 하염없이 기다린다.

태오는 문득 술이나 게임방이 아니라 오늘 하루 저 여자애와 신나게 놀고 싶다는 생각을 한다. 그는 비가 계속 쏟아지는 잿빛 하늘을 보며 잠시 망설인다. 자꾸 죽은 아이가 떠오른다. 그는 고개를 흔들며 빗속에 갇힌 것 같은 여자아이를 바라본다. 여자아이의 얼굴을 좀 더 가까이 보고 싶다. 빗방울이 자꾸 그를 부추기는 것만 같다. 아내는 마치 아무 일도 없었다는 듯 태연히 잠들어 있다.

조금만 더 병실 안에 있다가는 아내의 목을 서서히 조를 것만 같다. 그는 결심했고 조용히 병실을 빠져나온다. 아내는 지금쯤 눈을 뜨고 안도의 한숨을 내쉴지도 모른다. 지하주차장에서 시동을 걸자 차 안에 'Let's Get Retarded'가 심장을 두드리듯 울려 퍼진다. 흑인 랩가수는 바보가 되라고 계속 소리친다.

2

율은 정류장 앞에 멈춰 선 검정 아우디를 인상을 쓰고 바라본다. 빗방울에 젖은 차는 살아있는 한 마리의 돌고래를 연상시킨다. 잠시 후 창문이 내려가더니 남자의 얼굴이 드러난다. 율은 남자와 눈빛이 마주쳤지만 놀라지 않는다. 아까부터 맞은편 병원 창문에 서 있던 남자가 틀림없다. 남자는 아무 말도 하지 않은 채 눈을 찡그리며 그녀를 보고 있다. 차 안에서는 율이 좋아하는 블랙 아이드 피스의 노래가 리듬을 타고 쿵쿵 울려 퍼진다. 빗방울도 박자를 맞추듯 경쾌하게 떨어진다.

오늘은 4월 19일이다. 율은 4월이 끔찍하다. 정말 하루하루를 가까스로 견뎌내고 있다. 오늘은 그날처럼 비까지 추적추적 내린다. 율은 날벌레가 목덜미에 앉자 흠칫 놀라 진저리를 친다.

작년 4월 잔인한 봄, 오늘처럼 비가 오던 날 그 아이는 자신이 사는 아파트 15층에서 뛰어내렸다. 뛰어내리기 10분 전, 그 아이는 율에게 문자를 보냈다. 율아, 지금 뭐해? 율은 문자를 확인하고 답장을 보내지 않았다. 미간을 조금 찡그리기도 했다. 율은 시간에 쫓겨가며 영어 문제집을 풀고 있었다. 10분 안에 몇 개의 문제를 풀어야 원하는 대학에 갈 수 있을지 몰랐다. 그건 학교 선생님도 학원 선생님도 율의 부모도 모르는 일이었다. 율은 자기보다 공부를 잘하는 그 애가 무얼 하든 관심이 없었다. 보나 마나 영어나 수학 문제집을 풀고 있겠지.

율이 쫓기듯 시계를 보며 영어 문제와 씨름하는 동안, 그 애는 침대에 앉아 답장이 오기를 초조하게 기다렸다. 영어 문제 두 개를 풀어냈을 때, 그 애는 결심한 듯 방문을 열고 나왔다. 율이 영어 문제 네 개를 풀었을 때, 그 애는 아무도 없는 거실을 둘러보고 베란다 유리문을 활짝 열었다. 율이 마지막 한 문제의 벽에 가로막혔을 때, 그 애는 유리문을 열고 얼굴에 부딪치는 빗방울을 맞으며 15층 아래를 내려다보았다. 율이 마침내 마지막 답을 체크하고 신음을 토해냈을 때, 그 애는 베란다 난간을 타 넘은 다리에 힘을 싣고 다른 다리로 무용하듯 공중으로 붕 떠올랐다. 작은 몸이 난간이 매달려 있었던 순간은 1초도 되지 않았다. 그 애는 미련 없이 난간을 잡고 있던 두 손을 펼쳤다.

죽은 아이는 율이 살고 있는 아파트 바로 옆 동에 살았다. 율은 기지개를 펴고 냉장고 문을 여는 순간 밖에서 나는 둔탁한 소리를 들었다. 냉장고에서 복숭아 통조림을 꺼내 먹는데 날카로운 비명이 아파트 전체를 뒤흔들었다. 율은 입에 복숭아를 문 채로 베란다로 달려가 밖을 내다보았다. 율의 집은 4층이었다. 빗방울이 떨어지고 날이 흐려 또렷이 보이지 않았지만 저 아래 쓰러져 있는 것이 사람이라는 것을 한순간에 알았다. 1초, 2초, 3초. 저 꼼짝 않는 사람이 조금 전 문자를 보낸 그 애라는 걸 아는 데는 3초밖에 걸리지 않았다. 입안에 물고 있던 복숭아가 구역질과 함께 쏟아져 나왔다.

율은 이제 웬만한 일에는 놀라지 않는다. 그 애에게는 율이 알지 못했던 죽을 만한 이유가 수두룩했다. 그 애 부모는 별거 중이었고 모의고사에서는 백지나 다름없는 답안지를 제출했으며 남자친구와는 헤어졌다.

율은 그 애의 장례식에서 영정사진을 봐도 슬프지 않았다. 그 애는 이미 죽었는데 사진 속에선 교복을 입고 웃고 있었다. 머릿속에선 그날 문자를 받자마자 뛰쳐나와 그 애 집까지 가는데 걸리는 시간만 끊임없이 계산했다. 문자를 받고 이상한 낌새를 눈치채는 데까지 2분, 집에서 나와 계단으로 뛰어내려가는데 4분, 옆동으로 달려가 엘리베이터를 기다리는 데까지 8분, 엘리베이터를 타고 15층 그 애 집 거실까지 가는데 걸릴 시간은 9분 30초. 그 시간이라면 베란다에 위태롭게 매달려 있는 그 애를 마지막으로 볼수 있을지도 몰랐다. 그 애는 왜 뛰어내릴 거였으면서 현관문을 살짝 열어놓은 걸까. 혹시 율이 와주길 마지막 순간까지 기다린 걸까.

남자는 아직도 가지 않고 차 안에서 집요하게 율을 바라본다. 율도 지지 않고 남자를 노려본다. 남자는 마른 체격에 서른 대여섯쯤 된 것 같다. 처진 눈매가 선량해 보이지만 떨어지는 빗줄기 때문에 표정을 읽을 수가 없다. 남자는 율에게 무슨 말을 하고 싶어 하는 얼굴인데 선뜻 하지 않는다. 가는 빗줄기가 남자의 얼굴을 자꾸 지운다.

꼭 일 년 전 그날처럼 비가 기분 나쁘게 내린다. 오늘은 도저히 그 애가 뛰어내린 아파트 앞을 지나칠 수 없을 것만 같다. 율은 남자의 차를 타고 빗길을 사정없이 달리는 건 어떨까 상상해본다. 블랙 아이드 피스의 'Let's Get Retarded'를 최대한 높여 놓고 속도계의 끝까지 달리는 것, 율은 지금 그것을 하고 싶다.

율은 벤치에서 일어나 검정 아우디 앞으로 걸어간다. 남자는 놀란 듯 눈이 커진다. 율은 고개를 숙여 운전석의 남자와 눈을 맞춘다.

"타도 돼요?"

"그래, 타."

남자는 당황한 얼굴이었지만 옆 좌석의 문을 재빨리 열어주고 가죽 시트에 묻은 빗방울을 티슈로 닦아준다. 율이 차에 타자 은은한 아로마 향기가 감돈다. 남자는 음악 소리를 줄이고 창문을 끝까지 올리고 나서야 율을 어색하게 돌아본다. 율은 앞유리에 부딪치는 빗방울을 보며 불쑥 내뱉는다.

"젠장, 버스가 안 와요."

"비가 오니까. 많이 추웠니?"

남자는 다정한 얼굴로 히터를 튼다. 율은 따뜻한 바람을 쏘이자 오히려 어깨가 떨려온다. 가슴이 더 차가워지는 것 같다. 남자가 사이드브레이크를 내린다.

"집이 어디니? 데려다줄게."

율은 몸이 나른해지려는 찰나 정신을 차린다. 운전대에 걸쳐 놓은 남자의 기다란 손가락을 바라보며 건성으로 대꾸한다.

"좀 멀어요 여기서."

율은 무심한 눈길로 자신의 아파트와 반대 방향을 손가락으로 가리킨다. 남자는 맞은 편 병원을 슬쩍 올려다보고는 미련 없이 차를 출발시킨다. 그 자리에서 핸들을 꺾어 불법 유턴을 하더니 액셀러레이터를 세게 밟는다. 1시 45분이라고 찍힌 디지털시계는 반짝거리고 율은 머리를 기댄 채 창밖을 내다본다. 짙은 먹구름으로 뒤덮인 하늘에서 비는 계속 쏟아진다. 율은 멈칫, 뒤를 돌아본다. 빗속에서 누군가 서서 자신을 지켜보는 것만 같다. 율은 한순간 설명할 수 없는 기분이 된다.

3

태오는 낯선 여고생을 차에 태운 것이 맞는지 실감이 나지 않는다. 열일곱 쯤 되어 보이는 여자아이는 가까이 보니 더 어려 보였다. 여자아이가 선뜻 차에 탄 것은 그가 아무 말도 하지 않았기 때문이다. 여자아이가 타자마자 차 안의 공기는 한순간 달라졌다. 비가 추적추적 오는 날 소풍이라도 떠나는 들뜬 마음이 되어버린 것이다.

차가 출발하기 직전 그는 병실에 있는 아내가 깨어났을지 궁금했다. 지금이라도 아내 곁으로 돌아가고 싶은 마음이 드는 것은 아니었다. 아내는 마취에서 깨어나 혼자 병실에 남겨져도 상심하지 않을 것이다. 3개월 된 아이를 지우러 수술실로 들어가는 순간에도 침착했던 것처럼 두려워하거나 조금도 쓸쓸해 하지 않을 것이다.

아내가 침착하지 않았던 순간을 그는 딱 한 번 보았다. 임신테스트기를 두 번이나 해보고도 믿지 않더니 산부인과에 다녀오고 나서야 당황하는 모습을 보였다. 6주째래, 라고 말하는 아내의 눈빛에서 태오는 미세한 떨림을 보았다. 삶에서 예기치 못한 먹구름을 맞닥뜨렸을 때의 긴장과 떨림. 그는 아내의 낯선 모습을 흥미롭게 지켜보았다. 그것은 결혼 6년 만에 아내가 그에게 드러낸 최초의 불안이었다.

아내는 지역방송국의 도청 출입 기자였다. 라디오를 틀면 아침 8시와 저녁 6시에 아내가 들려주는 뉴스를 청취할 수 있었다. 주파수를 타고 전해오는 아내의 목소리는 차갑고 무미건조했다. 내년에는 차장으로 승진할 거 같다는 기대를 내비치기도 했지만 들뜬 야망도 마이크 뒤편으로 숨길 줄 알았다. 아이는 애초부터 아내의 계획에 없었다. 그도 딱히 아이를 원했던 것은 아니었다. 두세 번 직장을 옮긴 후에 선배가 차린 교육컨설팅회사에 들어간 그는 언제 그곳을 그만두게 될지 몰랐다. 그의 아버지는 작년에 죽기 전까지 손주를 끝내 안아 보지 못했다. 아내는 그의 아버지 장례식에 많은 눈물을 흘렸다.

임신한 것을 알고 난 뒤 아내는 다음날부터 평소와 다름없이 행동했다. 아침마다 우유를 500ml씩 마신다거나 태교에 관련된 책을 사보지 않았다. 유아용품 가게에서 앙증맞은 아기 신발을 사와 그를 놀라게 하는 일은 일어나지 않았다. 그가 늦은 밤 돌아오면 아내는 늘 소파에서 오프라 윈프리 쇼를 틀어놓고 '성공적인 삶을 위한 50가지 조언' 같은 자기계발서나 재테크 책을 보고 있었다. 화장을 지우고도 욕망이 가득찬 아내의 얼굴을 보면 그녀의 뱃속에 생명이 살아 있다는 사실을 잊어버리곤 했다. 그와 아내의 무심한 일상 속에서도 아이는 놀라운 속도로 자라났다. 아이는 작은 점에서 자라나 성별이 결정되고 뇌와 장기와 머리카락이 생겨났다.

그는 회사에서 뿌연 창밖을 내다보거나 늦은 밤 불빛을 볼 때 아내의 뱃속에 있는 아이를 떠올렸다. 심장이 미세하게 떨렸지만 애써 모르는 척했다. 다른 누군가가 서서히 자신들을 향해 다가오고 있다는 사실이 떨리고 흥분되었다. 그러나 한순간 아이가 걷는 길이 어둠 속에서 사라져 버리리라고는 예상하지 못했다. 아내는 그와 처음부터 다른 마음이었을 것이다. 하루하루 지날 때마다 아이가 자신의 손을 빌리지 않고도 저절로 암흑 속으로 사라져주길 혼자 바랐는지도 모른다.

수술하기 나흘 전 밤 11시가 넘은 시각, 그가 집에 돌아왔을 때 아내는 어두운 거실에서 창밖을 보고 있었다. 테이블에는 아내가 마신 와인잔이 놓여 있었다. 아내는 그를 돌아보며 어색하게 웃었다.

"아침 일찍 일어나야 되는데 잠이 안 와서."

그는 아이에게 술이 나쁘지 않느냐고 물으려다 창밖 어둠보다 더 어두운 아내의 얼굴을 보고 입을 다물었다. 아내는 한숨을 쉬더니 손가락으로 거실 창문을 문지르기 시작했다. 희미한 얼룩이 아내의 손가락에 의해 지워지고 있었다. 고요한 거실에 유리창이 스륵스륵 밀리는 소리만 들려왔다. 아내는 동작을 멈추고 그를 돌아보았다.

"아무래도 안 되겠어."

"뭐?"

태오는 아내의 얼굴에 비친 푸르스름한 불빛에 놀라 더듬거렸다. 검은색 카디건을 걸친 아내는 무표정한 얼굴로 어둠을 응시했다.

"이제 거의 다 왔는데 여기서 포기할 수 없어…… 당신, 아이를 원하는 건 아니지?"

어둠에 반쯤 지워진 아내의 얼굴은 무슨 일이든 할 수 있을 것처럼 비장해보였다. 그는 아내가 이미 아이를 낳지 않기로 결심했다는 것을 알았다. 아내가 그의 불안한 직장과 경제적 부담을 이유로 들지 않는 것에 고마워해야 하는가. 그는 내년으로 아이를 미루자는 아내의 계획에 동의했다. 아내는 이성적인 사람이었으므로 최선의 결정을 내린 것이라고 자위했다. 아니, 그는 아내와 싸울 용기나 설득할 의지도 자신에겐 없다는 것을 알았다. 그는 합의를 끝내고 자축하듯 와인을 가득 따라 단숨에 들이켰다. 그 순간 무언가 잘못된 것 같은 불쾌함이 가슴을 헤집었다. 술기운이 올라와 달아오른 얼굴로 뒤늦게 자신이 무슨 짓을 했는지 깨달았다. 아내의 계획이 얼마나 끔찍하고 섬뜩한 일인지 깨달은 순간 그의 팔에 소름이 돋았다. 침실로 들어가는 아내의 얼굴은 모든 것에서 벗어난 듯 맑고 깨끗했다.

"아씨, 짜증 나. 비가 계속 오네."

옆자리의 여자아이는 짜증 난 얼굴이 아니다. 턱을 괴고 창밖을 내다보는 여자아이는 오히려 즐거워 보인다. 좌회전이요, 우회전이요, 라고 되는대로 내뱉는 것을 태오는 처음부터 알고 있다. 처음 보는 여자아이와 빗길을 달리는 것은 생각보다 짜릿하다. 그는 솔직히 다른 사람이 된 것 같다. 아니, 내내 죽어 있던 심장이 다시 살아난 것처럼 쿵쿵 경쾌하게 뛴다. 여자아이가 시디의 볼륨을 높이자 그는 더 힘껏 액셀러레이터를 밟는다. 와이퍼가 랩 비트에 맞춰 좌우로 빠르게 움직인다. 이대로 달려 여자아이와 어디든 가고 싶다.

태오는 언덕을 넘어 내리막길을 쏜살같이 달려오다 앞으로 뛰어드는 무언가를 보고 급브레이크를 밟는다. 쿵, 하는 둔탁한 소리와 함께 타이어가 아스팔트에 밀리는 날카로운 파열음이 울린다. 여자아이의 비명소리가 귀를 찢는다. 충돌하는 순간 무게감이 너무 작아 그는 자기가 들이받은 것이 고양이라고 생각한다. 무언가 공중으로 붕 뜨는 것을 본 후에야 그것이 고양이가 아니라 어린 아이라는 것을 깨닫는다. 아이는 공중으로 솟아오르더니 맥없이 아스팔트로 풀썩 떨어진다. 그가 아이를 친 곳은 신호등이 고장 난 횡단보도 앞이다.

태오는 충격으로 숨을 쉬지 못하고 얼어붙는다. 여자아이는 놀라움에 입을 막고 십 미터쯤 앞에 쓰러져 있는 아이를 눈을 부릅뜨고 바라본다. 아이는 고작 네다섯 살쯤 되어 보인다. 그는 뒤늦게 참았던 숨을 한꺼번에 토해낸다. 머릿속에는 아무 생각이 떠오르지 않고 심장은 미친듯이 뛴다.

지나다니는 차가 한 대도 없다. 사고가 난 길가에는 상가도 눈에 띄지 않고 논과 아파트단지만 보인다. 그는 마비된 듯한 다리로 차에서 내려 쓰러져 있는 아이에게 주춤주춤 달려간다. 아이는 두 팔과 다리를 모은 채 잠을 자는 것처럼 누워있다. 입가에 피가 흐르고 한쪽 뺨이 아스팔트에 긁힌 것을 제외하면 어디가 부러지거나 외상이 없는 듯하다. 그는 떨리는 손으로 아이의 몸을 살짝 흔든다.

"얘, 괜찮니?"

아무 반응이 없자 다급한 마음에 무릎을 꿇고 아이의 코와 가슴에 얼굴을 대고 숨을 쉬나 확인한다. 태오의 귀에 희미하게 아이의 심장 뛰는 소리가 들린다. 순간 정신이 번쩍 들어 그는 쓰러져 있는 아이를 안고 차로 급히 달려간다. 여자아이가 얼른 차에서 내려 뒷좌석의 문을 연다. 그는 아이를 뒷좌석에 눕히고 나서 그다음 어떻게 할지 몰라 주변을 둘러보다 바닥에 나뒹구는 운동화와 가방과 개나리 빛깔의 노란 우산을 발견한다. 달려가 그것들을 주워 뒷좌석에 던져 놓고 아이를 다시 한번 돌아본다. 그는 운전석에 타기 전에 빠르게 주변을 살핀다. 지나다니는 사람이 한 명도 없다. 여자아이가 앙칼지게 소리친다.

"어서 출발해요!"

태오는 그 말에 정신을 차리고 서둘러 차를 출발시킨다. 차는 아무 일도 없었다는 듯 빗길을 유연하게 달려간다. 부슬부슬 내리는 빗줄기가 의외로 사람을 차분하게 만든다. 막상 사고 현장을 떠나자 빠르게 마음이 진정된다. 아이는 크게 다친 것 같지 않다.

아직 숨을 쉬고 있으니 빨리 근처 병원으로 옮기면 괜찮을 거라고 생각한다. 태오는 조금 불안해 보이는 여자아이를 돌아본다.

"이 근처에 큰 병원이 어디 있어?"

여자아이는 손톱을 물어뜯다가 짧게 내뱉는다.

"몰라요."

태오는 룸미러로 뒷좌석의 아이를 살피며 마음이 조급해진다. 시내로 나가야 큰 병원이 있을 것이다. 그는 핸들을 꺾으며 여자아이를 흘낏 돌아보고 다시 묻는다.

"젠장, 어느 길로 가야 하는 거야? 정말 몰라?"

"모른다니까요!"

여자아이가 짜증스럽게 소리를 지른다. 사고로 인한 충격 때문에 조금 불안해하는 거라고 여자아이를 이해하려고 애쓴다. 큰길로 접어들면서 그는 여자아이를 안심시키듯 부드럽게 말한다.

"놀랐지? 애가 많이 다치진 않았어. 빨리 병원에 옮기면 괜찮을 거야."

여자아이는 인상을 쓰더니 고개를 뒤로 돌려 아이를 바라본다. 눈을 찡그리며 한참 아이를 살펴보더니 짧게 한숨을 내쉰다. 그러고는 눈을 치켜뜨고 그를 쏘아본다.

"이미 죽었어요."

"뭐라구!"

순간 깜짝 놀라 급브레이크를 밟아 뒤차와 충돌할 뻔했다. 초조하게 룸미러를 통해 뒷좌석에 누워 있는 아이를 살펴본다. 그는 자기도 모르게 목소리를 높인다.

"무슨 소릴 하는 거야? 조금 전까지 숨 쉬는 거 확인했는데."

"입에서 피가 계속 나오는데 어떻게 숨을 쉬어요? 몸도 축 늘어져 있구만."

그는 백미러로 뒤따라오는 트럭을 의식하며 당황해 소리친다.

"시팔, 다시 확인해 봐. 얼른!"

여자아이는 귀찮다는 얼굴로 뒷좌석으로 손을 뻗어 아이를 더듬는다. 잠시 후 돌아앉으며 차가운 얼굴로 내뱉는다.

"죽었어요. 숨을 안 쉬어요."

"뭐야?"

태오는 서둘러 깜빡이를 켜고 차를 인도로 바짝 붙인다. 트럭이 멀어지자마자 샛길에 차를 세운다. 태오는 축 늘어진 채 입가에 끊임없이 피를 흘리고 있는 아이를 보고 허둥지둥 차에서 내린다. 뒷좌석 문을 열어 피범벅이 된 아이의 입가에 얼굴을 가까이 대본다. 그는 아이의 눈꺼풀을 벌려 눈동자를 살피고는 멍하니 여자아이를 바라본다.

"어떻게…… 된 거야? 아까까진 분명히 숨을 쉬었는데 왜 이제 숨을 안 쉬지?"

여자아이는 무덤덤한 표정으로 팔짱을 낀다.

"그러니까 내가 죽었다고 했잖아요."

"아냐. 너 사람이 그렇게 쉽게 죽는 줄 알아? 니가 의사야? 얼른 병원에 데리고 가볼 거야."

"의사도 죽은 아이는 못 살려요."

"뭐……?"

"아저씬 현장에서 신고하지도 않았으니까 뺑소니예요."

여자아이의 얼음장 같은 눈빛에 태오는 머릿속이 하얘지는 것 같다. 이제 보니 여자아이는 아이가 죽었는데도 불안해하지 않고 오히려 담담하고 무심해 보인다. 그는 모든 일에 차갑게 반응하는 아내의 얼굴이 떠올라 감정이 술렁거린다. 여자아이가 태연한 얼굴로 명령하듯 한 마디를 툭 던진다.

"어서 그애 트렁크에 실어요."

"뭐라구?"

그는 여자아이가 한 말을 믿지 못해 자신의 귀를 의심한다. 여자아이는 머리를 시트에 기대고 바람 소리 같은 목소리로 중얼거린다.

"어차피 죽어서 지금 병원에 가나, 내일 가나 크게 상관없잖아요. 그러니까 그 애는 트렁크에 실어 놓고 오늘은 나랑 놀아요."

그는 아이의 입에서 흘러나온 피가 시트를 붉게 적시는 것을 보며 정신이 번쩍 든다.

"너 제정신이 아니구나. 완전히 미쳤어."

"어디를 가지…… 아, 월미도가 좋겠다."

"뭐? 월미도? 지금 이 상황에 거길 가자구? 너, 당장 내려! 난 애를 데리고 병원에 갈 거니까."

"뺑소니에 여고생 납치까지 뒤집어쓰고 싶으면 그렇게 하던가. 신고해버릴 테니까."

여자아이는 머리카락을 쓸어 올리며 냉랭한 목소리로 말한다. 그는 그 자리에 얼어붙는다.

할 수 없이 태오는 아이를 일단 트렁크로 옮기기로 한다. 죽은 아이를 뒷좌석에 저대로 데리고 다니는 건 끔찍할 뿐만 아니라 누군가에게 들킬 수도 있다. 그는 아이를 품에 안고 트렁크에 옮기다 슬쩍 내려다본다. 진한 딸기 주스를 마신 듯 아이의 입속은 끈적끈적한 피가 가득 고여 있다. 피가 뺨을 타고 새어 나와 그의 손가락으로 흐른다. 따뜻하다. 태오는 그 온기에 진저리를 친다. 문득 아내의 뱃속에서 죽은 그의 아이가 떠오른다. 그 아이도 죽은 뒤에도 이렇게 따뜻했을까.

오늘 아침 자신의 아이는 가장 끔찍한 방식으로 죽었다. 머리와 몸통과 팔 다리가 형체를 알아보기 어려울 만큼 수십 조각으로 난도질되고 뭉개졌을 것이다. 시신은 병원 어딘가에 알 수 없는 방식으로 아무도 모르게 유기되었다. 태오는 두 팔에 안긴 따뜻한 아이가 죽은 아이라는 것을 견딜 수 없다. 한순간 등줄기가 오싹해지는 걸 느낀다. 아이를 트렁크 속에 내팽개치듯 내려놓고 뒷좌석에서 운동화와 우산과 가방을 옮겨 싣고 서둘러 트렁크 문을 쾅

닫는다.

물에 적신 휴지로 가죽시트에 묻은 피를 꼼꼼히 닦아내며 태오
는 여자아이의 말이 맞는지도 모른다고 생각한다. 아이는 이미 죽
었다. 그가 무슨 수를 써봐야 돌이킬 수가 없다. 오늘 그의 아이가
살인을 당했고 그는 모르는 아이를 죽였다. 지금 이 순간 그가 하
지 못할 일은 없었다. 두 아이의 죽음을 슬퍼하고, 용서를 빌고, 죗
값을 치르는 것은 내일이면 어차피 해야 할 일들이었다. 다행히 목
격자가 한 명도 없었다. 죽은 아이의 가방과 우산도 차에 실었다.
아스팔트 위에 아이의 혈흔은 빗줄기가 깨끗이 씻겨 줄 것이다.

그는 여자아이의 말대로 차를 월미도를 향해 몬다. 까짓것. 이
런 지랄 맞은 날 못할 일이 뭐가 있겠는가. 여기서 더 어떻게 나락
으로 떨어지겠는가. 지금 같아서는 도심 한복판에 있는 최고급 레
스토랑에서 어린 송아지 스테이크를 먹고 백화점에 가서 수천만
원을 쓸 수도 있을 것 같다. 양화대교에 올라가 팬티만 입은 채 소
리를 고래고래 지르다 한강에 풍덩, 몸을 던질 수도 있을 것 같다.
그런데 여자아이는 월미도에 가자고 한다. 유치하고도 요란스러
운 놀이기구와 우중충한 바다와 쓸쓸한 술집이 있는 그곳이야말
로 오늘 같은 날과 잘 어울리는지도 모른다. 게다가 비까지 적당
히 부슬부슬 내리지 않는가.

4

자동차는 한강을 건너 김포 인터체인지를 빠져나와 서울외곽고속도로를 시속 120km로 달린다. 월미도라니. 율은 왜 그런 말을 했는지 곰곰이 생각 중이다. 운전을 하는 남자를 살며시 쳐다본다. 삼십 분 전 아이를 치고 트렁크에 싣고 달리는 사람답지 않게 차분한 얼굴이다. 남자가 불안에 떨며 허둥대거나 이미 죽은 아이 때문에 울고불고 자책하지 않아 다행이라고 생각한다. 그녀가 조금만 더 늦게 차에 탔더라면 사고가 나지 않았을지 모른다는 쓸데없는 가정도 하지 않는다. 복잡한 일에 휘말렸다고 불운을 탓하지도 않는다.

오히려 다행스러운 일이 많다. 아이는 수습하기 힘든 험한 몰골로 죽지 않았다. 금방 죽지 않고 숨이 끊어지지 않아 고통스러워하는 모습을 보지 않아도 되었다. 목격자가 있어 남자와 함께 경찰서와 병원을 들락거리는 귀찮은 일도 생기지 않았다. 율이 남자를 따라 병원과 경찰서를 오고가면 보호자인 엄마가 불려올 것이다. 그러면 결국 엄마의 추궁과 잔소리에 시달리며 그녀의 집으로 돌아가야 한다. 오늘 밤 안에는 무슨 수를 쓰더라고 죽은 친구가 뛰어내린 그 앞을 지나칠 수가 없다. 현장에서 들킬 수도 있었는데 남자와 자신은 운이 좋았던 게 아닐까.

율은 유리창에 맺힌 빗방울을 손가락으로 톡톡 두드린다.

"트렁크에 아이가 있으니까 너무 세게 달리지 말아요."

"알았어."

그 말은 진심이다. 아이가 죽었어도 함부로 다루어서는 안 된다고 생각한다. 남자는 율의 말을 잘 따라준다. 그녀가 말한 뒤로 속도계는 100km를 넘지 않는다. 달리는 차창 밖으로 비에 젖은 아파트 단지가 보인다. 아무리 봐도 저 안에 사람이 살고 있을 거 같지 않다.

율이 사는 오십 평 아파트에는 네 명의 가족이 살고 있지만 서로 거의 마주치는 일이 없다. 부모는 그녀가 어렸을 때부터 맞벌이를 했다. 율은 학교에서 돌아왔을 때 집에 엄마가 있다는 것이 어떤 기분인지 상상하기 힘들다. 네 식구가 식탁에 마주 앉아 저녁을 먹는 풍경도 어색하다. 그녀의 부모가 텔레비전에 나오는 부부처럼 언성을 높여 싸우지 않는 것은 싸울 시간이 없기 때문이다. 저녁 무렵 텅 빈 아파트 거실에 혼자 서 있으면 갑자기 밀려오는 슬픔에 막막한 기분이 되곤 한다. 베란다에 비쳐드는 건너편 아파트의 불빛들은 그녀에게 위안을 준다. 율은 불빛들의 숫자가 줄어들 때마다 안타까워진다. 늦은 밤 사람들이 돌아오지 못하고 어디론가 사라지는 것 같아 두려운 마음이 든다. 중학교 일 학년이 된 여동생은 학원을 마치고 저녁 8시가 되면 집에 들어온다. 그 다음 9시가 지나 율이 들어온다. 10시가 되면 화장품 가게를 하는 엄마가 문을 닫고 들어오고 자정이 가까워오면 마지막으로 아빠가 귀가한다.

깊은 밤이 되어야만 율의 가족은 한 집에 모인다. 그 시간 서로 웃고 떠들기에는 각자의 하루가 너무 길었다. 엄마가 공부에 대해 묻는 것 말고 아이들의 하루에 대해 사소한 한 마디조차 던질 힘이 남아 있지 않다. 화장실과 거실에서 마주치는 서로의 눈빛을 보면 알 수 있다. 먹고 사는 것과 너희들의 공부에 대해 신경 쓰는 것만으로도 쓰러질 듯 피곤하다. 그러니 신경 긁지 마라. 무언의 눈빛이 호소한다. 아이들도 지친 부모의 신경을 건드리지 않으려고 애를 쓴다. 함께 살지만 서로를 건드리지 않는 것. 그것이 율이 생각하는 가족이다.

자동차가 경인고속도로로 진입하자 그녀는 문득 생각났다는 듯 창밖을 보며 묻는다.

"아저씬 결혼했어요?"

"응."

"애도 있어요?"

남자는 기분이 상한 듯 미간을 찌푸리더니 대답이 없다. 처음 보는 사람에게 가족에 대해 함부로 묻는 것이 아니라는 것을 율은 깨닫는다. 한 시간 전 병원 창문 앞에서 그녀를 내려다보던 남자를 떠올린다. 병원에 남자의 가족 중 누군가 입원해 있는지도 모른다. 혹시 아이가 아픈 걸까. 남자가 한참만에 입을 연다.

"없어."

그녀는 남자의 입 주위에 미세하게 경련이 이는 것을 본다. 그러다 한순간 표정이 싸늘하게 변한다. 그녀는 남자에게서 심상치 않은 분위기를 감지한다. 갑자기 냉기가 느껴져 율은 어깨를 웅크린다. 멀리 비에 젖은 초록색 이정표에 인천 10km라는 글자가 보인다.

어느새 창밖으로 인천항이 모습을 드러낸다. 그녀는 항구에 정박해 있는 거대한 선박을 바라본다. 배는 금방이라도 뱃고동을 울리며 항해를 시작할 것 같다. 대한제분이라는 회색빛의 밀가루 공장도 눈에 띈다. 비를 맞고 있는 그것들은 낯설고 을씨년스럽다. 그녀는 먼 섬나라에 온 듯한 착각에 빠진다.

"월미도엔 언제 와 봤어?"

남자는 월미도라고 쓰인 이정표를 보고 좌회전을 하며 묻는다. 그녀는 잠시 뜸을 들이다 퉁명스럽게 내뱉는다.

"아뇨. 처음 와 봐요."

"그래?"

남자는 의외라는 표정을 지었으나 더는 묻지 않는다. 그녀는 이마를 찌푸린다. 처음 온 게 맞을 텐데 언젠가 한 번 와본 것 같은 불쾌하고도 익숙한 느낌이 든다. 그녀는 불쑥 짜증이 치민다. 왜 하필 월미도에 가자고 했는지 스스로도 알 수 없다.

그들은 신도시 어느 병원 앞 버스 정류장에서 출발해 한 시간 반 만에 월미도에 도착한다. 남자는 텅 빈 주차장에 차를 세운다.

둘러봐도 주차권이 나오는 기계나 주차요원이 보이지 않는다. 저쪽 구석에 버려진 듯한 낡은 자동차 한 대가 서 있을 뿐이다. 율은 앞에 보이는 배 모양의 카페를 멍한 얼굴로 뚫어지게 쳐다본다. 남자는 시동을 끄고 주변을 살피며 말한다.

"다 왔어. 이제 어떻게 할래?"

"차는 여기 세워두고 날 따라와요."

남자의 검은 동공이 흔들린다.

"어떻게 차만 놔둬……. 트렁크에 애는 어쩌고. 누가 열어보기라도 하면? 난 차에 있을게."

"얼른 내려요."

"야, 나는 그냥 여기서……"

"내리라니까요!"

율은 앙칼지게 소리치고 문을 소리 나게 닫는다. 사정하는 듯한 남자의 목소리는 차 속에 갇혀 더는 들리지 않는다. 마지못해 차에서 내린 남자는 그녀를 따라오다 뒤를 흘낏 돌아본다. 트렁크에 노란 나비 한 마리가 빗속에 앉아 있다.

"이상하네. 비 오는 날 웬 나비지?"

머뭇거리는 남자를 그녀는 재촉한다.

"빨리 안 오고 뭐 해요!"

낯선 남자와 이상한 방식으로 월미도에 오고야 말았다. 트렁크 안에 죽은 아이가 조금 걸리지만 막상 와보니 나쁘지 않다. 남자는 트렁크를 열어 죽은 아이를 확인하는 짓은 하지 않는다. 무엇을 확인한단 말인가. 남자는 차에서 멀어질 때까지 여러 번 뒤를 돌아보며 불안한 얼굴이다. 율은 바람에 실려 오는 비릿한 바다 냄새를 맡는다. 멀리서 희미한 노랫소리와 거친 파도 소리가 들리며 횟집과 카페가 즐비한 월미도의 거리가 율과 남자를 기다리고 있다.

눈앞에 비를 맞고 있는 회색빛 바다가 출렁인다. 철썩철썩 커다란 소리를 내며 파도가 방파제에 부딪칠 때마다 하얀 포말이 진눈깨비처럼 흩어진다. 남자는 바다의 광활함에 질린 듯 두려운 얼굴로 멍하니 서 있다. 멀리서 소금기 있는 찬바람이 불어와 그녀의 얼굴을 훑고 지나간다. 율은 바닷물이 푸른빛이 아닌 시궁창 빛인 게 마음에 든다. 먹구름이 깔린 흐린 하늘을 바라보며 그녀는 소리친다.

"아, 너무 좋다!"

5

태오는 여자아이와 배 모양의 레스토랑에 들어와 있다. 진짜 배 안에 들어와 있는 것처럼 벽이 통나무로 되어 있는 카페 안에는 손님이 하나도 없다. 여자아이가 난간에 매달려 바다를 보고 있는 동안 그는 맞은편에 늘어선 횟집들과 술집들을 바라보았다. 여기서 무슨 짓을 하고 있는지 모르는 한심한 생각이 들자 막막해지며 술을 마시고 싶었다. 여자아이가 난간에서 폴짝 뛰어내리더니 다가왔다.

"배고파요."

시계를 보니 어느덧 2시가 넘었다. 아이가 죽은 날 살아 있다가 숨이 막 끊어진 회를 먹고 싶지는 않았다. 그는 배 모양의 레스토랑을 가리켰다.

"그럼, 저기 갈래?"

바람에 흩날리는 머리카락을 쓸어내리며 여자아이는 멈칫 놀라더니 고개를 주억거렸다.

주문한 돈가스가 나오자 여자아이는 포크와 나이프를 쥐고 꼼짝하지 않는다. 그는 묵묵히 돈가스를 썰다 말고 얼어붙은 것 같은 여자아이를 본다. 그는 얼른 그의 접시와 여자아이의 것을 바꾼다.

"이거 썰어놓은 거 먹어."

여자아이는 콜라를 한 모금 마시더니 돈가스를 한 조각 입에 넣고 오물오물 씹는다. 오늘 같은 날, 아무렇지 않은 얼굴로 돈가스를 하나씩 먹어 치우는 여자아이를 보자 그는 가슴이 서늘해진다. 여자아이는 난간 꼭대기를 걷고 있는 것처럼 아슬아슬해 보인다. 그는 돈가스는 손대지 않고 콜라만 들이키며 비 오는 창밖을 내다본다. 비는 하늘과 바다의 경계를 지우려는 듯 끊임없이 내리고 있다.

아까 달리는 차 안에서 여자아이가 아이가 있냐고 물었을 때 태오는 순간 당황했다. 어제까지는 그에게도 심장이 살아 움직이는 아이가 있었다. 그런데 오늘 아이가 죽었다고 말하기에는 뭔가 석연치 않다. 그는 아이 얼굴을 모른다. 아이의 시신이 병원 어디에 어떤 식으로 버려졌는지도 알지 못한다. 아이는 죽었다기보다 존재하지 않았던 것처럼 깨끗이 소멸됐다는 말이 맞다. 동영상 속에서 꼼지락거리던 아이에게도 눈, 코, 입, 손가락, 발가락, 심장 등 모든 것이 있었다. 소멸되는 동안 그 작은 인간도 고통이라는 것을 느꼈을 것이다. 그것을 생각하면 참을 수가 없다. 그는 병실에서 편안하게 잠든 아내의 얼굴을 떠올리며 차가운 콜라를 목구멍으로 들이킨다.

여자아이는 돈가스를 다 먹고 바닐라 아이스크림을 스푼으로 떠먹고 있다. 그는 자기도 모르는 사이 또다시 트렁크 속의 아이를 떠올린다. 죽은 아이의 부모는 무얼 하고 있을까. 빗길에 아이는 혼자 어딜 다녀오던 길이었나. 맞벌이하는 젊은 부부가 할아버지 댁에 아이를 맡긴 것인지도 모른다. 그는 죽은 아이의 부모가 아직 아이가 죽은 것도 모르고 있을 거라고 생각하자 가슴이 답답하고 무거워진다. 여자아이는 입가에 의미심장한 미소를 지으며 남자를 바라본다.

"또 그 생각해요?"

"무슨 말이야."

여자아이는 그런 그가 재미있다는 듯 설핏 웃는다.

"트렁크 속 아이요. 그걸 어떻게 해야 하나 생각한 거죠?"

"아냐."

"그럼, 모든 걸 알고 있는 나를 어떻게 처리하면 좋을까 생각했어요?"

"아니, 그 애 부모한테 전화해서 아이가 내 차 트렁크에 있다고 말해 줄까 말까 생각했어."

"그럼, 미친놈인 줄 알고 끊어버릴 거예요."

여자아이는 입술에 아이스크림을 묻히고 깔깔대며 웃는다. 한순간 웃음을 그치고 무표정하게 냅킨으로 입술을 닦으며 말한다.

"허튼 생각하지 말아요. 나 아저씨 차 번호 외우고 있으니까."

"알았어. 안 해."

"좋아. 그만 나가요."

여자아이는 먼저 자리에서 일어나 유유히 레스토랑을 나간다. 그는 어떻게 하면 여자아이를 따돌려 월미도에서 빠져나갈 수 있을지 고민하며 주춤주춤 일어난다.

밖으로 나오자 빗줄기는 가늘어졌지만 파도는 더 거세진 듯하다. 거리는 중년 커플과 젊은이들이 눈에 띌 뿐 한산하다. 태오와 여자아이는 우산을 쓰지 않고 바다를 끼고 이어진 긴 보도블록을 걷는다. 여자아이는 비에 젖은 조형물과 텅 빈 벤치를 무심히 바라볼 뿐 말없이 걷기만 한다. 말이 없으니 그는 더 신경이 쓰인다. 횟집 앞에 앉아 있는 아주머니들이 그와 여자아이에게 회를 먹고 가라고 호객행위를 한다. 말없이 걷던 여자아이가 그의 팔을 잡아 끌고 오락실 안으로 뛰어들어간다. 여자아이는 인형을 가리키며 들뜬 목소리로 말한다.

"저 토끼 인형 꼭 갖고 싶어요. 할 수 있어요?"

화살을 열 번 던져 일곱 개의 풍선을 맞춰야 여자아이가 원하는 인형을 경품으로 탈 수 있다. 태오는 손에 힘을 주고 첫 번째 화살을 던진다. 처음부터 빗나간다. 도대체 살아가는 데 쉬운 일이 없다. 두 번째 화살이 펑, 하고 풍선을 터트린다. 여자아이가 박수를 치며 좋아한다. 세 번째 화살이 정확히 풍선에 명중한다. 여자아이가 와, 하고 환호한다. 네 번째 화살이 풍선을 또 터트린다. 다섯 번째 화살이 아슬아슬하게 빗나간다. 여섯 번째 화살이 풍선을 관통한다. 일곱 번째 화살이 또다시 빗나간다. 옆에서 여자아이가 신음소리를 내며 아쉬운 표정을 짓는다. 앞으로 남은 세 번을 모두 성공시켜야 한다. 그는 자기도 모르게 긴장한다.

여덟 번째 펑, 성공. 아홉 번째 또다시 펑, 성공. 마지막 남은 한 번의 기회. 그는 문득 여자아이를 돌아본다. 여자아이가 환하게 웃으며 파이팅, 하고 외친다. 그는 그 순간 살아있다는 것을 온몸으로 느낀다. 단 하나의 풍선을 맞추기 위해 온 신경과 마음을 집중한다. 화살을 잡고 있는 손의 감각이 예민해진다. 화살이 날아가 허공을 가로지르며 풍선을 펑, 하고 터트린다. 그는 머릿속에서 무언가 펑, 하고 터지는 짜릿한 기분을 맛본다. 지금 같아서는 무엇이든 맞출 수 있을 것 같다.

알러뷰. 알러뷰.

여자아이는 하얀색 토끼 인형 가슴에 빨간 하트를 계속해서 누른다. 알러뷰, 알러뷰. 기계음이 나올 때마다 여자아이는 소리 없이 웃는다. 그는 화살 던지기를 하는 동안 트렁크 속의 아이를 까맣게 잊고 있었다는 사실을 깨닫는다. 아이를 죽여놓고 풍선 맞추기 따위에 열을 올리다니. 문득 자신이 제정신인가 하는 의문이 든다. 그때 여자아이가 무언가를 발견한 듯 흥분한 목소리로 외친다.

"아저씨, 우리 저거 찍어요!"

여자아이가 가리킨 곳에는 스티커 사진을 찍는 기계가 있다. 그는 여자아이의 얼굴을 빤히 바라본다. 불안, 초조와 이상한 열기가 뒤섞여 있다. 교통사고를 목격한 충격 탓인가. 여자아이의 눈빛에서 살얼음을 걷는 것 같은 위태로움이 느껴진다. 그는 여자아이의 시선을 피해 고개를 돌린다.

"나 원래 사진 안 찍어."

그는 그렇게 말하고도 스티커 사진기계 앞을 떠나지 못한다. 여자아이는 그의 팔을 잡고 흔들며 아이처럼 조른다.

"찍어요. 증거로 확보하려고 그래요."

"뭐?"

"뺑소니 증거자료."

"알았어, 그래 찍자."

그는 기어이 그렇게 내뱉고야 만다. 그리고 진흙 구덩이 속으로 한발 한발 내딛는 기분으로 사진기계 앞으로 걸어간다.

"아, 예쁘게 나와야 하는데."

여자아이는 신이 난 듯 그보다 앞서 달려간다. 바닷바람에 여자아이의 머리카락과 치마가 하늘하늘 나풀거린다. 그는 노란색 가발을 여자아이는 핑크머리 보라색 가발을 쓰고 사진기계 앞에 나란히 선다. 여자아이는 진지한 표정으로 버튼을 누르며 배경 화면을 고른다. 화면에 태오와 여자아이의 얼굴이 나온다. 얼핏 보면 오누이처럼 보인다.

"자, 찍는다. 웃어요. 치즈."

그는 그 순간 웃지 않는다. 찰칵찰칵, 사진 찍는 소리가 그의 귓속을 울린다. 찰칵찰칵. 그와 여자아이의 지금 이 순간이 계속해서 찍힌다. 그는 이유도 없이 그 소리가 섬뜩하게 느껴진다. 곧이어 기계에서 차르륵차르륵 소리와 함께 사진이 인쇄되어 나온다. 그는 말없이 사진을 한참 들여다본다. 사진 속의 그들은 까마득히 먼 과거의 사람들처럼 낯설다. 사진 속 여자아이의 웃음이 유리알처럼 맑아 소름이 끼친다. 유리알은 결국에 깨져 다른 누군가를 상처 입히기 마련이다.

"내가 진짜 눈물 나게 웃긴 거 보여 줄게요."

그는 여자아이에게 팔목을 잡힌 채 뒤를 흘낏 돌아본다. 열여덟이나 열아홉쯤으로 보이는 남자애 둘이 십 미터쯤 떨어져 그들을 따라오고 있다. 한눈에 봐도 양아치 같은 녀석들이다.

여자아이가 데려간 곳은 시끄러운 음악 소리와 유치한 놀이기구가 보이는 놀이동산이다. 입구에 〈판타스틱 월드〉라고 쓰여 있는 알록달록한 플래카드가 걸려 있다. 안개비가 내리는 데도 바이킹은 대여섯 명의 젊은이들을 태우고 요란하게 좌우로 움직인다. 바이킹이 하늘 높이 올라갈 때마다 양쪽 끝에 탄 젊은이들이 날카로운 비명을 내지른다. 그는 그들을 올려다보기만 해도 아찔하다.

태오는 여자아이가 손가락으로 가리키는 곳을 쳐다본다. 디스코팡팡. 원반처럼 생긴 놀이기구 가장자리에 서너 명의 아이들이 앉아 있다. 팡팡팡 소리와 함께 아이들이 앉아 있는 의자가 튀기 시작한다. 아이들의 엉덩이도 따라서 들썩거린다. 원반 모양의 놀이기구는 아이들을 의자에서 떨어뜨리려고 애쓰고 아이들은 난간을 잡고 떨어지지 않으려고 버틴다. 여자아이는 웃음을 터트린다. 떨어지지 않으려고 기를 쓰고 매달려 있는 모습이 우스운가. 그는 안간힘을 쓰며 매달려 있는 아이들을 인상을 쓴 채 바라본다. 한 아이가 의자에서 떨어져 원반 가운데로 몸을 구른다. 경쾌한 댄스음악을 쾅쾅 울려대며 디스코팡팡이 빙글빙글 돌아간다.

놀이기구 하나를 타는데도 저렇게 기를 쓰고 매달려야 하는 걸 그는 이해할 수 없다. 그냥 손을 놓아버리면 그만 아닌가. 손을 놓기가 그렇게 어려운가.

그는 절실하게 매달리는 것이 얼마나 위험한 일인가를 알고 있다. 절실한 순간부터 삶은 가차 없이 잔혹해진다. 살아오면서 한 번이라도 무언가에 절실하게 매달렸던 적이 있었는지 생각해본다. 다행히 떠오르지 않는다. 뜻밖에 죽은 그의 아이가 떠오른다. 그는 그 아이에게 절실했었나. 그는 대답할 수가 없다.

"우리 저거 타요."

여자아이의 말에 정신이 번쩍 든다. 놀이기구의 소음과 비명 소리와 시끄러운 음악이 한꺼번에 귓속으로 파고든다. 여자아이는 저만치 놀이기구를 향해 혼자 달려간다.

그는 여자아이와 나란히 원반 모양의 디스코팡팡에 앉아 있다. 아까부터 쫓아오던 남자애 둘도 여자아이 옆에 타고 있다. 두 놈은 뭐가 좋은 지 서로를 보며 낄낄거린다. 비트가 강한 음악 소리가 들려오며 원반이 빙글빙글 돌아가기 시작한다. 팡팡팡, 소리와 함께 의자가 튄다. 그는 양팔로 난간을 꼭 붙든다. 엉덩이가 제멋대로 들썩인다. 두 다리가 허공에서 허우적거린다. 여자아이가 입은 교복 치마가 펄럭거린다. 팡팡팡, 의자는 더 세게 들썩인다. 옆에 앉은 여자아이는 얼굴을 찡그리고 있다. 입술을 꼭 깨물고 웃는 것도 우는 것도 아닌 괴상한 표정을 짓고. 한순간 여자아이의 얼굴이 싸늘하게 변한다. 여자아이가 이내 한 손을 놓친다. 그는 난간을 붙들던 손을 여자아이에게 내민다. 여자아이는 그를 보고도 손을 잡지 않는다. 팡팡팡, 그는 여자아이와 눈빛이 마주친 순간 모든 것을 깨닫는다. 사고가 난 다음 트렁크 속에 아이를 싣고도 기어이 이곳까지 오자고 한 것도 여자아이였다. 여자아이는 난간을 잡고 있던 나머지 한 손마저 놓쳐버린다. 아니, 태오는 여자아이가 손을 놓친 게 아니라 스스로 놓아버린 것을 똑똑히 바라본다. 여자아이의 동공은 불빛이 없는 바다처럼 캄캄하다. 여자아이는 의자에서 떨어져 원반 가운데 맥없이 주저앉는다. 신나는 음악이 들려오며 또다시 원반이 어지럽게 돈다. 태오는 여자아이가 두렵다.

6

빙글빙글 돈다. 회색빛 바다도, 쓸쓸한 놀이동산도, 인상을 쓰고 있는 남자도 정신없이 빙글빙글 돈다. 율이 다시 의자에 가서 앉자 옆자리의 남자애 둘이 끊임없이 말을 건다.

"니 애인 돈 많냐?"

"돈 많으면 우리도 술 좀 사줘."

"아우디 타고 달리면 좆나 기분 좋냐?"

"씨발, 나도 아우디 타고 애인하고 좆나 달리고 싶다."

여자아이는 오락실에서부터 집요하게 따라붙는 시선을 느꼈다.

키가 크고 눈이 찢어진 남자애는 사나워 보였고 키가 작고 얼굴이 동그란 남자애는 멍청해 보였다. 그녀가 오락실 화장실에서 나왔을 때 얼굴이 동그란 남자애가 통로를 가로막았다.

"원조교제 하냐?"

"비켜."

율의 차가운 눈빛에 남자애는 순간 주춤하며 자리를 내주었다. 그녀는 남자애를 밀치고 좁은 통로를 걸어 나왔다. 뒤에서 남자애의 어눌한 목소리가 들려왔다.

"야, 저 자식 말고 우리랑 놀래?"

그녀는 대꾸하지 않고 오락기 사이를 빠져나왔다. 그때 누군가 자신의 팔목을 거칠게 잡아당겼다. 눈이 찢어진 남자애였다. 율은 표정 하나 변하지 않고 정면을 바라보며 말했다.

"놔."

"니 애인 차가 검정 아우디 맞지?"

남자애가 입술을 씰룩이며 율의 가슴과 다리를 훑어보았다. 그녀는 밖에 서 있는 남자를 향해 아무 일도 아니라는 듯 웃으며 달려갔다.

세상이 빙글빙글 돈다. 머리가 어지럽고 속이 울렁거린다. 팡팡팡, 의자가 제멋대로 튄다. 음악 소리와 미친 듯이 돌아가는 원반 때문에 정신이 하나도 없다. 엉덩이가 아프고 난간을 잡고 있는 팔에 힘이 빠진다. 고작 떨어지는 것뿐인데도 난간을 잡은 손을 놓을 용기가 나지 않는다. 손을 놓으면 모든 게 끝나버릴 것 같아 두렵다. 순간 비를 맞으며 15층 베란다에 매달려 있는 친구의 모습이 떠오른다. 친구는 까마득한 아스팔트 아래를 보고도 손을 놓았다. 그녀는 가슴속에서 날카롭게 치솟는 무언가를 느낀다.

아, 율의 입에서 신음이 흘러나온다. 그제야 자신이 월미도에 왔었다는 것을 기억해낸다. 죽은 그 애와 함께 왔었다는 것도 생각난다. 그 애가 죽기 보름 전이었다는 것도, 배 모양의 레스토랑에서 돈가스를 먹었다는 것도, 지금처럼 디스코팡팡을 함께 탔다는 것도 모두 생생하게 떠오른다. 심장에 얼음조각이 박힌 것처럼 가슴이 얼어붙는다. 그 애가 아무래도 여기로 그녀를 불러낸 것만 같다. 갑자기 등 뒤가 서늘하다. 어디선가 지켜보는 섬뜩한 시선이 느껴져 소름이 돋는다. 그녀는 난간을 잡고 있던 손을 스르르 놓는다. 정신이 아득해지며 현기증이 난다. 15층 베란다에서 손을 놓아버린 그 애도 목을 조여 오는 두려움에 더 이상 버티지 못한 것인지도 모른다. 숨을 쉬기가 힘들 정도로 심장이 옥죄어든다.

놀이기구에서 내려오자 율은 속이 울렁거린다. 어색하게 웃는 남자의 눈빛에서 두려움이 비친다. 등 뒤에 남자애 둘이 바짝 따라오는 것을 느낀다. 남자애들은 그녀와 남자가 타고 온 차를 알고 있다. 트렁크 안에 죽은 아이가 있다는 것을 알면 놀랄 것인가. 가슴속에서 무언가 치밀어 올라온다. 그녀는 가로수로 뛰어가 속 엣것을 게워낸다. 아까 먹은 돈가스가 소화되지 않은 채 꾸역꾸역

올라온다. 남자애들은 조금 떨어져 그녀를 지켜본다. 그녀는 가슴을 쥐어뜯는다. 심장이 격렬하게 요동친다. 남자가 다가와 등을 두드려 주려고 하자 날카롭게 소리를 지른다.

"오지 말란 말이야!"

율의 목소리가 놀이동산의 음악 소리에 묻혀버린다. 그녀는 돈가스를 다 게워내고 고개를 쳐든다. 머리 위로 〈판타스틱 월드〉 플래카드가 바람에 펄럭인다. 그녀는 이제 돈가스를 먹지 못한다는 것을 깨닫는다. 베란다에서 죽은 그 애를 목격했을 때 입에 물고 있던 복숭아를 삼키지 못했던 것처럼 그녀 안의 무언가가 돈가스와 복숭아를 거부한다.

남자는 가로수에 쪼그리고 앉아 있는 율을 걱정스러운 눈빛으로 내려다본다. 그녀는 토하느라 눈가에 맺힌 눈물을 훔치며 중얼거린다.

"어지러워 죽는 줄 알았네."

기다렸다는 듯이 남자애들의 말소리가 들려온다.

"오늘 진짜 좆나게 돌더라."

"원래 좆나게 돌고 싶어서 타는 거야. 새꺄."

그녀는 고개를 돌려 남자애들을 바라본다. 한 번도 가까이서 죽음을 보지 못한 눈빛들이다. 남자애들에게 오늘을 잊지 못할 독한 기억을 심어주고 싶다. 잠시 율과 남자애들 사이에 팽팽한 긴장과 침묵이 흐른다. 남자가 다가와 무언가에 쫓기듯 횡설수설한다.

"속 괜찮아? 너…… 얼굴이 너무 창백해. 아, 편의점에 가서 물부터 사 올게. 아니, 어디 가서 좀 앉아야 되는데……."

남자는 주변을 두리번거리며 앉을 곳을 찾다 한숨을 내쉰다. 그녀는 정신없는 놀이동산을 더는 견디기 힘들다.

"시끄러워. 그만 여기서 나가요."

"그래, 가자."

고개를 끄덕이며 입을 굳게 다문 남자의 표정이 어딘가 침울하다. 율은 걸음을 멈추고 불길해 보이는 하늘을 올려다본다. 비는 그쳤지만 잿빛 먹구름이 낮게 깔려 있다. 바닷바람이 목덜미를 훑고 지나가자 몸이 떨려온다. 불현듯 바람결에 죽은 그 애의 목소리를 듣는다.

율아, 우리 월미도 갈래?

그 애는 뛰어내리기 보름 전쯤 율에게 말했다. 그것은 그 애가 무의식적으로 보낸 자신의 죽음을 알리는 마지막 신호였다.

그 애와 함께 월미도에 와서 눈앞에 펼쳐진 회색빛의 바다를 보자 율은 실망했다. 도대체 이 구정물 같은 바다를 왜 보러 오자고 했는지 그 애를 이해할 수 없었다. 그 애는 출렁이는 바다를 보며 혼잣말처럼 중얼거렸다. 왜 이렇게 무섭니. 전부 다 무서워. 율은 그 애의 말을 무시한 채 발을 동동 구르며 시린 바닷바람에 눈살을 찌푸렸다. 무섭긴 뭐가 무서워? 더럽기만 하다. 야, 추워, 그만 가자. 율은 심란해 보이는 그 애의 얼굴을 보고도 모든 것이 귀찮기만 했다. 세상 끝에 온 것 같은 회색빛 바다도 보기 싫었다. 율은 그 애가 보낸 신호를 눈치챘으면서도 모른 척했다.

방파제 앞에 서서 율은 넘실거리는 바다를 바라본다. 저 앞에 갈매기 서너 마리가 바다 위를 날고 있다. 갈매기들이 끼룩끼룩 일제히 울어댄다. 그녀는 한 발짝쯤 떨어진 곳에서 바다를 보고 있는 남자를 돌아본다. 남자가 디스코팡팡을 타기 전과 무언가 달라졌다는 걸 느낀다. 남자애들은 아직도 가지 않고 이쪽을 흘낏거린다.

율은 어깨에 멘 가방에서 휴대폰을 꺼낸다. 전원을 꺼둔 채 서랍 속에서 일 년간 잠들어 있던 것이다. 그녀는 밤마다 서랍 속에서 문자가 왔음을 알리는 벨 소리를 들었다. 그때마다 눈을 꼭 감고 견뎠다. 서랍을 열어보지 않아도 휴대폰이 꺼져 있으리라는 것을 알고 있었다.

전원을 세게 누르자 일 년 만에 벨 소리를 내며 휴대폰이 살아난다. 받은 메시지함을 열자 글자가 아프게 눈으로 파고든다. 율아, 지금 뭐해? 죽은 그 애의 목소리가 귓가에 들려오는 것만 같아 한순간 심장이 얼어붙는다.

그녀는 어둑어둑해지는 월미도의 거리를 불안하게 둘러본다. 그녀를 이곳으로 불러낸 것이 그 애가 분명하다는 생각에 몸이 떨려온다. 액정에 뜬 그 애의 번호를 노려본다. 금방이라도 전화기가 울릴 것 같아 진저리를 치며 바다를 향해 던진다. 풍덩 소리와 함께 시커먼 바다가 휴대폰을 집어삼킨다. 죽은 그 애의 목소리도 깊은 바닷속에 영원히 잠긴다. 아무 일도 없었다는 듯 파도가 치고 남자는 놀란 얼굴로 돌아본다. 그녀는 애원하는 듯 남자의 팔에 매달린다.

"제발 여기서 나가요. 당장……!"

7

태오는 바다를 보며 문득 아내를 떠올린다. 지금쯤 아내는 병원에서 퇴원해 아무도 없는 아파트로 돌아갔을 것이다. 수술한 몸으로 비 오는 날 택시를 잡느라 고생하진 않았을 것이다. 아마도 아내는 미리 콜택시를 불러 타고 갔겠지. 집 근처 죽 전문점에서 그녀가 좋아하는 전복죽을 포장해 가는 것도 잊지 않았을 테고. 어쩌면 집에 들어가자마자 컴퓨터를 켜고 쌓인 이메일을 체크하고 방송국에 전화를 걸어 아무렇지 않은 목소리로 내일은 출근할 수 있을 거라고 말할지도 모른다. 아내라면 충분히 그렇게 할 것이다.

아내는 전복죽을 먹으며 가슴을 쓸어내릴지도 모른다. 모든 것이 제자리를 찾아간 듯한 편안함을 느끼며 전복죽을 먹을 것이다. 아내는 그녀의 삶만이 아니라 몸속에도 아무것도 끼어들지 않은 홀가분함과 비로소 찾아온 안도감을 느끼며 따뜻한 전복죽을 맛있게 먹는다.

아내도 사람인데 수술대 위에서 아이를 생각하며 눈물 한 방울
쯤은 흘렸을지 모른다. 그는 그랬을 거라고 믿고 싶다. 마취를 해
도 몸속을 파고드는 금속성의 기구가 자신의 깊숙한 곳을 헤집으
며 아이를 말끔히 제거하는 느낌을 또렷이 느꼈을 것이다. 그 선
뜩한 느낌을 아내가 평생 기억하기를 바란다. 아내는 잊어도 아내
의 몸이 금속성의 기구가 부드럽고 연약한 생명을 가차 없이 잘라
내던 느낌을 평생 잊지 않기를 바란다. 태오가 바라는 것은 그것
뿐이다.

여자아이가 던진 휴대폰이 포물선을 그리며 바닷속으로 풍덩
빠진다. 여자아이는 주위를 초조하게 둘러본다. 그는 여자아이의
행동이 많이 불안정하다고 판단한다. 눈빛은 아무것도 없는 텅 빈
거리에서 무언가를 발견한 듯 흠칫 놀라기도 한다. 저렇게 불안한
여자아이를 태우고 차를 몰고 가다가 또 무슨 일이 생기고 말 거
라는 불길한 생각이 든다. 그는 디스코팡팡을 타고 나자 머리가
바늘로 쿡쿡 찌르는 것처럼 쑤셔오고 뒷목이 뻣뻣해지며 긴장이
좀처럼 풀리지 않는다. 그는 스트레스를 받거나 편두통이 오면 시
야가 흐릿해져 한동안 사물을 또렷이 볼 수가 없다. 그는 바다가
점점 흐릿하게 지워지는 것을 느끼며 인상을 쓴다.

"너 아까, 월미도에 오고 싶다고 했지? 그래서 왔는데 또 어딜
가자는 거야?"

"이렇게 돌아다니는 거 불안하지 않아요?"

여자아이의 눈빛이 트렁크 속의 죽은 아이를 말하는 걸 알지만 그는 짐짓 모르는 척 술집들을 바라본다.

"아니, 좋아. 바다도 시원하고."

여자아이는 초조한 듯 주위를 살피다 목소리를 낮춰 말한다.

"트렁크에 아이 걱정은 안 돼요?"

"네 말대로 이미 죽었어. 우리가 걱정해도 소용없잖아."

태오는 그렇게 말하고나자 정말 그 모든 일과는 상관없는 사람이 된 것 같다. 그는 울 것 같은 얼굴로 서 있는 여자아이의 어깨를 툭, 치고는 황소 모양의 불빛이 반짝이는 호프집을 가리킨다.

"저기 가서 시원한 맥주나 한잔 마시자."

그는 주머니에 손을 넣고 먼저 걸어나간다. 돌아보지 않아야 뒤따라오리라는 것을 안다. 등 뒤에서 여자아이가 마지못해 따라오는 기척이 들린다. 어둠이 깔린 월미도의 거리에 가로등이 하나씩 켜진다.

2층 바다가 보이는 창가 자리에 그들은 마주 보고 앉는다. 여자아이는 손톱을 물어뜯으며 창밖으로 고개를 돌리고 있다. 비 때문인지 가게 안엔 손님이 별로 없다. 종업원이 생맥주 500cc 두 잔과 팝콘을 가져다준다. 삐걱대는 나무 계단을 올라오는 소리가 들리더니 디스코팡팡을 같이 탔던 남자애 둘이 서 있다. 남자애들은 눈이 마주치자 입술만 실룩이며 웃더니 그와 가까운 테이블에 자리를 잡고 앉는다. 여자아이는 남자애들이 요란스럽게 떠들어도 돌아보지 않는다.

"여기요!"

얼굴이 동그란 남자애가 주문하는 동안 눈이 찢어진 남자애는 가게를 둘러보는 척하며 여자아이를 힐끗거린다. 여자아이는 더 신경질적으로 손톱을 물어뜯는다.

태오는 차가운 맥주를 들이킨다. 남자애들이 무슨 작당을 꾸미던 여자아이가 울음을 터트리던 신경 쓰지 않을 것이다. 그저 오늘이 너무 피곤하고 하루가 지칠 뿐이다. 감당하기 힘든 일들이 한꺼번에 쏟아진 기분이다. 여자아이는 말없이 맥주만 들이켠다. 왜 저 여자아이와 엮여버린 걸까. 인제 와서 더럽게 엉켜버린 끈을 풀 수 있을까.

남자애들 테이블에서 잔을 부딪치는 소리가 날카롭게 들린다. 여자아이는 팝콘만 우물우물 씹어 먹는다. 가게 안을 떠도는 재즈 사이로 남자애들의 목소리가 두런두런 들려온다.

"너 주유소 계속 나갈 거야?"

"돈 벌어야지. 새꺄, 너처럼 집이 좆나 잘사는 것도 아니고."

"그 형은 어떻게 됐대?"

"씨발, 그 얘긴 왜 꺼내, 재수 없게."

눈이 찢어진 남자애는 맥주잔을 소리 나게 테이블 위에 내려놓는다. 얼굴이 동그란 남자애가 겁먹는 얼굴로 우물쭈물한다.

"그 형…… 죽은 거야?"

"술 처먹고 병신같이 헬멧도 안 쓰고 미친 듯이 쏘다 트럭하고 박았는데 어떻게 안 뒈지냐?"

"그 형 좆나 말도 없고 착했는데."

"씨발, 그런 것들이 더 무서워. 집도 엄청 잘 살아. 엄마가 벤츠 끌고 다니잖아."

"와, 씨발. 근데 왜 주유소에서 일했대?"

"그러니까 미친놈이지. 내가 새벽 타임에 물어봤어. 집에 돈도 많은데 왜 고생하냐고. 참나, 그 새끼가 뭐라는 줄 아냐? 집보다 주유소가 좋대. 미친 새끼. 그러니까 술 처먹고 뒈질려고 영종도를 달렸지."

"좆나 불쌍하네."

"씨발, 뭐가 불쌍해? 그런 새끼는 죽어도 싸."

태오는 그들의 말을 들으며 맥주를 천천히 들이켠다. 맥주에서 비와 바다 비린내가 나는 듯하다. 맥주를 마실수록 몸의 감각이 점점 사라진다. 여자아이는 미간을 찡그린 채 맥주를 계속 마신다. 뺨은 사과처럼 붉게 달아올라 있다. 그는 검푸른 바다가 출렁이는 영종도를 달리는 오토바이 한 대를 떠올린다. 죽은 남자애가 오토바이를 탔던 그 날도 비가 왔을 것이다. 술에 취해 무서운 속도로 빗길을 달리던 남자애는 어떤 얼굴을 하고 있었을까. 맞은편에서 달려오던 트럭과 충돌해 몸이 하늘로 솟구치는 순간까지 꿈꾸듯 웃고 있었을지 모른다. 그는 거기까지 생각하다 정신이 번쩍 든다. 트렁크 속에 있는 아이가 또 떠오른다. 죽은 아이는 트렁크 안에서 잠든 듯 그대로 있을까.

창밖에는 짙은 어둠이 불길한 연기처럼 스멀스멀 밀려온다. 여자아이는 시위하듯 연신 맥주를 들이켠다. 그는 차라리 여자아이가 취하도록 내버려 둔다. 맥주가 오히려 여자아이를 나른하고 차분하게 만들어 주고 있다. 종업원이 500cc 한 잔을 여자아이 앞에 새로 가져다준다. 그는 냉정하게 이제부터 어떻게 해야 할지 생각한다. 여자아이가 그와 함께 있는 동안은 얌전한 고양이가 돼 주길 바란다. 그와 헤어지고 난 이후에 이 아이에게 무슨 일이 일어나도 어쩔 수 없는 일이다. 지금쯤 집에서는 여자아이를 찾느라 전화를 걸고 난리가 났을지도 모른다. 여자아이의 휴대폰은 바다 깊은 곳에 수장되어 있다.

8

율은 맥주를 마실수록 몸이 붕 떠오르며 부유하는 느낌에 사로잡힌다. 어쩌면 죽음의 느낌도 이것과 비슷할지 모른다. 죽음의 문턱을 넘는 순간까지만 고통스러울 것이다. 죽음에 이르면 영혼은 상상하지도 못할 만큼 가볍고 자유로워질 것이다. 거기까지 생각하다 율은 스스로에게 깜짝 놀란다. 정신을 차리고 여기를 빠져나가야 하는데 갈 곳이 떠오르지 않는다. 그녀는 불안감을 떨쳐내려고 자꾸 맥주를 마신다. 오늘이 영원히 끝나지 않는 톱니바퀴에 끼어 있는 듯한 지독한 착각이 든다. 내일 아침 계란프라이에 꿀을 바른 따뜻한 토스트를 먹고 있는 상상을 하자 오랫동안 굶은 것처럼 마음이 허해진다.

등 뒤에서 얼굴이 동그란 남자애가 벌게진 얼굴로 해죽해죽 웃으며 다가온다.

"저기, 같이 마실래요?"

남자는 아무래도 상관없다는 듯 대꾸한다.

"그래, 앉아."

율은 뜻밖에 남자의 태도에 놀란다. 어두운 조명 탓에 남자의 표정이 보이지 않는다. 그녀는 남자에 대해 아무것도 모른다는 걸 깨닫는다. 남자애들에 대해서도 모르기는 마찬가지다. 눈이 찢어진 남자애가 건들거리며 그들의 테이블로 다가온다. 어색하게 넷 사이에 침묵이 흐른다. 눈이 동그란 남자애가 음흉한 눈길로 웃는다.

"둘이 무슨 사이예요? 애인인가?"

남자는 무표정한 얼굴로 대답한다.

"오늘 처음 만났어."

눈이 찢어진 남자애가 야유한다.

"오우, 아저씬 결혼했죠?"

"응."

"그럼 부인이 여기 있는 거 알아요?"

"몰라."

눈이 찢어진 남자애는 비열하게 웃다가 율을 쏘아본다.

"넌, 몇 살이야?"

"열여덟."

연신 과일을 집어 먹던 얼굴이 동그란 남자애가 입을 헤벌리고 웃는다.

"어, 우리보다 한 살 어리네. 오빠라고 불러."

"지랄한다. 병신 새끼."

눈이 찢어진 남자애는 얼굴이 동그란 남자애의 머리통을 세게 후려친다. 잠자코 있던 남자가 턱을 괴더니 남자애들을 유심히 바라본다.

"니들은 월미도에 왜 왔니?"

남자의 질문에 싸늘한 정적이 흐른다. 얼굴이 동그란 남자애가 멍한 눈을 껌뻑거리더니 우물쭈물 말한다.

"얘가 오토바이 타고 영종도 가자고해서 따라왔는데요."

"닥치고 술이나 처먹어."

눈이 찢어진 남자애가 발끈하며 팔꿈치로 친구의 옆구리를 친다. 영종도라면 아까 남자애들이 말한 오토바이 사고가 났던 곳이다. 눈이 찢어진 남자애는 화가 난 듯 인상을 쓴 채 맥주를 벌컥벌

컥 들이켠다. 그곳에 가봐야 아무것도 볼 수 없으리라는 것을 율은 알고 있다. 모두 쓸데없는 짓이다.

창밖은 어둠과 바다의 경계가 보이지 않는다. 남자애들은 장난을 치며 낄낄거린다. 남자는 다른 공기 속에 있는 듯 골똘히 무슨 생각에 빠져 있다. 또 트렁크 속의 아이를 걱정하는 거라면 율이 도와줄 수 있는 일이 없다. 그녀는 남자와 눈을 맞춘다.

"차에 한번 가볼까요?"

"왜?"

남자는 화가 난 것처럼 무뚝뚝하게 되묻는다. 트렁크에 죽은 아이는 까맣게 잊어버린 얼굴이다. 그때 얼굴이 동그란 남자애가 끼어든다.

"아, 그 검정 아우디 맞죠? 차 죽이던데."

네 사람 사이에 복잡한 시선만 교차할 뿐 누구도 말이 없다.

"아니, 차에 뭘 두고 온 것 같아서요."

"그래? 그럼, 가 볼래?"

남자는 불안과 적의가 섞인 눈빛으로 율을 쏘아본다.

"아니, 됐어요."

얼굴이 동그란 남자애가 일어나 신이 난 듯 소리친다.

"그러지 말고 노래방이나 가요!"

밖으로 나오자 빗방울이 부슬부슬 떨어지고 파도치는 소리만 무섭게 들려온다. 환하게 불을 켜놓은 술집과 횟집들은 창백한 풍

경이 마치 수술실 같다. 율은 다리가 휘청거려 남자애들과 어깨를
부딪친다. 남자는 무언가 화가 나 있는 얼굴이다. 어쩌면 오늘 아
침 그녀를 차에 태운 걸 후회하고 있는지도 모른다. 눈이 찢어진
남자애가 팔을 뻗어 율의 팔짱을 낀다. 그녀는 멈칫하다 그냥 내
버려둔다. 얼굴이 동그란 남자애가 혀가 풀린 목소리로 어깨를 흠
칫 떨며 말한다.

"아까 디스코팡팡 탈 때 너 그거 봤어?"

눈이 찢어진 남자애는 순간 걸음을 멈추고 핀잔을 준다.

"빙빙 도는 데 뭘 봐 새꺄, 헛소리면 그냥 닥쳐라."

저 앞에 스타노래방의 붉은 전구가 비에 젖은 채 빛을 발하고
있다. 계단을 내려가자 텔레비전을 보고 있던 주인아주머니가 반
갑게 맞는다. 손님이 한 팀도 없는지 노랫소리는 들리지 않고 고
요하다. 그들은 어둡고 축축한 동굴 같은 9번 방으로 들어간다.

얼굴이 동그란 남자애는 마이크를 잡고 빠른 템포의 댄스곡을
흥겹게 부른다. 신이 난 남자애는 어깨를 들썩이며 머리를 좌우
로 흔들어댄다. 스피커를 타고 요란한 비트가 쿵쿵 울린다. 율은
남자애가 저토록 악을 쓰듯 노래하는데 아무 소리도 들리지 않는
게 이상하다. 눈이 찢어진 남자애는 리듬에 맞춰 고개를 까딱거리
지만 우울한 얼굴이다. 홀로 떨어져 앉은 남자의 얼굴에 텔레비전
불빛이 얼룩덜룩하게 비친다. 율은 새삼스럽게 이들은 자신과 아
무 상관 없는 타인이라는 생각이 들며 외로움이 파도처럼 가슴을

246

덮친다. 노래방 안은 바닷바람이 불어오듯 스산하고 춥다.

눈이 찢어진 남자애 모습이 흐릿하게 나타났다 사라진다. 얼굴이 동그란 남자애는 탬버린을 흔들며 입을 벙긋거리지만 율의 귀에는 아무 소리도 들리지 않는다. 천장의 불빛과 함께 주위가 빙글빙글 도는 것 같다. 율은 소리가 사라진 꿈을 꾸고 있다고 생각한다. 그녀는 남자가 참 쓸쓸해 보인다고 생각하며 눈을 감는다.

그녀는 주위가 빙글빙글 도는 느낌이 들어 눈을 뜬다. 360도로 돌고 있는 디스코팡팡에 타고 있다. 주위에는 아무도 보이지 않는다. 율은 벌을 받고 있는 것처럼 난간을 꼭 붙들고 있다. 이젠 하나도 재미있지 않다. 끊임없이 돌기만 하는 원반 때문에 멀미가 날 지경이다. 그만 어지럽고 지루한 디스코팡팡에서 내리고 싶다. 누구한테 이 구역질 나게 돌고 있는 놀이기구를 멈춰달라고 하나. 그녀는 정신없이 돌고 있는 디스코팡팡 위에서 누군가를 찾는다. 그러다 옆자리에서 무언가를 발견한다.

붉은 플라스틱 의자에 복숭아만 한 덩어리가 놓여 있다. 율은 그것이 무엇인지 한눈에 알아보기 힘들다. 선홍빛에 부드럽고 말랑말랑해 보이며 만지면 따뜻할 것 같다. 살짝만 건드려도 훼손될 것처럼 연약해 보여 소름이 끼친다. 그런데도 눈을 뗄 수가 없다. 놀이기구가 멈춘다면 잘 볼 수 있을 텐데 미친 듯이 돌고 있어 알아볼 수가 없다. 왜 이렇게 가슴이 뜨거워지지? 율은 가슴 깊은 곳이 저려오는 것을 느낀다. 그것이 붉은 덩어리 때문이라는 걸 알

고 당황한다. 저게 뭔데 사람 마음을 아프게 하지? 그녀는 갑자기
덮쳐오는 슬픔과 연민 때문에 혼란스럽다. 한순간 그것에 머리처
럼 보이는 것과 팔다리가 있는 것을 알고 소스라치게 놀란다. 어
느 여자의 몸에서 막 나온 것 같은 작은 몸뚱이가 팔딱팔딱 미세
하게 움직인다. 아, 살아 있구나. 그녀는 자기도 모르게 속삭인다.
너, 살아있는 생명이구나. 근데 누가 어지러운 디스코팡팡에 태웠
니? 그것은 그녀에게 대답이라도 하듯 더 팔딱팔딱 몸을 움직인
다. 율은 그것이 친구처럼 가깝게 느껴진다.

　갑자기 붉은 덩어리에서 비명이 새어 나온다. 소리가 너무 작
아 그녀는 잘못 들었다고 생각한다. 붉은 덩어리는 온몸을 쥐어짜
듯 비명을 지른다. 그 소리가 너무 생생해 가슴이 오싹해진다. 비
명소리를 듣자 심장이 터질 듯 부풀어 오르며 아파지기 시작한다.
율은 두렵고 불길한 기분에 휩싸인다. 옆자리에서 무슨 일이 일어
나는지 돌아보지 않아도 알 수 있다. 붉은 덩어리는 팔다리와 몸
뚱이가 형체를 알아보기 힘들게 난도질 되고 있다. 서서히 형체가
허물어지며 녹아내린다. 율은 그것이 지금 죽어가고 있다는 것을
안다. 진득진득한 붉은 액체는 마치 죽은 아이의 입속에 고인 진
한 피처럼 보인다. 피눈물을 흘리는 듯 붉은 덩어리는 빠르게 흘
러내린다. 손을 어떻게 써볼 겨를도 없이 바닥으로 살점이 뚝뚝
떨어진다. 디스코팡팡은 자기 위에서 벌어지는 일에는 아무 관심
없다는 듯 미친 듯이 돌고 있다. 붉은 덩어리에서 흘러내린 액체

가 바닥을 어지럽게 더럽힌다. 디스코팡팡은 신이 난듯 빙글빙글 돌고 바닥은 피범벅이 된 것처럼 끔찍하다.

제발, 나를 내려줘! 율은 악을 쓰듯 소리친다. 그러나 아무 대답이 없다. 그녀는 눈을 질끈 감고 악몽에서 깨어나려고 이를 꽉 깨문다. 그리고 깨닫는다. 이 지옥에서 벗어나기 위해서는 악착같이 잡고 있는 두 손을 놓아버리면 그만이다.

9

태오는 머리가 지끈거려 조용히 9번 방을 나온다. 카운터에 텅 빈 검은 소파를 발견하고 거기에 주저앉는다. 텔레비전에서는 여자 탤런트가 상대역 남자에게 발악하듯 소리친다. 여자 탤런트는 극에 한껏 몰입했는지 얼굴에 미세한 경련이 일며 울부짖는다. 태오는 감정을 다 드러내며 분노하는 게 얼마나 무모하고 구차한 것인지를 알고 있다. 결국 돌아오는 것은 스스로를 향한 모멸과 환멸뿐이다. 주인아주머니가 뒤늦게 눈빛을 반짝이며 묻는다.

"애들 삼촌이세요?"

그는 순간 웃음을 터트린다.

"난 쟤들, 이름도 몰라요."

주인아주머니는 별일도 다 보겠다는 듯 다시 텔레비전으로 고개를 돌린다. 삼촌이면 그의 삶이 달라지는가. 3개월 된 그의 아이는 죽음을 피할 수 있었을까. 그럼 빗길에 그렇게 미친 듯이 달리지 않았을까. 그럼 모르는 아이를 차로 치지도 않았겠지? 이 모든 끔찍한 일들은 서로가 서로를 모르는 타인이기에 일어난 것인가. 거울에 비친 그의 얼굴은 혼란과 공포로 점점 사납게 구겨진다. 정말 트렁크 속에 아이만 생각하면 목이 터지도록 소리라도 지르고 싶다. 이 끈적끈적하게 달라붙는 시궁창 물을 뒤집어쓴 것 같은 기분에서 벗어나고 싶다. 아니, 그는 끝이 어디인지 모르는 어두운 진창 밑바닥까지 추락하고 싶다. 그 어느 것도 거미줄에 온몸이 묶인 것처럼 불안한 지금보다 나쁘지 않을 것이다. 태오는 눈을 감자 극심한 피로와 졸음이 밀려온다. 9번 방에서 노랫소리가 문득 끊어진다.

태오는 잠을 쫓기 위해 눈을 번쩍 뜬다. 여자아이를 저대로 두고 주차장으로 달아날까. 마음만 먹으면 여자아이를 두고 도망칠 기회는 얼마든지 있었다. 인제 와서 술 취한 여자아이를 두고 달아나는 건 치사한 일이었다. 남자애들이 수상쩍어 보이는 것도 신경이 쓰인다. 남자애들과 함께 두고 달아나는 건 위험한 일일지도 모른다고 생각하다가 갑자기 웃음이 터진다. 그는 여자아이에게 안전한 존재인가. 여자아이는 그에게 안전한 존재인가. 이렇게 비오는 밤, 우리는 누구에게도 안전할 수 없다.

담배를 한 대 피우기 위해 그는 계단을 올라가 밖으로 나온다.

어둠 속에서 비를 맞는 가로등 불을 보며 담배에 불을 붙인다. 가는 빗방울이 하나둘 떨어진다. 담배를 입에 물고 비에 젖은 길을 무작정 걷는다. 사람들은 모두 어디로 갔는지 보이지 않는다. 작은 사거리에서 발이 이끄는 대로 걸음을 옮긴다. 그는 지금 자기가 가려는 곳이 두렵다.

어둠 속 텅 빈 주차장에 짐승처럼 서 있는 검정 아우디를 보자 그는 어지럼증이 일어난다. 오늘 아침 임신중절수술을 받은 아내를 외면하고 비 내리는 창밖을 내다보던 남자가 자신이 맞는지 알 수 없다. 여자아이를 차에 태우고 빗길을 달리던 일들이 파노라마처럼 스쳐 지나간다. 입에서 억눌린 신음이 새어나온다. 지금 주차장 한가운데 서 있는 그는 가짜가 아닐까. 이 가짜가 그의 진짜 인생을 엉망진창으로 만들고 있는지도 모른다. 이런 것이 그의 진짜 삶이라니, 믿을 수가 없다. 삶이…… 이토록 쉽게 무너져도 되는가…….

그는 두려운 마음으로 아무도 없는 주변을 돌아보며 검정 차로 천천히 다가간다. 트렁크 안을 눈으로 똑똑히 확인해야 한다. 어두운 트렁크 안에 그가 마주하고 싶지 않은 두려움의 실체와 그의 현재가 전부 들어 있다. 두 손을 트렁크에 대자 차가운 빗방울이 닿으며 한기가 느껴진다. 트렁크에 키를 꽂고 허공에 대고 깊은숨을 토해낸다. 그의 두 손이 트렁크 문을 활짝 열어젖힌다.

좁고 어두운 트렁크 안에서 가장 먼저 본 것은 어린아이의 눈부

시도록 하얀 뺨이었다. 그는 신음소리가 흘러나오는 것을 참기 위해 얼굴을 찡그리며 입술을 깨문다. 죽은 아이는 두 팔을 모으고 꿈을 꾸는 얼굴로 누워 있다. 자신이 죽인 아이가 이렇게 어린아이라는 것이, 죽은 아이의 얼굴이 이토록 평화로워 보이는 것이 참을 수 없을 만큼 두렵다. 그리고 절망적일 정도로 원망과 분노가 치민다. 아이의 부모는 그 시간에 무얼 하느라 아이가 혼자 빗길을 뛰어가도록 내버려 둔 걸까. 왜 자신은 빗길에 그토록 미친 듯이 달렸는가. 왜 누구도 이 어이없는 죽음을 막지 못했는가. 가슴에 끓어오르는 화를 억누르며 트렁크 문을 쾅, 닫는다. 마음을 진정하기 위해 호흡을 가다듬는다. 그는 주차장에서 빠르게 도망친다.

멀리 불 꺼진 놀이동산이 보이자 이끌리듯 발걸음을 돌린다. 그는 비에 젖은 거대한 바이킹을 고개를 젖히고 올려다본다. 매표소와 놀이 기계를 작동시키는 조종석도 모두 불이 꺼져 있다. 저 앞에 여자아이와 탔던 디스코팡팡이 보인다. 그는 디스코팡팡으로 걸어간다. 불이 꺼진 채 비에 젖은 디스코팡팡은 무덤처럼 황량해 보인다. 누군가 불을 한꺼번에 켜고 놀이동산을 다시 작동시켰으면 좋겠다는 생각이 든다.

그때 희미한 음악 소리가 그의 귀를 파고든다. 고개를 들어 디스코팡팡을 올려다본다. 누군가 디스코팡팡에 앉아 있다. 그는 잘못 본 거라고 생각해 눈을 크게 깜빡인다. 다시 봐도 열여덟 살쯤 된 여자아이가 붉은 플라스틱 의자에 앉아 있다. 처음 보는 아이다. 그런데도 여자아이를 어디선가 본 듯한 익숙한 느낌이 든다. 누구지? 저 애는? 그는 왜 아무도 없는 놀이기구에 여자아이가 앉아 있는지 영문을 알 수 없다. 여자아이는 얼굴을 가린 단발머리를 숙인 채 움직이지 않는다. 우는 건지 그냥 고개를 숙이고 있는 건지 잘 보이지 않는다. 아무것도 못 본 척 지나가는 게 좋겠다는 생각이 들어 발걸음을 옮기려는데 발이 떨어지지 않는다. 동정심과 호기심이 넘치는 게 아니라 여자아이가 그를 붙잡고 있는 것만 같다. 그는 망설인 끝에 여자아이를 부른다.

"얘…… 거기서 뭐 해?"

여자아이는 꼼짝하지 않는다. 그는 마음이 조급해진다. 디스코 팡팡이 갑자기 작동되기라도 하면 위험해질지도 모른다. 잘 알지도 못하는 여자아이를 어떻게 해서든 저기서 내려오게 하고 싶다. 그는 디스코팡팡 출입문으로 연결된 철제계단을 올라간다. 출입문은 커다란 자물쇠로 굳게 채워져 있다. 여자아이는 저길 어떻게 올라간 거지? 의문을 갖는 순간 희미한 소리가 들려온다. 여자아이의 어깨가 가늘게 떨리며 흐느끼는 소리가 들린다. 고요한 놀이동산에 울음소리가 잔잔하게 파문을 일으킨다. 그는 얼굴을 찡그린다. 울음소리가 그의 모든 것을 뒤흔들고 있는 걸 느낀다. 그것은 가장 기억하기 싫은 것을 어떤 것을 떠올리게 한다.

오늘 아침 아내의 뱃속에서 죽은 그의 아이, 붉은 핏덩어리가 떠오르자 두려워진다. 여자아이의 울음소리는 끊어질 듯 이어지며 그의 마음을 헤집어놓는다. 그는 자물쇠로 잠긴 출입문을 거칠게 뒤흔든다. 저 울음소리를 참을 수가 없다. 당장 올라가 울고 있는 입을 틀어막고 싶다. 여자아이가 천천히 고개를 든다. 핏기없는 얼굴과 원망 어린 눈동자와 마주하자 몸이 굳는다. 입에서 탄식 같은 신음이 새어 나온다. 지금 노래방에 잠들어 있는 여자아이가 떠오른다. 너는 누구니?

한순간 디스코팡팡 위에는 아무도 없다. 그는 눈을 비비며 주위를 둘러본다. 오늘 너무 많은 일을 겪어 헛것을 본 것이다. 왠지 오싹한 기분이 들어 서둘러 철제계단을 내려와 놀이동산을 빠져나온다. 이 질척질척하고 복잡한 기분은 뭐지? 그는 걸음을 멈추고 멀리 보이는 디스코팡팡을 돌아본다. 그는 밀려오는 슬픔을 떨쳐버리려는 듯 손으로 얼굴을 세게 문지른다.

그는 아무 소리도 들려오지 않는 노래방으로 다급하게 뛰어들어간다. 여자아이는 아까와 다름없이 소파에 잠들어 있고 얼굴이 동그란 남자애는 탁자에 엎드려 있다. 눈이 찢어진 남자애만 맥주를 들이켜다 그와 눈이 마주친다. 그는 여자아이의 어깨를 흔든다.

"얘, 그만 가자."

"둘 다 취해서 안 일어나요."

눈이 찢어진 남자애가 맥주 캔을 찌그러뜨리며 대꾸한다. 여자아이는 게슴츠레 눈을 뜨고 몸을 가누지 못한 채 옆으로 쓰러진다. 그는 여자아이를 일으켜 세워 업는다. 눈이 찢어진 남자애는 날카롭게 그를 쏘아본다.

"어디로 갈 건데요?"

밖으로 나오자 아까보다 굵은 빗줄기가 얼굴에 떨어진다. 그는 여자아이를 업고 주변을 둘러보다 붉은 간판이 반짝이는 모텔을 발견한다. 눈이 찢어진 남자애는 친구의 팔을 어깨에 두르고 비틀거리며 따라온다. 불 꺼진 월미도의 거리는 버려진 땅처럼 음울해 보인다. 그는 여자아이를 집에 데려다주어야 할지 다른 어딘가로 가야 할지 갈등한다. 그때 여자아이의 잠에 취한 목소리가 귓가에 들려온다.

"추워. 너무 추워요."

여자아이가 떨고 있는 것이 그의 등에 그대로 전해진다. 그는 고개를 돌려 모텔로 발걸음을 옮긴다. 차가운 빗방울이 목덜미에 떨어지자 선뜩한 느낌에 흠칫 놀란다. 순간 그의 등에서 흠칫흠칫 떠는 여자아이가 두려워진다. 세상을 삼켜버릴 듯한 검은 파도 소리가 가슴에 와 부딪힌다.

그들 넷은 모텔 입구로 들어선다. 카운터의 늙은 주인 남자는 여자애를 업는 그와 남자애 둘을 신기한 듯 빤히 바라본다. 그는 겨우 지갑을 꺼내 올려놓으며 숨이 차서 내뱉는다.

"방 두 개요."

주인 남자는 405호와 406호 키를 건네주면서도 넷의 관계를 헤아려보려는 듯 끈질기게 쳐다본다. 그는 데스크에 놓인 405호 키를 집으며 남자애에게 눈짓으로 406호 키를 가리킨다. 엘리베이터를 타고 문이 닫히자 눈이 찢어진 남자애가 퉁명스럽게 말한다.

"걔 어떻게 할 건 아니죠?"

그가 돌아보자 남자애는 더 말을 잇지 않고 입을 다문다. 그들은 서로의 눈빛에서 두려움을 엿보곤 아무 말도 하지 않는다. 405호의 문 앞에서 그는 마른 목소리로 내뱉는다.

"술 다 깨고 나서 오토바이 타라."

눈이 찢어진 남자애는 비웃듯 웃더니 친구를 데리고 406호 안으로 사라진다. 405호 방으로 들어가자 정면에 보이는 창으로 검은 바다가 출렁인다. 그는 여자아이를 내려놓지 못하고 서서 창밖 가로등에 비친 바다를 바라본다. 고요한 방 안에 파도 소리만 차오른다.

그는 여자아이를 침대에 눕히고 욕실에서 타월을 꺼내온다. 조심스럽게 여자아이의 머리카락과 얼굴을 닦아주다 얼굴을 찡그리자 그만둔다. 여자아이는 몸을 뒤척이며 벽을 보고 돌아눕는다. 아직도 떨고 있는 여자아이의 어깨에 이불을 덮어준다.

그는 할 일을 잃어버린 사람처럼 멍하니 서 있다 빈 의자에 털썩 앉는다. 머릿속은 텅 비고 마음은 파도 소리에 차분해진다. 아내는 그가 말없이 병원에서 사라져도 온 종일 전화를 하지 않는다. 아내에게는 아무 일도 없을 것이다. 따뜻한 온기가 온몸에 퍼지자 금세 나른해진다. 등 뒤에서 여자아이는 잠에 취해 희미하게 신음을 낸다. 그는 그 소리를 듣고도 움직이지 않는다.

잠시 후 등 뒤에서 규칙적인 숨소리가 들려온다. 여자아이가 잠들자 그제야 돌아본다. 그래, 나는 오늘 너를 만나지 않았다. 그는 고요한 방 안에서 혼잣말을 중얼거린다. 할 수만 있다면 자고 일어나면 오늘을 말끔히 잊어버리는 망각의 약을 여자아이에게 주고 싶다. 잠든 여자아이를 다시 돌아보고 조용히 모텔 방을 빠져나온다. 문을 닫기 전 어둠에 갇힌 여자아이의 웅크린 등을 다시한번 바라본다.

밖으로 나오자 차가운 바닷바람이 그의 몸을 휘감는다. 망설임 없이 물웅덩이에 첨벙 소리 나게 발을 내디딘다. 그는 아무도 없는 빗길을 걸으며 그만 돌아가야겠다고 마음먹는다.

10

율은 눈을 뜨자 누워 있는 곳이 모텔 방이 아닌 캄캄한 교실이라는 것을 깨닫는다. 그 순간 조금 놀랐을 뿐 두려워하지 않는다. 몸을 일으켜 시멘트 바닥에 쪼그리고 앉아 아무것도 보이지 않는 주위를 두리번거린다. 그녀는 조금 전 일을 기억하려고 노력해보지만 아무 일도 떠오르지 않는다.

일주일 전에도 율에게는 똑같은 일이 일어났다. 모두가 돌아간 텅 빈 교실 바닥에서 그녀는 잠이 들었다. 누군가 어깨를 흔들어 눈을 뜨자 손전등을 든 수위 아저씨가 내려다보고 있었다.

"너 집에 안 가고 여기서 뭐 하니?"

"아, 깜빡 잠들었나 봐요."

율은 수상쩍게 자신을 바라보는 수위 아저씨를 뒤로 하고 도망치듯 교실을 빠져나왔다. 어두운 학교 운동장을 가로지르며 뛰는 순간에도 왜 불 꺼진 교실에 혼자 잠들었는지 기억나지 않았다. 그녀는 그 일을 누구에게도 말하지 않았다. 가족이나 친구 누구라도 이상하게 여길 게 분명했다. 그저 너무 피곤한 나머지 교실 바닥에서 잠들었는지도 모른다.

율은 이제 집으로 돌아가기 위해 자리에서 일어선다. 주위는 어둠에 둘러싸여 있는데도 조금도 두렵지 않다. 바람 소리조차 들리지 않는 고요함이 낯설게 느껴질 뿐이다. 이상하게도 마음은 화창한 날씨처럼 날아갈 듯 가볍다. 율이 걸음을 한 발 내딛자 한쪽 발이 공중에 살짝 떠오른다. 그녀는 어, 왜 이러지? 하고 발을 땅에 디디려고 한다. 그때 나머지 발도 공중으로 한 뼘 떠오른다. 율은 순간 웃음이 나온다. 대수롭지 않은 일이라고 생각한다. 발끝에 힘을 주면 다시 땅으로 내려 올 것이다. 다행히 교실에 혼자 있어 아무도 보는 사람이 없다. 그녀는 땅에 착지하기 위해 두 발 끝과 종아리에 힘을 준다. 생각과는 달리 몸이 아까보다 더 떠오른다. 그녀가 내려오려고 하면 할수록 몸은 반대로 점점 더 높이 공중으로

부양한다.

율은 그녀의 키만큼 공중에 떠올라 머리가 천장에 닿을 듯하다. 공중에 떠 있는 그녀가 느낀 감정은 두려움이 아닌 부끄러움이었다. 혹시 수위 아저씨나 누군가 공중에 떠 있는 그녀를 보기라도 할까 봐 당혹스럽다. 율은 내려가고 싶은 마음에 발을 계속 아래로 구르고 몸은 어느새 교실 창밖을 빠져나가 학교 건물 위로 높이 떠오른다. 그녀는 이제 요령을 터득한다. 어떻게 하면 몸이 떠오르는지 알고 있다. 멀리 그녀가 살고 있는 아파트 단지가 보이고 더 떠오르자 내려가고 싶은 생각은 사라지고 저 하늘 끝까지 올라가고 싶은 마음뿐이다. 아래가 까마득하게 보이고 밤하늘 높이 떠오른 순간 율은 마침내 자신의 하얀 발을 본다.

11

빗길을 이십 분쯤 걷자 그의 머리에서는 빗물이 뚝뚝 흘러내린다. 어두운 주차장에서 차를 발견하자 마음이 놓인다. 그는 걸음을 빨리 옮긴다.

그는 차 문을 열고 운전석에 탄다. 앞 유리에 맺힌 빗방울이 가로등 불빛에 반사돼 신비롭게 반짝거린다. 그 광채를 물끄러미 바라보다 어깨를 흠칫 떤다. 손으로 젖은 머리카락을 대충 털어내고 시동을 건다. 갑자기 한기가 느껴져 히터를 켠다. 그는 팔짱을 끼고 어서 차 안이 따듯해지기만을 기다린다.

휴대폰을 꺼내 아내에게 전화할까 망설인다. 그러나 전화를 걸어도 할 이야기가 없다는 것을 깨닫는다. 내일이면 그가 병원에서 빠져나와 온종일 무엇을 했는지 모두 알게 될 것이다. 아내는 출근하기 위해 일찍 잠들었는지도 모른다. 잠든 아내를 깨울 만큼 그에게 다급한 일은 없다.

차 안이 따듯해지자 그는 이제 살 것 같다. 새벽녘 여자아이는 잠에서 깨어나 그가 없는 것을 알아도 크게 놀라지 않을 것이다. 복잡한 일에서 벗어나게 되어 다행스러워할지도 모른다. 그는 경찰서로 바로 가야 할지 병원부터 가야 할지 고민한다. 어느 쪽이든 크게 상관없을 것이다. 모텔에 잠들어 있는 여자아이를 생각하면 할수록 이유도 없이 가슴이 답답해져온다. 남자애들은 지금쯤 옆방에서 곯아떨어져 자고 있을 것이다. 그는 잠깐만 눈을 붙이고 일어나 이곳을 떠나야겠다고 마음먹는다.

몸은 나른한데 눈을 감아도 잠이 오지 않는다. 빗방울이 아까보다 굵게 떨어진다. 빗방울이 앞 유리를 요란스럽게 때리는 소리에 놀라 눈을 번쩍 뜬다. 그만 출발하는 게 좋겠다고 생각하고 기어를 바꾼다. 액셀러레이터를 밟으려고 하는데 망설여진다. 모텔 방에 혼자 잠든 여자아이가 자꾸 떠오른다. 바로 옆방에 있는 남자애들도 신경이 쓰인다. 그는 머리를 흔들며 다시 생각을 고쳐먹는다. 여자아이와 남자애들에게 무슨 일이 있든 그와는 상관없는 일이다. 그는 이대로 차를 출발시켜 월미도를 빠져나가면 그만이다. 등줄기에 서늘한 기운이 느껴진다. 그는 뒤를 돌아본다. 아무도 없다. 순간 정수리에 전기가 통한 듯 온몸이 떨려온다. 아무도 없는 불 꺼진 디스코팡팡에 앉아있던 여자아이가 떠오르며 그의 눈이 커진다. 그는 두려움에 다급하게 모텔을 향해 차를 몬다.

모텔 근처에 차를 세우고 황급히 안으로 뛰어들어간다. 늙은 주인 남자는 그를 흘낏 내다본다. 엘리베이터가 5층에서 멈춰 내려오지 않는다. 그는 계단으로 뛰어 올라간다. 숨이 턱에 차오르고 가슴이 터질 듯하다. 405호 방문 앞에서 거친 숨을 몰아쉬며 열쇠를 꺼낸다. 옆방 406호에서는 아무 소리도 들리지 않는다. 그가 방문을 열어젖힌 것과 동시에 환한 불빛이 눈으로 한꺼번에 쏟아져 들어온다.

그는 고요한 방 안으로 조심스럽게 한 발 들어선다. 방에는 불이 환하게 켜져 있고 욕실 문이 살짝 열려 있는 게 보인다. 신발을 신은 채 들어가 방 안과 침대를 빠르게 훑어본다. 이불이 젖혀져 있고 여자아이가 보이지 않는다. 심장이 걷잡을 수 뛴다. 그는 불빛이 새어 나오는 욕실 문 앞에서 떨리는 목소리로 여자아이를 부른다.

"안에 있니?"

아무 대답이 없다. 그는 이를 꽉 깨문다. 가슴이 오그라드는 듯

하다. 떨리는 손으로 욕실 문을 밀어본다. 문이 열리는 듯 하더니 스르르 닫힌다. 순간 그의 눈은 욕실 바닥에 떠 있는 여자아이의 하얀 발을 보고야 만다. 그의 몸이 중심을 잃고 휘청 흔들린다. 여자아이는 샤워 꼭지에 목을 맨 채 몸이 축 늘어져 죽어 있다. 그는 뛰어들어가 정신없이 여자아이의 목에 묶여 있는 타월을 풀어낸다. 격한 감정에 휩싸여 여자아이의 몸을 거칠게 흔든다. 분노로 얼굴이 일그러지고 눈이 뜨거워진다. 여자아이를 부르고 싶지만 이름을 모른다는 사실을 그제야 깨닫는다. 여자아이의 몸은 빠르게 차가워진다. 멀리서 바람 부는 소리와 파도 소리가 스산하게 들려온다.

그는 두려움에 질려 도망치듯 405호를 뛰쳐나온다. 허둥대며 계단을 뛰어 내려오다 다리가 걸려 앞으로 꼬꾸라질 뻔한다. 계단이 끝도 없이 영원히 이어질 것만 같다. 여자아이의 핏기 없는 얼굴과 축 늘어진 팔과 하얀 종아리가 떠오르자 사정없이 떨린다. 무서움에 정신이 아득해질 지경이다. 중심을 잡기 어려울 정도로 눈앞이 빙글빙글 돈다. 디스코팡팡을 타고 있는 것처럼 어지럽고 숨이 막힌다. 그의 삶은 늘 어지럽게 돌고 있는 놀이기구를 타는 것 같았다. 디스코팡팡 위에서 두려움에 질린 얼굴로 안간힘을 쓰고 난간을 잡고 있던 아이들이 떠오른다. 디스코팡팡은 멈추지 않고 삶과 함께 돌아간다. 그는 난간을 꼭 붙들고 후들거리는 다리로 가까스로 계단을 내려온다. 모텔 입구에서 그의 차를 보자 다리에 힘이 풀려 바닥에 주저앉는다.

문득 정신을 차리자 차는 어느새 경인고속도로를 달리고 있다. 안개비가 뿌옇게 새벽길을 씻겨주듯 내린다. 차 속도계가 140km를 아슬아슬하게 넘어간다. 그는 정신을 차리고 서서히 속도를 줄이며 앞차들의 붉은 불빛을 멍하니 바라본다. 그는 무표정한 얼굴로 숨을 천천히 내쉬며 새벽의 고속도로를 달린다.

저 앞에 다가오는 김포 인터체인지를 보자 집에 있는 아내가 떠오른다. 병원에서 퇴원해 온종일 혼자 지낸 아내는 무슨 꿈을 꾸고 있을까. 그의 하루도 꿈처럼 아득하게 느껴진다. 톨게이트 앞에서 그는 브레이크를 밟으며 급하게 속도를 줄인다. 그때 트렁크에서 무언가 덜커덩 소리를 내며 차가 미세하게 흔들린다. 입술이 희미하게 떨리지만 그는 이를 악물고 아무렇지 않은 듯 애써 어둠을 응시한다. 그는 어둠 속에도 삶이 계속되리라는 것을 안다.

그의 차는 경기도 신도시로 접어드는 빗길을 빠르게 달린다. 트렁크 문 사이에 노란 나비처럼 생긴 것이 떨어지지 않고 매달려간다. 그는 트렁크에 노란 우산이 끼어 있는 것을 모른 채 담담하고도 굳은 얼굴로 빗길을 뚫고 달려간다.

질주하는 불안의 해방적 상상력

이은지

불안의 소설

파스빈더의 영화 제목처럼, 불안은 영혼을 잠식한다. 공포나 분노와 같은 감정이 비교적 분명한 대상을 갖는 것과 달리 불안은 그 대상을 포착할 수 없다. 무엇이 나를 불안하게 하는지 알 수 없다는 사실이야말로 나를 참을 수 없이 불안하게 한다. 불안은 뚜렷한 실체를 통해 지각되거나 감각되기보다 영혼의 차원에서 존재를 건드린다. 그렇기에 영혼은 불안을 아무런 매개 없이, 맨몸으로 꺼안아야만 한다.

그런데 불안에 대상이 없다는 말을 뒤집어 보면 대상의 '부재'가 곧 불안의 대상이라는 말이 되기도 한다. 대상의 부재는 존재의 빈 곳과 상동하여 마치 한 몸처럼 움직인다. 존재에 결핍이 있다면 불안은 그것이 어떤 결핍이든지 간에 끌어안을 준비가 되어 있다. 불안이 영혼을 잠식한다면, 그만큼 영혼 또한 불안을 잠식하는 셈이다. 영혼이 불안을 맨몸으로 껴안듯이 불안 또한 맨몸으로 영혼을 껴안아야 한다.

불안을 껴안은 영혼은 적어도 그 불안에 대해서는 한계를 모를 것이다. 불안에 잠식된 영혼의 근거인 대상의 부재, 존재의 결핍, 즉 텅 빈 곳은 아무것도 아니거나 혹은 모든 것일 수 있다. 김하서의 소설들은 이 텅 빈 곳에서 울려 퍼지는 환상곡과 같으며, 불안에 사로잡힌 이들이 스스로 만들어낸 환상을 건반 삼아 부재를 횡단하려는 필사적인 몸부림이 이 세계의 주조음이다.

불안과 환상 사이

김하서의 소설 세계의 근원인 빈 곳이 어디인가를 묻는다면 답은 간단해 보인다. 소설의 화자는 아내와 소원하거나 아이를 잃은 중년 남성으로 고정되어 있고, 아내 혹은 아이의 부재는 화자가 사로잡힌 불안의 원천이 된다. 그러나 작가가 궁리하는 지점은 답을 도출하는 것보다도 이 답을 어떻게 오류로 만들 것인가, 그리하여 어떻게 하면 이 답을 넘어설 것인가에 닿아 있는 것처럼 보인다. 다시 말해 불안이 소설 속 화자들의 빈 곳을 침투하여 영혼을 사로잡았을 때, 그들이 공동(空洞)의 상태로 내몰리고 말 것인지, 불안을 매개 삼아 자신의 빈 곳을 승화시켜 극복해낼 것인지에 작가의 관심이 쏠려 있다.

「유령 버니」의 화자는 존재의 빈 곳을 존재의 거처로 삼아 빈 곳이 더는 빈 곳이 아니게 하려는, 그리하여 빈 곳으로부터 새어 나오는 불안을 해소해보려는 모순된 해법을 감행한다. 7년의 결혼 생활에 종지부를 찍은 화자는 아내가 없는 나머지 삶을 "있으나 없는 것 같은 유령같이"(71쪽) 살기 위해 "밤이 되면 아파트 불빛이 절반도 안 켜지는 유령도시"(71쪽)의 한 아파트에 입주한다. 어둠을 무서워하는 아내라면 절대로 나타나지 않을 도시를 택해 아내가 남기고 간 물건이며 가구까지 모두 버리고 단신으로 들어감으로써 화자는 말 그대로 부재 속에 사는 존재가 된다.

유령처럼 살기로 한 애초의 다짐과 달리 그는 토끼가 그려진 티셔츠를 입은 버니 아가씨와 마주치면서 새로운 관계가 시작되기를 기대하고 실제로 그녀와 몇 번은 말을 섞기도 한다. 버니의 집이 밤새 파티로 시끄럽다는 이웃집 노부부의 불만과 달리 화자의 집으로 들려오는 것은 버니의 울음소리뿐이다. 마침내 파티가 한창인 버니네 집에서 마주친 이들로부터 이곳이 아무도 살지 않는 빈 아파트라는 사실을 전해 듣는 순간 그는 자신이 "유령도 곁에 없는 드넓은 우주에 영원히 혼자 버려졌다는 것"(101쪽)을 깨닫는다. 아내가 더는 없게 된 부재 속에 거주하려 했던 그는 버니라는 유령적 존재를 통해 부재가 부재하는 상태를 부지중에 만들어내고 있었던 셈이다. 부재가 부재하던 환영의 상태가 허물어지고 다 쓰러져가는 텅 빈 아파트에 홀로 남은 그를 기다리는 것은 애초의 부재보다 더 큰 부재로서 그가 본래 품었던 결핍의 범위를 초과하는 것이다. "그 모든 것들로부터 벗어나 어둠 자체가 되는 것, 그것은 그가 그토록 열망하던 일이었지만 조금도 기쁘지 않았다."(101쪽)

존재가 부재와 직면한다는 것은 말 그대로 텅 빈 곳을 응시하고 파악하려는 불가능한 행위이다. 만약 존재가 이에 성공한다면 존재는 더 이상 존재가 아니게 될 것이다. 존재는 다름 아닌 부재가 될 것이므로. 반면 부재를 직면할 수 없어 외려 부정하고 억압한다면 이 또한 매우 강렬한 불안을 동반하여 존재를 괴롭힐 것이다. 「앨리스의 도시」에서 지난밤의 악몽에 등장했던 토끼 가면이 사고 차량에 피범벅이 되어 앉아 있는 형상으로 현실에 나타나고, 전처가 교통사고를 당했다는 연락에 이어, 토끼 가면을 쓴 화자가 전처를 차로 들이받는 장면에 이르기까지 숨 돌릴 틈 없이 미끄러져가는 파국의 서사는 앨리스가 무심한 듯 건넨 말 한마디에서 출발한다. "살아 있는 사람들의 눈동자에서 무언가 중요한 하나가 사라진 섬뜩한 눈동자"(12쪽)를 가진 앨리스는 그러나 사람들이 저마다 억압하고 있는 내면의 불안을 단지 응시하기만 했을 뿐이다. 파국은 앨리스가 아니라 그들의 내면에서 이미 벌어지고 있었다.

「버드」의 경우 현실이 억압되어 환상의 형태를 띠는 과정에서 이를 불안이 통제하며, 적절한 순간에 다시 현실을 환기한다. 화자는 아이를 잃는 현실을 견딜 수 없어 이를 부정하고 환상 속으로 빠져 들어 가지만, 환상 속은 음울한 전조에 사로잡혀 있을 뿐 아니라 아이의 죽음을 환기하는 형상들이 곳곳에 도사리고 있는 등, 현실의 그늘을 완전히 지우지 못한다. 끊임없이 담배를 피워대는 남자나 끊임없이 닭튀김을 먹어대는 뚱뚱한 여자아이는 환상 속으로 들어가는 과정에서 미처 억압되지 못한 현실의 잉여와 같다. 화자와 아내가 돌아온 집에 어딘지 찾을 수도 없는 구멍을 통해 날아 들어오는 새들 또한 그들의 귀환이 어딘지 정상적인 현실이 아님을 암시하며 환상 속은 불안한 상태로 유지된다. 아내는 새들의 사체를 요리하여 담배 피는 남자와 여자아이에게 대접함으로써 환상 속에 남은 현실의 잔여가 서로를 잡아먹게 하는 기이한 시도를 한다. 그러나 이는 외려 환상 속에 흩어져 있던 현실의 파편들을 결합하여 아이가 더는 없는 현실로 부부를 되돌려놓는다.

환상과 망상 사이

환상이 불안의 신호를 묵살하지 않는 것은 존재가 완전히 환상에 사로잡히지 않고 환상을 통과하여 현실의 빈 곳을 납득하고 껴안을 수 있도록 하기 위해서다. 불안의 신호가 스스로를 망각하지 않기 위해 존재가 내보내는 신호라고 설명할 수 있는 이유다. 그러한 신호를 듣지 못하고 환상 속으로 빨려 들어만 가는 존재는 자신이 근거하는 현실이 완전히 소거된 망상 속에 살게 될 것이다. 달리 말해 그 존재는 자신의 빈 곳으로 완전히 대체될 것이다.

「파인애플 도둑」을 보자. '나'는 우연히 들어간 떡볶이집 사장 '홍'과 파인애플 도둑을 추적하기로 한다. 파인애플만을 모조리 훔친 뒤 헬기를 동원하여 불특정 지역에 투척하는 이 해괴한 도둑을 추적하는 일은 '나'와 아내의 멀어진 관계를 비롯하여 존재의 텅 빈 곳을 회복하는 일에 대한 상상적 은유와도 같다. 동시에 이 일은 그러한 의미 연관과 무관하게 순수하게 몰두하게 되는 것이기도 한데, 그가 번역하는 다큐멘터리 영상 속에서 사람들이 고물을 찾아 떠돌거나 토네이도를 쫓아다니는 것처럼, 파인애플 도둑을 쫓는 일은 하등의 가치도 중요성도 없는 일이기 때문이다. 그것은 아무것도 아니라는 바로 그 이유로 모든 것이 될 수 있기 때문에, 존재의 부재를 가리키는 특별한 무엇으로 승화될 수 있다.

반면 파인애플이 투척 된 지점들을 연결하여 외계인과 접선하는 암호라고 의미를 부여하는 '홍'의 망상 속에서, 파인애플 도둑을 쫓는 일은 그 자체로 특별한 일이 되기 때문에 승화의 여지가 없다. '홍'과 갈라서고 더 이상 의미를 부여할 그 무엇도 잃은 '나'가 벼랑 끝에 선 심정이 되었을 때 아내에게 전화가 걸려오고, 지푸라기라도 잡는 심정으로 외계인을 믿느냐고 묻자 돌아온 아내의 대답은 '나'를 구원한다.

"안 믿어."

"나도 안 믿어."

아내의 대답에 얼어붙었던 가슴에 기쁨이 잔잔히 퍼져나갔다. 나는 어두컴컴한 우주를 혼자 떠돌다 멀리서 한 줄기 신호를 받은 것 같은 위로와 따뜻함을 느꼈다. 그 뒤로 무슨 말을 정신없이 지껄였는지 기억나지 않았다. 떠오르는 것은 그날의 싸늘한 새벽공기와 군청색 하늘과 희미한 별빛이 반짝거린 것이다. 그것인 실은 별빛이 아니라 야간비행을 하는 비행기의 불빛이었더라도 상관없었다. (196쪽)

불안의 승화, 존재의 출구

아내가 외계인의 '부재'를 함께 긍정해주는 순간은 화자의 삶에 가로놓인 부재가 그 실체를 인정받는 순간인 동시에, 화자가 이 부재를 적극적으로 끌어안는 존재가 되기를 긍정하는 순간이기도 하다. 그럼에도 삶은 여전히 알 수 없고 모호한 것이지만 이는 더 이상 중요치 않다. 유사한 전환은 「아메리칸 빌리지」에서도 이루어진다. '조'는 오키나와 여행을 가장하여 예전처럼 사랑할 수 없게 된 아내 '안'을 죽이려 한다. 안은 조의 계획을 아는 것도 같고 모르는 것도 같다. 진실의 모호함은 여행 중에 안의 매력적인 모습을 거듭 마주할수록 증폭되어만 가는데, 조가 죽이려던 안은 그런 매력을 더는 모르게 된 안이었기 때문이다.

어렵게 구한 매그넘 44구경은 총구를 겨눌 목표를 잃어가고, 이의 귀결인 듯 총은 어느새 안의 손에 넘어가 있다. 목표를 잃은 총은 그런데도 무언가를 쏘아야만 한다. 여행의 목적은 사라졌지만 여행은 계속되고 있으니 말이다. 방아쇠를 당긴 이는 엉뚱하게도 안이 아니라 총을 거래한 가게의 종업원이었고, 총알이 뚫고 간 것은 안의 머리통이 아니라 고래가 갇혀 있던 수족관 유리였다. 그러나 그건 아무래도 상관없다. 본래의 목표가 아닐지언정 무언가를 겨냥하고 관통시키는 행위의 실천만으로도 조의 계획은 실현된 것이며, 조와 전혀 다른 이유에서일지언정 안 또한 그러한 실천에 동참했다는 사실은 둘을 다시금 동일한 삶의 궤도에 올려놓는다. 그러니까 관건은 삶을, 존재를 불안하게 하는 대상이 무엇이냐를 정확히 찾는 게 아니라, 무엇을 그 대상으로 승화시켜 해소할 것인가에 있었던 셈이다. 왜냐하면 불안의 대상 따위는 애초에 없었으니까. 조가 죽이려 했던 매력 없는 안이 막상 죽이려 보니 홀연히 사라졌듯이.

*

그리하여 그들의 불안이 모두 해소되었느냐고 묻는다면 이에 대한 답 또한 간단하다. 그것은 불가능에 가깝고 불안은 결코 해소되지 않을 것이다. 그러나 영원히 해소될 수 없다는 점이야말로 불안으로 하여금 존재의 결핍을 어떤 방향으로든 끝없이 매개하고 재구성할 수 있게 한다. 소설 속 문장들을, 나아가 이 소설에서 저 소설로 미끄러지고 질주하는 텅 빈 기호들의 무한한 연쇄는 한계를 모르는 상상력의 원천으로서의 불안을 형상화하고 있다. "모든 일은 즉흥적이고 충동적인 일탈처럼 보였다."(135쪽) 뿐만 아니라 "모든 일은 그토록 단순하지 않으며 언제나 기대를 배반했다." (106쪽) 그런 일탈과 배반마저도 나름의 리듬과 질서로 삶의 공백을 해명해줄 수만 있다면 어떻게든 의미가 있는 것이라고, 악몽처럼 비틀린 소설들은 지독히도 진솔하게 증명하고 있다.

부끄럽지만 여기서라도 진실을 밝힌다. 어떤 이야기는 조금 젊었던 내가 카페 할리스에서 부끄러워하며 썼고, 정말 새들이 날아와 죽어버린 집에서도 태연히 살았고, 광풍이 부는 도시에서 살다가 유령을 만나고 싶었고, 오랜 시간 함께 한 푸들은 따뜻한 몸으로 세상을 떠났고, 수족관에 갇힌 고래를 보고 있으면 슬프고 숨이 막혔다. 트레이시 채프먼의 〈패스트 카(Fast Car)〉를 들으면 가슴이 떨리고, 너무 비현실적인 파주의 서늘한 햇빛은 내내 비 내리는 추적추적한 이야기로 탈바꿈했다.

감사한다. 당신에게.
깜깜한 암흑 속에서도 작은 빛 하나를 찾을 수 있기를.

2017 여름
김하서

줄리의 심장

ⓒ 김하서, 2017

초판 1쇄 인쇄일   2017년 8월 16일
초판 1쇄 발행일   2017년 8월 25일

지은이   김하서
펴낸이   정은영
편집   배주영 김정은
마케팅   이경훈 한승훈 정주원 조미숙
제작   이재욱 박규태
디자인   서은영 김혜원

펴낸곳   (주)자음과모음
출판등록 2001년 11월 28일 제2001-000259호
주소   04083 서울시 마포구 성지길 54
전화   편집부 (02)324-2347, 경영지원부 (02)325-6047
팩스   편집부 (02)324-2348, 경영지원부 (02)2648-1311
이메일   munhak@jamobook.com

ISBN 978-89-544-3790-5 (03810)

이 도서의 국립중앙도서관 출판시도서목록(CIP)은 서지정보유통지원시스템 홈페이지
(http://seoji.nl.go.kr)와 국가자료공동목록시스템(http://www.nl.go.kr/kolisnet)에서
이용하실 수 있습니다.(CIP제어번호: CIP2017020378)